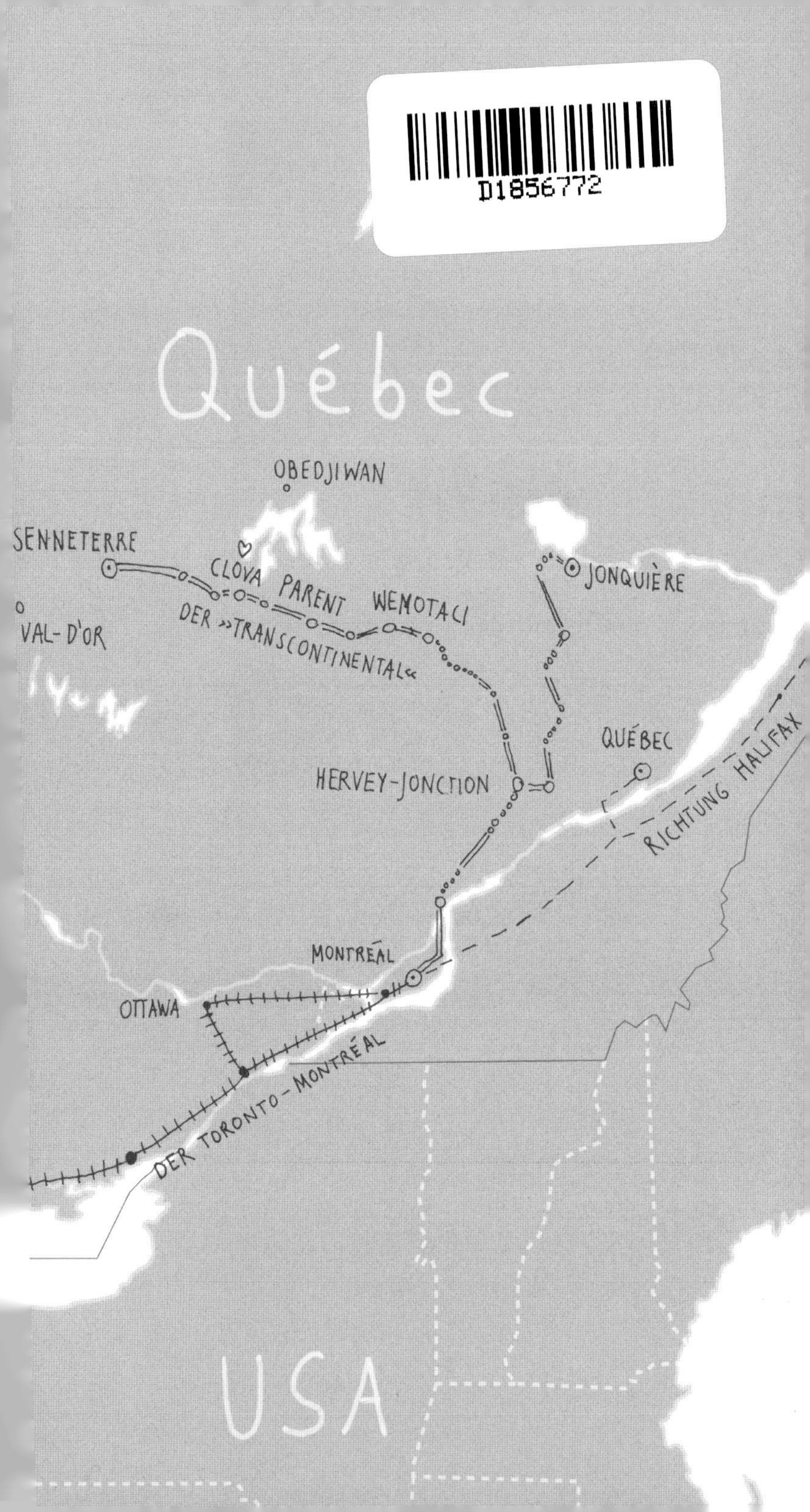
Québec
OBEDJIWAN
SENNETERRE
CLOVA
PARENT
WEMOTACI
VAL-D'OR
DER »TRANSCONTINENTAL«
JONQUIÈRE
QUÉBEC
HERVEY-JONCTION
RICHTUNG HALIFAX
MONTRÉAL
OTTAWA
DER TORONTO-MONTRÉAL
USA

Jocelyne Saucier

Was dir bleibt

Roman

Aus dem Französischen (Québec) von
Sonja Finck und Frank Weigand

Insel Verlag

Die Originalausgabe erschien 2020 unter dem Titel
À train perdu
bei Les Éditions XYZ, Montréal.

Wir bedanken uns bei der SODEC für die Förderung der Übersetzung.

SODEC
Québec

Erste Auflage 2020

Satz: Satz-Offizin Hümmer GmbH, Waldbüttelbrunn
Druck: CPI books GmbH, Leck
Printed in Germany
ISBN 978-3-458-17878-1

Die Autorin dankt dem
Conseil des arts et des lettres du Québec
für das fahrende Stipendium,
mit dem sie den Norden Ontarios erkunden konnte.

In Gedenken an Lise Pichette

Am 24. September 2012 bestieg Gladys Comeau den *Northlander* und ward fortan in Swastika – keine Stadt, nicht einmal ein Dorf, bloß eine kleine Siedlung an der Eisenbahnstrecke – nicht mehr gesehen.

Damit begann die Irrfahrt, jene von Gladys und meine eigene, denn dies ist die Erzählung von Gladys Comeaus Reise durch den Norden von Ontario und Québec, von ihrer großen Reise, die sie erst nach Süden führte, dann nach Westen, dann nach Osten und schließlich wieder nach Norden. Eine rätselhafte Zugreise, deren Anlass niemand so richtig verstand und die ab dem Augenblick, als sich die Meldung vom Verschwinden der alten Dame verbreitete, von unzähligen Menschen verfolgt wurde. Es gibt jede Menge Aussagen und ebenso viele Meinungen, manche kritisierten und verurteilten Gladys, andere bezeichneten ihr Verhalten sogar als verwerflich. Aber hier soll es nicht darum gehen, Gladys den Prozess zu machen, sondern darum, ihre überstürzte Flucht zu rekonstruieren, die Puzzleteile ihrer Odyssee in den Zügen des Nordens zusammenzusetzen und herauszufinden, was sie angetrieben haben mag. Denn die Irrfahrt derjenigen, die »die Frau aus Swastika« genannt wurde, ist nach wie vor Gegenstand verschiedenster Vermutungen, obwohl mittlerweile einige ihrer Schleifen und Umwege bekannt sind.

Die Schockwelle verbreitete sich über den Kreis ihrer Freunde und Bekannten hinaus, aber es gab keine Zeitungsmeldung und keine polizeiliche Ermittlung. Jedes Mal, wenn man in Swastika kurz davor war, die Polizei zu benachrichtigen, tauchte Gladys wieder auf irgendeiner Eisenbahnlinie auf, und man schickte eine neue Anfrage an einen weiteren Zugchef. Es blieb eine private Angelegenheit, ohne Widerhall in der Öffentlichkeit. Wer sollte sich auch für die Geschichte einer Frau interessieren, die aus ihrem Leben verschwindet, einer ganz gewöhnlichen Frau, die weder Groß- noch Untaten vollbracht hat, einer alten Frau obendrein? Die Antwort lautet: Ich. Auch wenn das dem gesunden Menschenverstand und eigentlich auch meinen Vorlieben widersprach.

Ich bin kein Hobbydetektiv, habe keine Veranlagung für Verfolgungsjagden und auch kein besonderes Interesse an Rätseln und Geheimnissen, trotzdem hielt mich die Geschichte über vier Jahre lang in ihrem Bann. Ich fuhr Gladys' Strecke ab, traf Menschen, die sie bereits vor ihrer Irrfahrt gekannt hatten oder ihr unterwegs begegnet waren, machte etliche Anrufe und schickte unzählige E-Mails und Nachrichten, um die Abfahrt- und Ankunftszeiten eines Zuges zu überprüfen, ein Detail zu erfragen oder einen unauffindbaren Namen zu ermitteln. Ich habe ganze Ordner und Festplatten mit einer Geschichte gefüllt, die sich mir nach wie vor entzieht.

Wie kam ein Mann, der für ein derartiges Abenteuer völlig ungeeignet schien, dazu, sich im Leben eines anderen Menschen zu verirren? Jetzt, wo ich hier sitze und diesen Bericht schreibe, frage ich mich immer noch, ob es daran liegt, dass ich der Sohn eines Eisenbahners bin. Ich hätte mich kaum auf die Spuren der alten Frau begeben, wenn nicht alles mit einem abgelegenen Bahnhof, dem Pfeifen eines Zuges und dem

Rattern von Rädern begonnen hätte, diesen tröstenden Geräuschen, die mich und die alte Frau auf unseren jeweiligen Irrfahrten begleiten würden. Man macht sich keine Vorstellung von der Macht des rhythmischen Aufeinandertreffens von Stahl auf Stahl. Ein vertrauter Klang, der mich nicht loslässt. Ich bin, das gestehe ich gern, ein Zugliebhaber, ein Eisenbahnnarr, und das ist vermutlich der wichtigste Beweggrund für meine Suche. Doch es war nicht nur Gladys, es waren auch all die anderen Menschen, die mich zu dieser Abenteuerreise oder Ermittlung – ich weiß selbst nicht so recht, was es eigentlich ist –, von der ich hier berichten möchte, angespornt haben, die mich gerufen, gebannt, gefesselt haben.

Und auch meine eigenen Motive muss ich ergründen.

Ich werde diese Geschichte erzählen, ich werde sie aufschreiben, denn ich habe ein Versprechen abgegeben. Bernie, mein Freund, wirst du noch leben, wenn ich meine Erzählung beende?

Swastika entkommt man nicht so leicht. Die in Ontario gelegene Siedlung hat zweihundert Einwohner, jeder einzelne zählt, jeder hat Gewicht, da bleibt ein Aufbruch nicht unbemerkt.

Gladys Comeau, die hier seit fünfundfünfzig Jahren lebte, wusste das, und deshalb verließ sie den Ort heimlich, still und leise. Anders entkommt man Swastika nicht. Kein Koffer, keine neuen Kleider, nichts, was auf eine Reise oder eine Flucht hindeutete. Sie ging die Conroy Avenue hinab, bog links in die Nationalstraße ein, rechts in die Cameron Avenue und stieg dann die achtzehn Stufen zum Bahnhof hoch, der auf einer Anhöhe steht. Sie hätte weitergehen können, zum Ende des Bahnsteigs und an den Gleisen entlang bis zur Eisenbahnbrücke über der Nationalstraße, niemand hätte sich gewundert, sie dort zu sehen, ihr morgendlicher Spaziergang führte sie oft hierher.

Vom Bahnhof aus überblickt man den ganzen Ort. Das ins Tal geschmiegte Straßennetz, die dicht beisammenstehenden Häuser, all das lässt sich mit einem einzigen Rundblick erfassen, man sieht den rauschenden Fluss, kann seinem Lauf neben dem Park folgen, und kurz bevor man zum Ausgangspunkt zurückkehrt, entdeckt man auf einem Hügel die kleine hellblaue Kirche. Swastika hat seinen ganz eigenen Charme, eine unbewusste Anmut. Der Bahnhof trägt nichts zur Schönheit bei. Er ist ein unansehnlicher Backsteinklotz, der am Bahndamm klebt und schon bessere Tage gesehen hat. Früher trafen hier zu jeder Tages- und Nachtzeit Züge ein, Taxis, mit Goldbarren beladene Lastwagen, die nicht einmal gepanzert, mit keiner Plane verhüllt waren, ein stetiges Getümmel, und der Bahnhof thronte auf seiner Anhöhe, davor ein gepflegter Rasen, der sich bis hinunter zur Cameron Avenue erstreckte, und in der Mitte des Rasens Begonien, Stiefmütterchen und Studentenblumen, in Rot und Gelb, eine wahre Farbsymphonie, die ein riesiges Hakenkreuz bildeten.

Heute gibt es keinen Rasen mehr und auch keine anderen Bemühungen zu gefallen. Die Fenster sind zugenagelt, der Bahnhof ist geschlossen, mit Ausnahme eines Raums, der als Wartesaal dient, wobei er außer bei extremer Kälte menschenleer bleibt, denn es gibt dort keine Annehmlichkeiten, nicht einmal Toiletten, und so wartet man lieber draußen auf dem Bahnsteig.

Und auf genau diesem Bahnsteig standen an jenem kühlen Septembermorgen zwei Männer und eine Frau, über die sich der Zugchef freute, denn oft stand dort niemand und er musste ohne Halt weiterfahren. Gladys war Stammgast im *Northlander*. Der Zugchef, der Sydney Adams hieß, erkannte sie auf Anhieb.

Ich sage »Zugchef«, obwohl ich weiß, dass dieser Ausdruck bei der Eisenbahnbehörde nicht mehr gebräuchlich ist. In Ontario nennt man die Eisenbahnangestellten, die die Reisenden begrüßen, über ihren Komfort wachen, sich vergewissern, dass alle am richtigen Bahnhof aussteigen und dabei ihr Gepäck nicht vergessen, »conductor«, in Québec »directeur de service«. Aber meinem Verständnis nach sind sie wahrhaftige Chefs ihres Zugs, und so werden sie dies auch in dieser Erzählung sein.

Nach dieser Abschweifung kann ich nun also fortfahren.

Allerdings fürchte ich, dass die vorliegende Erzählung immer wieder von Abschweifungen unterbrochen werden wird, von Rückblenden, persönlichen Bemerkungen und anderen Exkursen. Ich verfüge über eine beträchtliche Menge an Informationen, und ich muss aus den im Laufe der Jahre angehäuften Zeugenaussagen die glaubhaftesten auswählen. Allesamt vage Äußerungen, zum Großteil fragwürdig und zwangsläufig bruchstückhaft, da es sich um eine kopflose Flucht handelt, die niemand von Anfang bis Ende hat verfolgen können. Manche Abschnitte sind besser dokumentiert als andere. Das trifft vor allem auf die Strecke Sudbury–White River zu, wo Gladys bei alten Bekannten Halt machte, langjährigen Freunden, den »Kindern des Waldes«, wie sie sie nannte. Es sind die Kinder des »school train«, glückliche Kinder einer glücklichen Zeit, Jugendfreunde, die wie sie einer vergangenen Epoche nachtrauern. Durch die Gespräche, die diese Bekannten bereitwillig mit mir geführt haben, wurde mir klar, woher Gladys' unerschütterlicher Optimismus stammte, ihre positive Einstellung trotz aller Schicksalsschläge, ihre Weigerung, dem Leben irgendetwas übel zu nehmen. »Wer einmal das Glück kennengelernt hat, weigert sich zu glauben, dass es nicht mehr wiederkommen kann.« Einer ihrer Lieblingssätze.

Die Aussagen ihrer Freunde aus der Nachbarschaft gehen in dieselbe Richtung: eine resolut optimistische Frau, entschlossen, das Glück mit beiden Händen zu packen, eine Frau, die nicht nachgab, wo viele zusammengebrochen wären. Viele von ihnen kannten sie seit ihrer Ankunft in Swastika, als junge, bis über beide Ohren verliebte Braut. Die befreundeten Nachbarn aus der Conroy Avenue, der Westinghouse Street und der Childs Avenue bilden eine Solidargemeinschaft von knapp zehn Personen, darunter Frank Smarz, einer meiner wichtigsten Verbündeten bei meinen Ermittlungen. Er gehörte zu den hartnäckigsten Verfolgern Gladys', sobald das Verschwinden der alten Dame gemeldet worden war.

Frank Smarz (fünfundfünfzig Jahre alt, seines Zeichens Schweißer und großer Liebhaber von Blaubeer- und Löwenzahnwein) ist der Ehemann von Brenda, Gladys' unmittelbarer Nachbarin und bester Freundin. Zumindest glaubte sie dies bis zu dem Septembermorgen, an dem die Freundin Swastika verließ, ohne Brenda etwas von ihrem Plan erzählt zu haben. Mehr als alle anderen war sie todunglücklich über Gladys' Verschwinden und, obwohl sie dies nicht zugeben will, zutiefst verletzt darüber, dass ihre Freundin sie nicht ins Vertrauen gezogen hatte. Es waren mehrere Annäherungsversuche nötig, bis sie schließlich einwilligte, mir ihre Version der Ereignisse zu erzählen. Die anderen Mitglieder der Gemeinschaft machten keine Schwierigkeiten.

»Solidargemeinschaft« ist wirklich das passende Wort für das, was diese Nachbarn verband – höchstens zehn Personen, alle in bescheidenen Verhältnissen lebend –, die im Laufe der Jahre eine freie und lockere Freundschaft geschlossen haben, auf so selbstverständliche Weise, dass es sie selbst erstaunt. Sie laden sich gegenseitig zum Abendessen ein, helfen einander bei Reparaturen, Renovierungen, Garten- und Bauarbeiten, leihen sich Werkzeuge, Kleidungsstücke (nur die Frauen), aber niemals Geld – eine stillschweigende Regel, Geld wird nicht verliehen –, und falls es manchmal nicht so glatt läuft, falls Worte, Stimmungen, Verhaltensweisen Anstoß erregen, ärgern oder verletzen, dann wartet man einfach, bis das Gewitter weitergezogen ist. Die Zeit ist ihre zuverlässigste Verbündete – außer in dem Fall, der uns hier beschäftigt.

Gladys war diese Freundschaft eine große Stütze. Ein Jahr nach ihrer Ankunft in Swastika wurde sie Witwe (ein Grubenunglück, damals keine Seltenheit) und zog allein eine Tochter groß, die ihre ganze Freude war, bis sie sie in einer Blutlache fand, ihr erster Selbstmordversuch. Lisana war damals zwanzig Jahre alt, ein hübsches Mädchen, sie machte eine Ausbildung zur Krankenschwester, war intelligent, fröhlich, gut gelaunt, alles, was man sich von einem Kind erhoffen konnte, das man sein Leben lang mit Aufmerksamkeit und Liebe verhätschelt und verwöhnt hatte. Gladys war am Boden zerstört. Trotzdem verzweifelte sie nie. Ihr optimistisches Wesen ließ sie an eine vorübergehende Krise glauben, ein kurzzeitiges Unglück. Sie hoffte immer auf bessere Tage. Selbst dann noch, als der Anruf von der Krankenpflegeschule kam. Selbst dann, wenn sie ihre Tochter in Toronto auflesen musste, in einem besetzten Haus, einer Notschlafstelle, einem Krankenhauszimmer, und sie zurück in die Conroy Avenue brachte, sie gesundpflegte, sie umsorgte, und wenn Lisana dann wieder loszog, hoffte Gladys, dass sie nie wieder eine fremde Stimme am Telefon hören musste, die ihr mitteilte, dass ihre Tochter es nicht geschafft hatte, der Todessehnsucht zu widerstehen. Ihre Freunde verzweifelten daran, dass Gladys sich derart abmühte. Lisana war ins Leben zurückgekehrt, aber für wie lange? Wie lange würde es bis zum nächsten Rückfall dauern? Wie lange würde Gladys brauchen, um zu begreifen, dass all dies nie ein Ende nehmen würde? Oder dass es nur ein mögliches Ende gäbe … Doch das wagte niemand zu denken, geschweige denn laut zu sagen.

Die befreundeten Nachbarn haben nur wohlwollende Worte für Gladys. Eine außergewöhnliche, mutige Frau, eine aufopferungsvolle Mutter, eine Löwenmutter, eine Mutter, die das Unmögliche möglich macht. Sie sind voller Bewunderung und Lob, aber wenn das Gespräch auf Lisana kommt, schütteln sie den Kopf, als hätten sie zu viel zu erzählen, und man kann nur mutmaßen, wie viel Erbitterung und Enttäuschung sich hinter den verschlossenen Gesichtern verbirgt. Sie erheben schwere Anschuldigungen gegen Lisana. Wenn es nach ihnen ginge, hätten sie sie schon vor langer Zeit ihrem Schicksal überlassen. Natürlich wird nichts dergleichen jemals ausgesprochen.

Es sind Menschen, die ihren Eindrücken und Empfindungen misstrauen. Außer Fakten vermochte ich ihnen nichts zu entlocken. Während der vier Jahre, die ich regelmäßig nach Swastika fuhr, fühlte ich mich bei ihnen wohl, niemals aber wie ein guter Freund. Wenn sie einen geheimen Garten haben – und jeder Mensch hat einen –, so pflegen sie ihn fernab aller Blicke, vielleicht sogar fernab ihres eigenen Bewusstseins. Wer so lange Zeit so eng zusammenwohnt, vergisst sich irgendwann selbst. Fakten hingegen sind zuverlässig. Man dreht und wendet sie, hübscht sie auf, behält sie im Gedächtnis, und wenn ein Fremder an die Tür klopft, dann holt man sie aus ihrem Schmuckkästchen und stellt sie stolz zur Schau. Ich erhielt also eine detaillierte und umfangreiche Erzählung von dem Tag, an dem Gladys verschwand und eine Lisana zurückließ, mit der die befreundeten Nachbarn nichts zu schaffen haben wollten.

Brenda Smarz war es, die Alarm schlug. In einer derartig

kleinen Gemeinschaft sind die Häuser durchsichtig, man lebt unter den Augen der anderen, und als Brenda auffiel, dass die Vorhänge von Gladys' Schlafzimmer morgens nicht geöffnet wurden, machte sie sich Sorgen. Um Viertel nach elf hielt sie es nicht mehr aus und beschloss, nachzusehen. Sie klopfte vergeblich, betrat dann das Haus, schlich in die Küche, wo sie Lisana vorfand, am Tisch vor einer Kaffeetasse sitzend, sehr aufrecht, sehr starr auf ihrem Stuhl, hypnotisiert von einem unsichtbaren Punkt an der Wand. Brenda bekam es mit der Angst zu tun.

Lisana war schon lange keine junge Frau mehr. Sie war vierundfünfzig, sah aber viel älter aus, gebrochen von einem Leben, das sie beharrlich hatte beenden wollen. »Sie sah genauso alt aus wie ihre Mutter«, sagen die Nachbarn einer nach dem anderen zu mir. Sie erzählen von ihrem grauen Gesicht, dem leeren Blick, dem schleppenden Gang, »als würde ein tonnenschweres Gewicht auf ihren Schultern lasten«. Ein übertrieben negatives Porträt, geprägt von dem Groll, den sie ihr nach wie vor entgegenbringen. Wenn man ihnen so zuhört, könnte man meinen, Mutter und Tochter hätten nichts gemeinsam gehabt. Trotzdem, sagen die Nachbarn, wenn sie nebeneinander durch die Straßen von Swastika spazierten, beide hochgewachsen und kräftig gebaut, hätte man sie beinahe verwechseln können. Skandinavischer Typ, mit blondem Haar und Augen von einem äußerst sanften, fast milchigen Blau, in Lisanas Fall waren Haar und Augen allerdings glanzlos und aschgrau, während Gladys, wie sie schnell hinzufügen, stets auf ihr Äußeres bedacht gewesen war. Stufig geschnittenes Haar, das durch eine hausgemachte Tönung sein ursprüngliches Blond wiedererlangt hatte, der Teint durch ein dezentes Make-up betont. »Schönheit ist für alle da«, pflegte Gladys zu sagen, und obwohl sie mit Ende sechzig das Haarfärben und Schminken aufgegeben hatte, trug sie die Zeichen des Alters mit einer diskreten, eleganten Resignation. Niemand wäre auf die Idee gekommen, Mitleid mit der alten Dame zu haben, wäre Lisana nicht auf Schritt und Tritt an ihrer Seite gewesen, Lisana, die einen Schatten auf das Paar aus Mutter und Tochter warf.

Doch an jenem Tag brennt in Lisana »ein schwarzes Feuer«, als Brenda sich ihr nähert, eine harte, grausame Kraft, die sie entstellt. »Ich dachte, sie hätte einen Anfall.«

Brenda hatte zuvor keinen der Anfälle mitbekommen. Auch das nimmt sie ihrer Freundin übel. Gladys beschützte ihre Tochter hingebungsvoll und entzog sie allen Blicken, sobald sich ein schlechter Moment ankündigte. So nannte sie das, ein schlechter Moment, eine schlechte Phase, das war alles, was sie zu sagen bereit war, nachdem sie sich mit ihrer Tochter im Haus verbarrikadiert hatte, tagelang, manchmal eine ganze Woche, damit niemand ihr die Spuren des Kampfes ansah, den sie ausfochten. Lisana hatte eine schlechte Phase, mehr sagte Gladys nicht. Dann wusste Brenda, dass sie nicht weiter nachfragen sollte. »Hinterher war sie erschöpft, als hätte sie Lisana ein zweites Mal zur Welt gebracht, aber gesprächig wie immer, sie erzählte von ihren Blumen, dem Braten, den sie im Ofen hatte, von ihrem Haushalt, als wäre sie gerade von einer Reise zurück und gewöhne sich nun wieder an ihren Tagesablauf, aber kein Wort über das, was sie mit ihrer Tochter durchgemacht hatte, nicht mal mir gegenüber, dabei habe ich ihr immer alles erzählt.« Und Brenda verfällt in ein schmollendes Schweigen.

In Lisana brennt also ein schwarzes Feuer, und Brenda bekommt es mit der Angst zu tun. Sie glaubt, dass Lisana kurz vor einem Anfall steht oder bereits mittendrin steckt. Sie läuft von Zimmer zu Zimmer, sucht nach Gladys, fürchtet das Schlimmste, findet sie nicht, kehrt in die Küche zurück. Sie fragt Lisana, wo ihre Mutter sei, Lisana löst langsam den Blick von dem Punkt an der Wand, in den sie sich zurückgezogen hat, antwortet: »Weg«, und schenkt Brenda dabei ein Lächeln, bei dem sich ihr die Nackenhaare aufstellen, ein Lächeln, das ebenso verängstigt ist wie Brenda beim Anblick dieser versteinerten Frau, und daraufhin tritt Brenda hektisch die Flucht an und überlässt Lisana, die sich nicht von ihrem Stuhl rührt, ganz vertieft in dieses grauenvolle Lächeln, ihrem Schicksal.

Es dauerte keine Viertelstunde, bis sich die Sache herumgesprochen hatte. »Wo ist Gladys?« Man suchte sie überall, die ganze Gemeinschaft beteiligte sich, man durchforstete jede Straße, durchkämmte den Park, lief am Fluss entlang, klopfte mehrmals an Gladys' Tür, befragte Lisana, die ihr grauenvolles Lächeln abgelegt hatte, jedoch von keinem Nutzen war und nur unablässig wiederholte: »Sie ist weg«, »Sie kommt nicht wieder«, »Sie ist weg«, in einer endlosen Litanei, der man schließlich wohl oder übel Glauben schenken musste, da Gladys nirgends zu finden war.

Bei den Smarz, wo sich die befreundeten Nachbarn versammelt hatten, erging man sich in Mutmaßungen. Ebenfalls bei den Smarz kam man in den nächsten Tagen zusammen, um bei allen erdenklichen Bahnhöfen und Eisenbahnbetreibern anzurufen, man wollte Gladys wiederfinden und sie in die Conroy Avenue zurückbringen. Ihr Haus war die Kommandozentrale der Operation »Rückführung« (das ist das Wort, das sie gebrauchten). Doch erst einmal standen sie unter Schock, waren völlig verwirrt und versuchten, die Situation zu begreifen. Das Unverständlichste, das Unfassbarste war, dass Gladys Lisana bei ihnen zurückgelassen hatte.

Sie wissen, dass sie kostbare Minuten mit dem Versuch vergeudet haben, Gladys' Tat zu deuten. Sie haben nachgerechnet und sind überzeugt, dass Frank Smarz, wären sie nicht in sinnlose Fragen verstrickt gewesen, noch am Vormittag beim Fahrdienstleiter von Englehart angerufen hätte, und dann wäre seine Anfrage rechtzeitig dem Zugchef übermittelt worden und dieser hätte Gladys abfangen können. Und das war nicht der einzige Fehler. Sie traten einen Wettlauf gegen die Zeit an, häufig ging es nur um Minuten, um eine falsche Weichenstellung oder schlechtes Timing, Gladys war gerade abgefahren oder in einen anderen Zug gestiegen als geplant, ihre Nachrichten gelangten nie zur rechten Zeit an den rechten Ort. Die Nachbarn hatten den Eindruck, dass Gladys ihnen immer eine Nasenlänge voraus war. »Und die ganze Zeit stand Gladys' Toyota da, vor unseren Augen, in ihrer Einfahrt. Deshalb wussten wir, dass sie den Zug genommen hatte.«

Um 13 Uhr 30 rief Frank Smarz beim Fahrdienstleiter von Englehart an. Der brauchte einige Zeit, bis er begriff, worum es ging (»wieder ein paar verlorene Minuten«), und übermittelte die Botschaft dann per Funk an den Zugchef des *Northlander*, Sydney Adams, der bestätigte, dass Gladys in Swastika eingestiegen war, aber nichts weiter dazu sagen konnte, da in North Bay das Personal gewechselt hatte. Der Zugchef, der ihn in North Bay ablöste, heißt Edward Murphy. Als Edward Murphy die Nachricht erreichte, war er gerade die Passagierliste durchgegangen und hatte festgestellt, dass ihm ein Fahrgast abhandengekommen war.

Die Nachricht wurde von Zug zu Zug weitergegeben, über eine Distanz von über 3000 Kilometern, kam aber immer zu spät. Gladys verwischte ihre Spuren. Absicht oder nicht – diese Frage wird wohl für immer unbeantwortet bleiben.

Die Zugchefs sind wichtige Zeugen. Sie legen Jahr für Jahr dieselbe Strecke zurück, kennen ihre Passagiere häufig beim Vornamen, ihre Stammgäste, die in einer Kleinstadt ein- oder aussteigen, einem Örtchen wie Swastika oder einer Lichtung im Wald. Sie sind der Dreh- und Angelpunkt dieser Geschichte, Steine, die es umzudrehen gilt, wenn man Gladys' Fahrt verfolgen will.

Der erste Stein also: Sydney Adams, Zugchef des *Northlander.* In dieser Erzählung werden noch mehrere Zugchefs vorkommen, aber Sydney Adams ist der erste in der Chronologie der Ereignisse, obwohl ich ihn erst zwei Jahre nach den hier geschilderten Geschehnissen kennengelernt habe.

Als ich ihn traf, befand er sich im unfreiwilligen Ruhestand, da die Strecke Cochrane–Toronto am 28. September 2012 stillgelegt worden war, vier Tage, nachdem man Gladys in einem der Züge gesichtet hatte. Der *Northlander* und Gladys Comeau verschwanden beinahe gleichzeitig. Eine Niedertracht des Schicksals, wie manche glauben. In der Tat scheint es, als hätten sich die Schranken der Vorhersehung für einen Moment geöffnet und gleich wieder geschlossen, um Gladys durchzulassen und ihr so bei der Flucht zu helfen.

Sydney Adams' Frau genoss die Tatsache, dass ihr Ehemann nun in Rente war, und plante monatelange Aufenthalte in Florida, bis besagter Ehemann die Sonne, die goldenen

Strände und die Daiquiris leid war und sich der Untätigkeit entzog, die auf ihm lastete. Er ist ein zupackender Mensch, wie er gerne sagt, ein Mann, für den das Leben aus Arbeit besteht, ganz gleich, wo er sich befindet. Seine Rente als Eisenbahner und das, was er als sein »Hobby« bezeichnet (er kauft und renoviert Häuser, die er auch bewohnt, und verkauft sie nach einer Weile mit Gewinn weiter – »Aber zu einem fairen Preis«, wie er sofort klarstellte, »ich bin schließlich kein Blutsauger«), erlauben ihm ein komfortables Leben.

Unsere Begegnung fand in seinem Haus in Cochrane statt, das noch eine Baustelle war: Er hatte die Zwischenwände herausgenommen, um einen offenen Küchen- und Wohnzimmerbereich zu schaffen (»So was mögen die Leute heutzutage«). Seine Frau, die offenbar nicht stillsitzen konnte, huschte während des ganzen Interviews zwischen der Baustelle, dem Tee und den Keksen hin und her.

Sydney Adams war überrascht, dass sich nach so langer Zeit jemand für die Sache interessierte und eher abgeneigt, das Wenige, was er darüber wusste, zu erzählen. Er machte sich Vorwürfe, weil er nicht mitbekommen hatte, was an Bord vor sich ging, und weil Gladys ihm entwischt war. Doch als er zwei Stunden lang dasaß, ohne Akkuschrauber oder Bohrmaschine in der Hand, als er nichts zu tun hatte, außer sich zu unterhalten, entpuppte er sich als unverhofft gesprächig. Ich kenne diese Männer, denen die eigenen Gedanken fremd sind, die in ihnen gefangen sind und von ihnen gequält werden, ohne dass sie es merken. Männer, die sich zu sehr um das Hier und Jetzt, die nächste Stunde, die unmittelbare Zukunft sorgen und es nicht zulassen, dass komplizierte Gedanken die anstehenden Arbeiten durcheinanderbringen. Ein arbeitsreiches Leben verleitet nicht gerade zur Innenschau oder zu intimen Geständnissen. Im Verlauf des Interviews ließ sich Sydney Adams nur selten zu persönlichen Bemerkungen hinreißen.

Er ist ein Mann wie ein Baum, nicht groß, aber stark, buschige Augenbrauen, durchdringender Blick, eine auf die Gegenwart gerichtete Energie. Er ähnelt meinem Vater, meinen Onkeln, all den Männern meiner Kindheit. Den »Eisenbahnnarren«, wie sie sich untereinander nennen. »*Trainmen*«, nannte Sydney Adams sie. In seiner Stimme roch ich das Schmierfett, hörte ich die Hammerschläge, sah ich die Riesen meiner Kindheit mit schweren Schritten an den Waggons auf unserem Bahnhof in Senneterre entlangstapfen. Ich befand mich auf vertrautem Terrain.

Als er begriff, dass ich ebenfalls ein Zugliebhaber war, taute er spürbar auf. Ich kam in den Genuss von Geschichten aus den glorreichen Jahren des *Northlander*, er nannte mich mit kräftiger Stimme »buddy«, und sicher hätte er mir genauso kräftig auf die Schulter geschlagen, wäre ich in meinem Sessel nicht außer Reichweite gewesen.

»Gladys liebte die Züge auch«, vertraute er mir an. Trotz des fehlenden Komforts, der Langsamkeit, der Unpünktlichkeit und obwohl fast niemand mehr der Eisenbahn vertraute. »Gladys wurde übrigens in einem Zug geboren, vor sehr langer Zeit. Sie war um die siebzig, aber noch rüstig, rüstig genug, um mit dem Zug zu reisen. Und immer in Begleitung ihrer Tochter Lisana, dem armen Ding.«

Er kannte die beiden seit einer halben Ewigkeit. In den glorreichen Jahren des *Northlander* stiegen sie oft in seinen Zug. Sie fuhren nach Toronto, nach Montréal, waren bis nach

Nova Scotia gereist, bis nach Winnipeg, hatten fast ganz Kanada mit dem Zug durchquert. Lisana als kleines Kind, das sich mit seinem Malbuch beschäftigte, später als junges Mädchen, das Liebesromane las, während ihre Mutter von einem Sitz zum nächsten ging, plaudernd, lachend, scherzend. Und dann kam es zu dem wiederholten Drama, das Sydney Adams sich nicht erklären konnte (»So ein nettes, fröhliches Kind«), und Gladys brachte »das arme Ding« von Toronto zurück nach Hause. Lisana starrte aus dem Fenster auf die vorbeiziehende Landschaft, während ihre Mutter sich bemühte, gute Laune zu verbreiten, um ihr wenigstens einen kurzen Blick zu entlocken. Damals nahm sich Sydney Adams hin und wieder die Zeit für ein kleines Gespräch mit ihr, da ihre Tochter beharrlich schwieg.

Er fand es schön, wenn Gladys in seinem Zug mitfuhr. »Sie redete für ihr Leben gern und konnte einem stundenlang alles Mögliche erzählen.« Die Reise von Swastika nach Toronto war lang. Man musste sich auf ungefähr zehn Stunden einstellen, die Verspätungen nicht eingerechnet, die häufig vorkamen, da Güterzüge generell Vorfahrt vor dem Personenverkehr hatten, weshalb der Zug unterwegs mehrfach auf ein Abstellgleis ausweichen musste. Jemanden wie Gladys an Bord zu haben, die von einem Sitz zum nächsten ging, als schlendere sie eine Dorfstraße hinunter, die für Leben im Wagen sorgte, war ein Segen, für die Mitreisenden ebenso wie für den Zugchef.

Doch bei ihrer letzten Reise mit dem *Northlander*, kein Wort, keine Bewegung, »nicht mal zur Toilette gegangen ist sie«, stattdessen starrte sie die ganze Fahrt lang aus dem Fenster.

Ihr Verhalten hätte ihm Sorgen bereiten können, aber er hatte sich von dem »Mann mit dem Schal« ablenken lassen, wie er ihn nannte. Dabei warf er mir einen verschwörerischen Blick zu, denn er wusste, dass ich wie er aus dem Norden stammte. Wir waren sozusagen Landsleute.

»Allerdings hatte ich in meinem Zug schon ganz andere komische Vögel gesehen.«

Er nimmt sich das übel. Dass er sich von dem »komischen Vogel« ablenken ließ und darüber Gladys vergaß. Schon auf dem Bahnsteig, als der Mann mit Gladys und einem weiteren Fahrgast auf den *Northlander* gewartet hatte, war Sydney Adams neugierig geworden. Der Schal hatte ihn irritiert, dabei hatte der nichts Ungewöhnliches an sich, »ein Schal mit grauen Streifen«. Ich lachte, so wie Sydney Adams es von mir erwartete. Ein Mann aus dem Norden hält einen Schal für überflüssig. Daher fiel es natürlich auf, wenn jemand einen trug.

»Ein Fremder, dachte ich gleich, nicht von hier.« (Wieder nannte er mich mit Nachdruck »buddy«.)

An jenem Septembermorgen warteten also zwei Männer und eine Frau auf den *Northlander*. Der Unbekannte mit dem Schal, der seine gesamte Aufmerksamkeit beanspruchen würde, ein zweiter Reisender, der neben seinem Rucksack in die Hocke gegangen war, und Gladys. Den zweiten Reisenden erkannte Sydney Adams sofort. Er hatte ihn zwei Tage zuvor an Bord gehabt. »Ein Ukrainer, der nur Ukrainisch sprach. Keine Ahnung, wie er es geschafft hat, ohne ein Wort Englisch durch die Gegend zu reisen.« Auch Gladys erkannte er auf Anhieb und wunderte sich, dass sie ohne ihre Tochter unterwegs war.

Als ich Sydney Adams kennenlernte, beschränkten sich meine Ermittlungen längst nicht mehr auf eine Rekonstruktion der Fakten. Ich hatte genug herausgefunden, um die Strecke, die Gladys per Zug zurückgelegt hatte, in allen Einzelheiten nachvollziehen zu können. Ich forschte bereits nach ihren Beweggründen, nach dem, was sie selbst von ihren eigenen Absichten wusste, als sie den *Northlander* bestieg.

Wie war sie Sydney Adams vorgekommen? Wie eine Frau auf der Flucht oder eher auf einem Himmelfahrtskommando?

»Gladys war an diesem Morgen nicht in Plauderstimmung.«

Sie bedankte sich kurz bei ihm, als er ihr beim Einsteigen half. Dann ging sie zu ihrem Sitz, ohne die Mitreisenden zu begrüßen. Danach rührte sie sich nicht mehr von ihrem Platz, unbeweglich wie ein Fels. Ihn wunderte das nicht groß. Er nahm an, Lisana wäre wieder einmal ausgerissen und Gladys müsste sie in Toronto abholen. Wobei, wenn er sich die Zeit genommen hätte, über Gladys' Verhalten nachzudenken, hätte er stutzen müssen, denn sie hatte ihrer Tochter schon lange nicht mehr zur Rettung eilen müssen, schon seit Jahren nicht mehr, aber seine Aufmerksamkeit war bereits zu dem Mann mit dem Schal abgeschweift.

»Ein komischer Vogel … Erst glaubte ich, er wäre ein *train buff*.«

Der Begriff war mir nicht fremd. Ich kenne *train buffs*. Extreme Eisenbahnnarren. Zugfanatiker. Auf der Suche nach einer alten Lokomotive, die noch im Dienst ist, oder einer Strecke, die von Stilllegung bedroht ist, reisen sie bis ans Ende der Welt, nehmen gewaltige Risiken auf sich, um eine Eisenbahnbrücke von unten zu fotografieren, wagen sich dorthin, wo sie nicht erwünscht sind, um das Herstellungsdatum einer Lokomotive oder eines Schlusswagens zu ermitteln. Sie sind Amerikaner, Europäer, Australier – und immer Männer. Je nachdem, ob sie aufdringlich oder unterhaltsam sind, empfinden die Zugchefs sie als lästiges Pack oder willkommene Abwechslung.

Der *Northlander* hatte Anschluss an den *Polar Bear Express*, eine Strecke, die von Cochrane hoch in den Norden Ontarios führt, zum Ufer der James Bay, was Cree-Territorium ist, und aus diesem Grund zog der *Northlander* zahlreiche Neugierige an. Touristen, Journalisten, die einen Haufen Fragen stellten, Anthropologen, die manchmal von weit her kamen, und von Zeit zu Zeit einen *train buff*, der ebenfalls von weit her kam und ebenfalls viele Fragen stellte. Anfangs glaubte Sydney Adams also, der Mann mit dem Schal sei ein solcher *train buff*. Doch seine Kleidung war zu ausgesucht (der Schal, ein gutgeschnittenes Sakko und ein safrangelbes Hemd …, safrangelb!), und er stellte keine Frage über den *Northlander* oder den *Polar Bear Express* oder die Cree von der James Bay.

»Aber Fragen hat er schon gestellt, er war ein verdammter Fragensteller, der allen auf dic Nerven fiel.«

Ich habe mehrere seiner Mitreisenden befragt und alle äußerten sich negativ über den Mann. Er sei unruhig gewesen, aufdringlich, lästig, nervtötend, und die ganze Fahrt lang sei er von einem Fahrgast zum nächsten gegangen. Es sei weniger seine Kleidung gewesen oder die Art und Weise, wie er sich über dich beugte, als wollte er dich mit Blumen überhäufen (»höflich bis zum Gehtnichtmehr«), als seine beharrlichen Fragen, die zwangsläufig unbeantwortet blieben, da niemand diesen Trotzki kannte, von dem er da redete.

Über Gladys konnten sie nichts sagen, außer dass sie sich die ganze Fahrt nicht von ihrem Platz rührte und kein Gepäck dabeihatte.

Es waren nicht viele Passagiere, ein knappes Dutzend höchstens, versammelt in einem einzigen Wagen – der *Northlander* hatte schon bessere Zeiten gesehen. Jetzt war er nur noch ein schnaufender Bummelzug mit gerade einmal drei Waggons (Passagiere/Gepäck/Snackbar), der entweder Reisende anzog, die seine Langsamkeit, sein Schlingern und Stampfen, das Wummern von Stahl auf Stahl, das wilde, tierische Schnauben zu schätzen wussten, oder Menschen, die keine andere Wahl hatten und sich mit seiner Behäbigkeit begnügen mussten.

Außer den drei Reisenden, die in Swastika zugestiegen waren, befanden sich eine Mutter mit drei Kleinkindern an Bord, ein junger Cree aus Moosonee, ein paar ältere Leute, hauptsächlich Frauen, ein Schweißer, der in North Bay eine Stelle antrat, und ein pensionierter Angestellter der Ontario Northland Railway, der kostenlos reiste. Auch wenn Sydney Adams nicht alle Fahrgäste mit Namen kannte, war er doch imstande, den Zweck einer Reise zu erraten. Im Falle der älteren Damen war es eindeutig, sie fuhren ihre Familien besuchen oder nach Toronto zum Arzt. Sie hatten eine Kühltasche dabei, aus Sparsamkeit oder weil sie dem Essen der Snackbar misstrauten. Auch die anderen Reisenden hatten Proviant mitgebracht und begannen gerade ihre Sandwiches auszupacken, als Sydney Adams den Fragensteller zum Sitz des jungen Cree gehen sah.

Kanadische Ureinwohner können sehr ruhig sein. Sie reisen, als liefen sie durch die Wälder, auf leisen Sohlen. Selbst wenn sie zu viert sind und einander gegenübersitzen, wechseln sie manchmal die ganze Fahrt lang kein Wort. Sydney Adams, der davon überzeugt war, dass sich der Fragensteller an der jahrtausendealten indigenen Schweigsamkeit die Zähne ausbeißen würde, beobachtete ihn aus den Augenwinkeln.

Und in diesem Moment war Gladys ihm entwischt. Zumindest nahm er das an.

»Wir näherten uns North Bay, und sie muss im Wagenübergang verschwunden sein, während ich damit beschäftigt war, mir anzuschauen, was da passierte.«

Und was da passierte, war nicht banal. Wie auch schon bei den anderen Reisenden beugte sich der Mann mit dem Schal über den jungen Cree (er war, nach Sydney Adams' Einschätzung, höchstens zwanzig Jahre alt) und redete lange auf ihn ein. Zur Überraschung des Zugchefs leuchtete das Gesicht des jungen Mannes auf, wurde lebhaft, beinahe verzog er die Lippen zu einem Lächeln. Der Fremde nahm das als Einladung, sich zu setzen, und sie begannen ein Gespräch. Leider konnte Sydney Adams, obwohl er die Ohren spitzte, nicht hören, was gesagt wurde.

»Ich war sehr erstaunt, so etwas hatte ich noch nie erlebt. Normalerweise lassen sich die Indianer in unserer Gegend nicht von Schönrednern um den Finger wickeln.«

Das erklärt, warum er Gladys in North Bay nicht aus dem Zug steigen sah. Während er damit beschäftigt war, sich anzuschauen, was da passierte, vernachlässigte er seine Arbeit, und die Fahrgäste verließen bereits den Wagen, mit Hilfe seiner Kollegen, die auf dem Bahnsteig warteten und ihn ablösen würden.

»Ich hätte Gladys nicht einfach so ohne ein Wort gehen lassen, wäre da nicht dieser verdammte Fragensteller gewesen.«

Die Maschine stotterte, das Rad drehte sich in die falsche Richtung. Gladys war ihren Verfolgern entwischt, und irgendwo anders raufte sich jemand die Haare.

Der verdammte Fragensteller hört auf den Namen Léonard Mostin. Er ist Franzose und Schriftsteller, aber man hielt ihn für einen jüdischen Historiker. Aufgrund zahlreicher falscher Fährten dauerte es eine ganze Weile, bis ich ihn fand. Da die vorliegende Geschichte schon zu viele Abschweifungen und Exkurse enthält, werde ich an dieser Stelle nicht darauf eingehen, wie es mir schließlich doch noch gelang, ihn in Paris, genauer gesagt in der Rue de l'Éperon, aufzuspüren.

Ich hatte mich wegen seiner Fähigkeiten als Fragensteller auf die Suche nach dem Mann gemacht. Von Sydney Adams wusste ich, dass Léonard Mostin im *Northlander* keinerlei Kontakt mit Gladys gehabt hatte, abgesehen von einem flüchtigen Blick, den er ihr im Vorbeigehen zuwarf, bevor er die anderen Fahrgäste mit seinen Fragen behelligte. Doch auf dem Bahnsteig, als er mit ihr allein war (vergessen wir den anderen Reisenden, den Ukrainer, der nur Ukrainisch sprach), hatte er da nicht reichlich Zeit gehabt, sie zu fragen, wohin sie unterwegs war und was sie dort zu tun gedachte? Wer weiß, was sie ihm geantwortet hatte? Ich setzte auf die unstillbare Neugier des Mannes und auf die Gespräche, die sich manchmal unter Reisenden ergeben.

Léonard Mostin ist in der Tat ein großer Fragensteller. Der Mann, den ich in seiner winzigen Pariser Wohnung traf, entsprach voll und ganz dem Porträt, das man mir von ihm gezeichnet hatte. Nervös, getrieben, vor Fragen nur so überströmend. Aber nicht unangenehm oder inquisitorisch, nicht wie ein widerlicher Schnüffler. Ganz im Gegenteil: Mir scheint er ein tiefes, ehrliches Bedürfnis zu haben, auf andere Menschen zuzugehen, um seiner eigenen Unruhe zu entfliehen. Er wollte alles über mich wissen. Woher ich kam, was ich so tat, ob ich glücklich war, wie viele Jahre ich noch in meiner kleinen Stadt zu bleiben gedachte, ob mir das nicht langweilig wurde.

Er wusste, was mich zu ihm führte. Wir hatten uns auf Facebook geschrieben und die Bekanntschaft per E-Mail vertieft. Doch als wir in seinem Mauseloch (ich kann immer noch nicht fassen, wie man derart beengt leben kann) in Paris zusammensaßen, war ihm trotzdem nicht klar, warum ich ihn zu einer Angelegenheit befragen wollte, die ihn in keiner Weise betraf und über die er so gut wie nichts wusste.

Natürlich erinnerte er sich an Gladys. Zunächst war sie ihm aufgefallen, weil sie kein Gepäck dabeihatte. »Sie trug nur eine Tasche über der Schulter, nicht mal eine Handtasche, eher eine Art Einkaufsbeutel.« Außerdem stand sie absolut reglos da. »Ohne einen Blick, ohne die kleinste Bewegung, sie war völlig erstarrt, als befände sie sich in einer anderen Welt … Gladys war also ihr Name. Das sagten Sie doch, richtig?«

Sein Englisch war schlecht, aber es reichte, um die Bedeutung des Namens zu verstehen. Er wunderte sich, dass diese Frau, die ihm so düster und verschlossen vorgekommen war, einen so fröhlichen Vornamen trug. Sein Französisch perlte wie Champagner, ich hätte ihm stundenlang zuhören können. Er machte keine Bemerkung über mein kanadisches Französisch.

Ich kann mir gut vorstellen, dass dieser Mann, der immerzu versuchte, in die Gedankenwelt seiner Mitmenschen vorzudringen, beim Anblick der alten Frau, die zusammen mit ihm und dem dritten Reisenden auf den 9-Uhr-40-Zug wartete, Tausende von Fragen im Kopf hatte. Sie habe dagestanden wie eine Statue, erzählte er mir, und kein einziges Mal in Richtung des Zuges geblickt, der jeden Moment eintreffen musste. Er sei zu ihr gegangen, habe sie mit einem Kopfnicken gegrüßt, »nichts, sie reagierte nicht, sah mich nicht mal an«, er habe all seinen Mut zusammengenommen und ihr überaus freundlich einen guten Tag gewünscht, »aber sie reagierte nicht, antwortete nicht, als wäre ich Luft«. Er beließ es dabei, flanierte weiter zum Ende des Bahnsteigs, und seine Gedanken verloren sich im Anblick des rauschenden Flusses.

Er war damals selbst ziemlich verloren, wie er mir gestand, gefangen in einer Suche, die für nichts anderes Raum ließ.

»Meine Gedanken verschwanden so schnell wieder, wie sie aufgetaucht waren.«

Eine elegante Art und Weise zu sagen, dass er sich in diesem Ort am Ende der Welt völlig hilflos fühlte, allein unter Menschen, die ihn beinahe offen verspotteten.

Er verbrachte damals vier Tage in Swastika, auf einer Suche, die verglichen mit meiner vollkommen vernünftig erscheint.

Léonard Mostin ist im Grunde seines Herzens kein Reisender. Er ist in Paris geboren und bewohnt seit Jahren dieselbe Wohnung im 6. Arrondissement. Die kleinen Cafés in der Rue de Buci, die großen Buchhandlungen auf dem Boulevard Saint-Germain, die belebten Straßen, die zufälligen Begegnungen, die Schriftstellerkollegen und Verleger, die durch die Rue Saint-André des Arts, die Rue de Seine, die Rue Mazarine spazieren, der typische Pariser Trubel, weckten nicht unbedingt das Bedürfnis in ihm, woanders zu sein. Trotzdem reichte ein Wort, ein einziges bei Google eingetipptes Wort, und Mostin überquerte den Atlantik.

Als er das Wort »swastika« googelte, entdeckte dieser Mann, dass es in den Weiten Kanadas ein kleines Dorf gab, das die »Schamlosigkeit/Ignoranz/Arroganz« besaß, diesen Namen zu tragen und – noch größere Schamlosigkeit/Ignoranz/Arroganz – sogar darum gekämpft hatte, ihn zu behalten. Der Kampf der Swastikaner wurde ausführlich im Netz beschrieben, ebenso wie ihr Kampfschrei: »The hell with Hitler, we came up with our name first«, zur Hölle mit Hitler, wir trugen den Namen zuerst.

Ich hatte ebenfalls im Netz recherchiert und mit derselben staunenden Empörung reagiert, als ich die Geschichte las, die auf mehreren Webseiten auftauchte.

1940 gab es in Swastika einen Ortsschilderkrieg. Das Wort hatte seit einiger Zeit den Beigeschmack von Tod und Zerstörung, und die Regierung von Ontario wollte den Ort umbenennen und gleichzeitig den berühmten Zigarrenraucher ehren, der gegen das Grauen in Europa kämpfte. Doch die Einwohner von Swastika empfanden den Namen ihres Örtchens als Glücksbringer. Unter diesem Namen war die erste Siedlung unweit der *Swastika Gold Mine* entstanden. Und so führten Winston und Swastika monatelang am Ortseingang Krieg, Schilder wurden abgerissen, wieder angebracht, erneut abgerissen, bis die Regierung vor der Dorfarmee einknickte. *Zum Teufel mit Hitler, wir hatten das Hakenkreuz zuerst.*

Und diese ungeheure Geschichte war es, die einen häuslichen Pariser dazu brachte, eine lange Reise zu unternehmen und sich in den Weiten Nordkanadas zu verlieren.

»Ich habe mich gefragt, ob diese Leute debil waren oder jämmerliche Witzbolde. Um heutzutage das Hakenkreuz für sich zu beanspruchen, muss man wirklich nicht alle Tassen im Schrank haben.«

Aber hätte er darin nur einen Witz debiler Dorfbewohner gesehen, hätte sich Léonard Mostin nicht ins Abenteuer gestürzt.

»Ehrlich gesagt, langweilte ich mich mit meinen Romanen. Mein eigener Stil ging mir furchtbar auf die Nerven. Mein fünfter Roman versprach genauso beklemmend zu werden wie die vorigen, und bei dem Gedanken, jahrelang auf der Stelle zu treten, weil ich nicht wusste, was ich sonst tun sollte, geriet ich in Panik.«

Er war also auf der Suche nach einer Offenbarung ans andere Ende der Welt gereist, in eine Ortschaft voller Witzbolde oder Grenzdebiler, denen es Spaß machte, mit der Geschichte Schindluder zu treiben. Er hoffte, dort einen fertigen Roman vorzufinden, den er nur noch einsammeln brauchte, einen ebenso amüsanten wie tiefsinnigen Roman, eine seltsame Posse, deren Sinn er nicht verstand und deren Ausgang er nicht kannte, von der er aber hoffte, dass sie ihn in seiner kleinen Wohnung in der Rue de l'Éperon in Atem halten würde.

In Swastika und in Kirkland Lake, dem Nachbarstädtchen, wo er eine Unterkunft gefunden hatte, fiel Léonard Mostin auf. Die Leute erinnerten sich später noch gut an ihn und erzählten mir im Tonfall belustigter Verachtung von ihm. Eine Bohnenstange, ein merkwürdiger Typ, der unsicher durch die Straßen stackste, und sobald jemand den Fehler beging, stehen zu bleiben, stürzte er sich auf ihn und stellte einen Haufen Fragen. Swastika, natürlich, etwas anderes interessierte ihn nicht, nur die Herkunft des Namens und was die Leute darüber dachten. Doch Mostin musste sich mit wenig zufriedengeben, denn die Leute dachten gar nichts darüber, außer dass »Swas« ein Ort ist, an dem es sich gut leben lässt. Als ich die Einwohner von Swastika meinerseits befragte, erhielt ich mehr oder weniger dieselbe Antwort.

»Swas«, kein einziges Mal sprachen sie das Wort »Swastika« aus, nur diese Abkürzung. Léonard Mostin schloss daraus, dass sie sich unbewusst schämten. Doch als er zu fragen wagte, ob sie im Fall der Fälle einen weiteren Ortsschilderkrieg anzetteln würden, war das Wort wieder in voller Länge da, kräftig und klangvoll. »Swastika ist unser Name.« Die Antwort gab man ihm mit einem Anflug von Trotz.

Die Leute waren tatsächlich stolz auf das Hakenkreuz. Spuren dieses Stolzes fand man in dem amüsierten Grinsen, mit dem sie auf seine Fragen reagierten, aber die Leute hatten nicht vor, ihn in ihrem kollektiven Unterbewusstsein stöbern zu lassen, das gehörte ihnen allein. Léonard Mostin war an geistreiche Plauderer in Pariser Cafés gewöhnt, nicht an wortkarge Zeitgenossen, die sich vor allem durch beredtes Schweigen ausdrücken. In seinem unbeholfenen Englisch verzettelte er sich bei dem Versuch, ihnen Informationen aus der Nase zu ziehen.

Stolz und Scham, ein seltsames Nebeneinander, das durchaus Stoff für einen Roman böte, aber wo sollte er diesen hernehmen, wenn die Leute sich verschlossen, sobald er sich ihnen näherte? Sein Vorhaben löste sich in nichts auf, kam ihm zunehmend sinnlos vor, und er hockte jeden Abend in seinem kalten, unpersönlichen Zimmer und fragte sich, was er hier eigentlich tat. Er wäre längst abgereist, hätte er im Stadtmuseum von Kirkland Lake nicht Bernie Jaworsky kennengelernt. Die Begegnung brachte ihn wieder auf die richtige Bahn.

Nun komme ich also zu meinem Freund Bernie. Ihm habe ich die Erkenntnis zu verdanken, wie gefährlich es sein kann, wenn man seiner Fantasie freien Lauf lässt. Er gab mir den Anstoß für diese Erzählung.

Bernie Jaworsky, siebzig Jahre alt, vielleicht älter, pensionierter Lehrer, Freizeithistoriker und mein treuester Verbündeter. Trotz des Altersunterschieds verstanden wir uns auf Anhieb, als würden wir uns ein Leben lang kennen. Anfangs glaubte ich, es läge daran, dass wir beide Lehrer waren, er für Biologie und ich für Englisch, er an der Highschool von Kirkland Lake, ich an der Fachoberschule von Senneterre. Doch uns verbindet mehr als nur der Beruf, viel mehr als diese Ermittlung, die Bernie aus der Ferne beobachtet. Unsere Gedanken folgen demselben Takt, unsere Gefühle sprechen dieselbe Sprache, ein wenig versehrt, ein wenig distanziert, ein wenig nach innen gekehrt. Wenn ich an mir selbst zweifle, wenn ich über dem Wust angehäufter Informationen die Orientierung verliere oder wenn ich einfach bloß das Bedürfnis habe, in seiner Stimme meine eigene zu hören, rufe ich ihn an und er weiß sofort, was mit mir los ist.

Kennengelernt habe ich ihn im städtischen Museum von Kirkland Lake. Er hält sich dort fast ständig auf. Bernie interessiert sich leidenschaftlich für die Geschichte der Gegend. Er hat *Lamps Forever Lit* veröffentlicht, eine Monografie, in der er alle tödlichen Unfälle beschreibt, die sich von 1914 bis 1996 in der Bergbauregion von Kirkland Lake, den Minen von Virginiatown, Matachewan, Swastika und weiteren ereignet haben. Darin kommt auch der Unfall von Albert Comeau, Gladys' Ehemann, vor, geschildert mit strenger, akribischer Objektivität. Keinerlei Emotion bei der Darstellung des tödlichen Absturzes, keinerlei Empörung über die unzureichenden Sicherheitsvorkehrungen in der Mine, keinerlei Verurteilung, keinerlei Ruf nach Gerechtigkeit und Wiedergutmachung. Bernie Jaworsky beschränkt sich auf die ungeschönten Tatsachen. Seine Abneigung dagegen, sich von Gefühlen leiten zu lassen, macht ihn zu einem wertvollen Mitstreiter. Sein ausgeprägter Realitätssinn hat uns eine Menge Abschweifungen erspart.

Léonard Mostin beschrieb er übrigens mit den folgenden Worten: »Diesem Mann fehlt der gesunde Menschenverstand.«

Auch Léonard Mostin war im Stadtmuseum gestrandet. Anscheinend führen die Wege aller Reisenden dorthin. Im Museum hielt man ihn aufgrund seines Interesses an dieser Hakenkreuzgeschichte für einen Juden. Wie zu erwarten, brachte er die ehrenamtlichen Mitarbeiter des Museums mit seinen beharrlichen Fragen zur Verzweiflung. Als sie nicht mehr weiterwussten, riefen sie Bernie zu Hilfe, der ebenfalls ehrenamtlich dort tätig ist, ein Spezialist für hoffnungslose Fälle.

Bernie ist ein ernsthafter, fleißiger, pflichtbewusster Mensch, der seine Arbeit und seine Familie liebt. Späße liegen ihm überhaupt nicht. Er weiß einen guten Witz zu schätzen, aber es würde ihm nie einfallen, selbst einen zu erzählen. Spielt doch einmal ein Lächeln um seine Lippen, bedeutet dies, dass ihm ein lustiger Gedanke gekommen ist. Dann zögert er, scheut sich, fragt sich, ob – und behält den Einfall letztlich für sich.

Als ich mit ihm über Léonard Mostin redete, bekam ich dieses verspielte Lächeln zu Gesicht. Bernie presste die Lippen zusammen, um das Kichern in seinem Inneren zu unterdrücken, und als er es nicht mehr aushielt, platzte es aus ihm heraus.

»Der Mann, der da vor mir stand, sah mich hoffungsvoll an wie ein Kind, das auf den Weihnachtsmann wartet. Ich begriff, dass das Ganze Stunden dauern würde. Auf keinen Fall wollte ich ihm erlauben, sich übermäßig über einen Namen zu echauffieren, der schon immer da war und der das ganze Trara, das um ihn gemacht wird, nicht verdient. Ich hielt ihm also einen Vortrag über die jungsteinzeitlichen Ursprünge der Swastika, ihre kosmische Bedeutung im Orient und ihre neuzeitliche Verwendung. Coca-Cola hatte sie für eine Werbekampagne benutzt, Lindbergh malte sie auf die Propellernase seines Flugzeugs, und die *Swastika Gold Mine* war unser Glücksbringer gewesen, lange bevor Hitler das Symbol für sich beanspruchte. Am Ende gab ich ihm den Satz mit auf den Weg, den ich in solchen Situationen immer sage: ›Wir haben Geschichtsbewusstsein, aber auch ein Bewusstsein für unsere eigene Geschichte.‹ Ich merkte schnell, dass ihm das nicht reichte, er brauchte mehr, dieser Mann war auf der Suche nach einem Rätsel, an dem er sich die Zähne ausbeißen konnte, nach einer Geheimtür, nach einem Schatz zum Ausgraben. Also tischte ich ihm eine Geschichte auf, an die ich persönlich nie geglaubt hatte, die aber eine Zeitlang kursierte und zahlreiche Verfechter fand.«

Die Geschichte ist derart an den Haaren herbeigezogen, man muss sich wundern, dass ihr überhaupt jemand aufgesessen ist. Angeblich hatte sich Leo Trotzki drei Wochen lang in dieser gottverlassenen Gegend herumgetrieben, war mit dem Notizbuch in der Hand durch die Straßen von Swastika und Kirkland Lake spaziert und hatte seine Beobachtungen über die Lebensumstände der Bergarbeiter niedergeschrieben. Im Frühjahr 1917, kurz vor der Oktoberrevolution!

Derlei Lügengeschichten halten den historischen Fakten nicht stand. Das begriff Léonard Mostin, als er zurück in Paris Trotzkis Autobiografie las. Ich habe sie ebenfalls gelesen, und natürlich steht darin kein Wort über einen Aufenthalt des berühmten Revolutionärs im Norden Ontarios.

Mit dieser Lügengeschichte drehen die Einwohner von Swastika all jenen, die es wagen, ihre Existenz im Norden Kanadas anzuzweifeln, eine lange Nase. Aber die Leute haben trotzdem daran geglaubt! Ich habe sogar auf der offiziellen Internetseite der Stadtverwaltung von Kirkland Lake davon gelesen. Irgendwann verschwand die Geschichte wieder von der Seite, man hatte offenbar den Glauben daran verloren oder schämte sich für seine Treuherzigkeit.

Léonard Mostin, der daran geglaubt hatte, schämte sich jedoch keineswegs und fühlte sich auch nicht beleidigt, ganz im Gegenteil. Als ich ihn in seinem Mauseloch besuchte, arbeitete er gerade an einem Roman, in dem er mit großer Fabulierlust Krieg, Liebe, Verrat, Rache, Vergebung und die Legenden der nordamerikanischen Ureinwohner miteinander verwob. Der Roman spielt in einem Land am Ende der Welt, in dem eine geheimnisvolle Krankheit den Menschen die Stimme raubt, und es kommen Hitler, Churchill, Trotzki, ein junger Cree, der ein weißes Mädchen von blumiger Schönheit liebt, eine alte Frau, die den Tod in sich trägt, und ein Ukrainer, der von weit her angereist ist, um auf das Grab seines Großvaters zu spucken, darin vor.

Bernies Kommentar: »Er hätte sich besser auf den Ukrainer beschränkt.«

Die Idee einer reißerischen Geschichte, die Fakten und Fiktion vermischt, missfällt ihm. Er fürchtet, dass alte Bekannte, Freunde und Nachbarn verfälscht dargestellt oder lächerlich gemacht werden könnten. Er fürchtet, dass er selbst unter irgendeinem Pseudonym oder, schlimmer noch, unter seinem richtigen Namen darin auftauchen könnte. Er hat kein Vertrauen in die Fantasie eines Mannes, der nicht mit beiden Beinen im Leben steht. Seiner Meinung nach war das, was er Mostin über den Ukrainer erzählt hat, mehr wert als sämtliche Schnapsideen, auf die Mostin je verfallen könnte. Und vor allem war es grundfalsch, Gladys als alte Frau zu bezeichnen, die den Tod in sich trug.

In diesem letzten Punkt duldete er keinen Widerspruch. Gladys verdiente es nicht, auf diese Weise porträtiert zu werden. Zwar hatte der Tod sie aus heiterem Himmel heimgesucht, als ihr Mann vor fünfzig Jahren in der *Lake Shore Mine* abgestürzt war, und er war auch in all den Jahren, in denen ihre Tochter sich wiederholt die Pulsadern aufschnitt, ein steter Begleiter gewesen. Aber, und darauf bestand er, Gladys trug keineswegs den Tod in sich.

Bernie war nie ein enger Freund von Gladys gewesen. Er sah sie gelegentlich, wenn sie zum Einkaufen nach Kirkland Lake kam, grüßte sie, wie man sich in Kleinstädten grüßt, wo man einander kennt, ohne sich wirklich zu kennen, wusste bestenfalls am Rande über ihre Geschichte Bescheid, bevor er sich ernsthaft für seine Monografie damit beschäftigte.

Bernie hatte Gladys zweimal wegen des Eintrags zu ihrem Mann getroffen, und obwohl sie beide Male darüber sprachen, wie ihr Ehemann verunglückt war, hatte der Tod keine besondere Rolle in ihrem Gespräch gespielt. »Ganz im Gegenteil«, sagte er. »Ihr war es viel wichtiger, mir ihr kleines Glück zu schildern, als ihre Schicksalsschläge aufzuzählen«.

»Ihr kleines Glück?«

»Nippes, Schmuckkissen, Figürchen, Makramee, das Haus war voll davon, es sah aus wie eine Pralinenschachtel.«

Gladys hatte, wie es ihm schien, zu der Zeit ein schönes Leben. Bei seinem Besuch stellte er fest, wie sorgfältig sie sich um ihr Haus kümmerte. Es blühte innen wie außen, es gab eine hübsche Terrasse im Garten, Rüschenvorhänge an den Fenstern, sonnige Aquarellbilder an den Wänden, Glasperlenmobiles und anderen Schnickschnack, den sie eigenhändig hergestellt hatte. Sie wohnte damals schon seit mehreren Jahren mit ihrer Tochter zusammen. Lisana grüßte ihn weder bei seiner Ankunft noch zum Abschied, sondern hockte mit großen Kopfhörern über den Ohren vor dem Fernseher, ohne jemals einen Blick in Richtung Küche zu werfen, wo das Gespräch stattfand. Sie hatte ruhig auf ihn gewirkt, abwesend zwar, in ihrer eigenen Welt gefangen, »fast schon autistisch«, aber nicht wie die gemeingefährliche Verrückte, als die sie mir von den befreundeten Nachbarn beschrieben worden war.

Für den Eintrag zu Albert Comeau hatte Bernie alle notwendigen Informationen beisammen, außer den Namen der Sargträger. Bernie steckte vier Jahre Lebenszeit in seine Monografie und ging mit einer geradezu manischen Genauigkeit vor. Sie behandelt dreihundertzehn tödliche Unfälle über einen Zeitraum von zweiundachtzig Jahren. Jeder Eintrag stellt kurz den Bergmann vor (Staatsangehörigkeit, vorherige Anstellungen usw.), beschreibt die Umstände, die zu dem Unfall geführt, die Verletzungen, die den Tod verursacht haben, berichtet vom Ergebnis der Ermittlungen und endet mit der Trauerfeier und der Beerdigung.

Die Recherchen für den Eintrag zu Albert Comeau waren so gut wie abgeschlossen. Er hatte bereits einen ersten Entwurf geschrieben. Ein knappes Jahr nach seiner Anstellung als Bergmann bei der *Lake Shore Mine* war Albert Comeau unter Tage von einem zwanzig Meter hohen Gerüst gestürzt. Der Tod war sofort eingetreten (Genickbruch) und von einem Arzt namens Marvin Casey bestätigt worden. Der Untersuchungsbericht endete mit dem Befund »Unfall«. Die Trauerfeier fand in der Sankt-Pius-Kirche von Swastika statt, das Begräbnis auf dem Friedhof von Kirkland Lake. Es fehlten nur noch die Namen der Sargträger.

Abgesehen vom Einholen dieser Information sollte sein Besuch bei Gladys dazu dienen, seine erste Fassung, drei eng beschriebene Seiten, von ihr absegnen zu lassen. Sie las den Text mehrmals aufmerksam durch, verweilte bei einem Wort, blätterte zurück, breitete die Seiten vor sich aus, glättete sie mit der Hand, streichelte sie und sprach schließlich mit einem matten Lächeln, das von all den Jahren zeugte, die sie ohne den geliebten Menschen hatte auskommen müssen, folgende Worte: »Mein Albert wird in einem Buch glücklicher sein als auf dem Friedhof.«

»Gladys war kein Mensch, der den Tod in sich trug, sie

war der Inbegriff von Willenskraft und Energie, eine Verfechterin des Lebens.«

Bei diesen Worten brach er in Tränen aus.

»Ich dagegen trage zu viele Tote mit mir herum, zu viele Tote, seit viel zu langer Zeit.«

Als er sich wieder beruhigt hatte, sagte er eindringlich: »Lass nicht zu, dass dieser französische Kauz unsere Leben, unsere Wahrheit verfälscht und mit seinen Schnapsideen vermischt. Mach dir Notizen, damit du nichts vergisst, damit dir nichts entgeht. Denn eines Tages wirst du diese Geschichte aufschreiben müssen.«

Ich gab ihm mein Wort, ich notierte, dokumentierte, hortete alles, mit dem Ergebnis, dass mein Bericht nun auszuufern droht. Zu viele angesammelte Fakten, zu viele angehäufte Anekdoten, zu viel von allem. Ein endloser Wald, den ich von seinem Wildwuchs befreien muss. Sollte meine Erzählung eines Tages Leserinnen und Leser finden, so bitte ich um Vergebung für die Unordnung. Obwohl ich erst ganz am Anfang stehe, merke ich jetzt schon, wie mir die Fäden entgleiten.

Bernie, mein Freund, mein Material ist kaum zu bändigen. Wie soll man Ebbe und Flut eines Ozeans zu fassen bekommen?

Nebenbei protokolliert und ohne jeglichen Nutzen für die Erzählung folgt hier die Geschichte von Stefan Malinowsky, wie sie mir Bernie Jaworsky erzählt hat.

»Ich weiß nicht, wie er es bis nach Kirkland Lake geschafft hat, wo er doch ausschließlich Ukrainisch sprach. Ich weiß nur, dass er im Motel Super 8 abgestiegen war, der Rezeptionistin mein Buch zeigte und immer wieder meinen Namen sagte, so lange, bis sie beschloss, mich anzurufen. Als ich eintraf, schlug er das Buch auf und zeigte mit dem Finger auf den Eintrag zu Wassil Malinowsky, hier in der Gegend besser bekannt unter dem Namen William Maloney.«

Bernies Eltern stammten aus der Ukraine, und so verstand er, dass der Mann ein Enkel jenes Wassil Malinowsky war und ihn äußerst demütig um Hilfe bei der Suche nach der Grabstätte seines Großvaters bat. Er war um die fünfzig, kräftig gebaut, gedrungen, mit Bürstenhaarschnitt und einem leichten Downsyndrom, nachlässig gekleidet, von bescheidenem, aber entschlossenem Auftreten. Bernie war enorm beeindruckt davon, dass ein Mann von so weit her angereist kam, um das Grab seines Großvaters zu besuchen, den er offenkundig nicht gekannt hatte. Wie in dem entsprechenden Kapitel von *Lamps Forever Lit* zu lesen steht, hatte Wasil Malinowsky, verunglückt 1948 in der *Chesterville Mine*, im Jahr 1931 seinen Heimatort in der Bukowina verlassen, lange vor der Geburt einer Schar Enkelkinder in den Karpaten.

Stefan Malinowsky war am Vorabend auf dem Friedhof gewesen, hatte die Grabstätte seines Großvaters aber nicht finden können. Und das war nicht weiter verwunderlich. Kein Grabmal markierte die Stelle, nicht einmal ein flacher Stein mit dem Namen des Verstorbenen. Bernie hingegen machte William Maloneys Grab mühelos ausfindig. Er ist Stammgast an diesem Ort, die Recherchen zu seiner Monografie hatten ihn oft hergeführt. Seitdem geht er regelmäßig auf den Friedhof, um die Toten zu grüßen und den Lebenden zuzuwinken, die Blumen auf den Gräbern ihrer Angehörigen ablegen. Außerdem besitzt er einen Lageplan und findet sich deshalb auf dem Friedhof ebenso gut zurecht wie in den Straßen seiner Stadt.

Wasil Malinowsky alias William Maloney ruhte unter einem grasüberwachsenen Rechteck, vergessen von allen, außer von diesem Mann, der die lange Reise auf sich genommen hatte, um ihm im Namen seiner fernen Familie die letzte Ehre zu erweisen. Bernie hielt sich ein wenig abseits, stand aber nah genug, um die erstaunliche Rede, die der Enkelsohn an seinen Großvater richtete, in voller Länge zu hören.

»Ich bin der Sohn von Zenovia Holubec und Josef Malinowsky, dem Sohn, den du nie im Arm gehalten hast, nie mit eigenen Augen gesehen hast, Bruder von Nikola und Yawdoha, den Kindern von Baba, meiner Großmutter, dein Enkelsohn also, und ich grüße dich nicht. Ich komme, um dir Nachrichten von deiner Familie zu überbringen, die dich auch nicht grüßt, sondern dir alles Schlechte wünscht, weil du es nicht anders verdient hast, mögest du dort, wo du jetzt bist, die Qualen erleiden, die den Anhängern Satans vorbehalten sind, das wünschen wir dir alle im Gedenken an Baba, unserer lieben, guten Baba, der Cousine, die du geheiratet hast, wie ein Vieh hast ackern lassen, dreimal geschwängert und während der dritten Schwangerschaft hast sitzen lassen, um deinem Freund Alex Susla nach Kanada zu folgen, wo er sein Glück machen wollte. Und weil du keinen Wert darauf legtest, noch ein drittes Kind mit Downsyndrom großzuziehen. Gib zu, dass du vor unseren Gesichtern geflohen bist, vor der Verachtung der Leute aus dem Dorf, dass du vor uns geflohen bist, wie jemand, der keine Ehre im Leib hat, und dass du in Kanada deinen Namen geändert, eine Einheimische geheiratet, mit ihr vier gesunde Kinder gezeugt und diese wie ein guter Familienvater aufgezogen hast, während wir in Leketschi in bitterster Armut lebten, von allen geächtet, und in unserer Familie das Gen weitergegeben wurde, bis ich zur Welt kam, ich, dein Enkelsohn, beinahe befreit von der Bürde, und bis Jahre später die Enkeltochter deines Freundes Alex Susla zu Besuch kam, weil sie die Heimat ihrer Vorfahren kennenlernen wollte, uns alles erzählte und uns dieses Buch daließ, das es mir ermöglicht, heute hier auf deinem Kopf herumzutrampeln und auf dich zu spucken. Nimm das, Großvater, die Spucke von Baba, von Nikola, von Yawdoha, von Josef, von deinen Enkeln und Urenkeln, die zahlreich und frei von dem Makel sind.«

Der Mann sagte diesen Sermon mit eintöniger, emotionsloser Stimme auf. Bernie hatte den Eindruck, einer Zeremonie beizuwohnen, einem Ritual, das vor langer Zeit vereinbart worden war. Der Mann waltete langsam und feierlich seines Amtes. Als die Rede an den Toten zu Ende war, räusperte er sich lange und sorgfältig und spie kraftvoll einen dicken langgezogenen Speichelklumpen auf das Grab. Bernie schauderte (ob vor Ekel oder Verblüffung weiß er selbst nicht). Doch die Zeremonie war noch nicht vorbei, denn der Mann öffnete, immer noch würdevoll wie ein Priester, der eine Messe zelebriert, seinen Hosenstall und besprengte großzügig das grasüberwachsene Rechteck.

Dass die Schmähung des Verstorbenen zu Ende war, merkte Bernie am Herabsinken der Schultern des Mannes, am Erschlaffen seines gesamten Körpers. Im kalten Herbstwind schwankte er vor Erschöpfung. Bernie ging zu ihm, berührte ihn sanft am Arm, und die beiden verließen wortlos den Friedhof.

Bernie fuhr ihn zurück ins Motel. Vom Friedhof bis in die Innenstadt von Kirkland Lake sind es mehrere Kilometer. Der Mann saß zusammengesunken auf der Rückbank und sagte die ganze Fahrt über kein Wort. Bei ihrer Ankunft im Motel kam er wieder zu sich und schien sich mit einem Mal an seine gute Kinderstube zu erinnern. Er dankte Bernie und verabschiedete sich von ihm. Am nächsten Morgen würde er sich auf den langen Nachhauseweg machen. Bernie bot ihm an, ihn zum Bahnhof zu fahren, aber er lehnte ab, unter dem Vorwand, dass er bereits ein Taxi reserviert habe, was das Geheimnis des auf Ukrainisch reisenden Ukrainers nur noch vergrößerte.

Bernie kommt häufig auf das Ende dieser Geschichte zurück, auf die Tatsache, dass er den Ukrainer nicht zum Bahnhof von Swastika gefahren hat, was er bitter bereut, denn er glaubt, dass dann alles anders gekommen wäre. Dann wäre er Gladys begegnet, hätte sie aufhalten können, sie davon abbringen, sich in den Zügen zu verlieren. Ein Gefühl, das alle plagt, die auf die eine oder andere Weise mit Gladys verbunden gewesen sind. Alle fühlen sich schuldig, wegen eines Worts, einer Geste, eines Blicks, wegen etwas, das sie getan oder nicht getan haben, etwas, das in der Verkettung unglücklicher Fügungen untergegangen ist, die es Gladys ermöglichte, ihre Irrfahrt fortzusetzen, ohne dass jemand sie aufhielt.

Das erste Versäumnis ist die Tatsache, dass Frank Smarz nicht nach Sudbury gefahren ist. Er nimmt sich das nach wie vor übel. »Wenn ich nach Sudbury gefahren wäre, hätte ich die Sache beendet, noch bevor sie richtig angefangen hat.«

Frank Smarz ist ein Mann der Tat. Er begnügt sich nicht mit Hypothesen und Vermutungen. Und genau das verzeiht er sich nicht. Dass er sich von einer Illusion einlullen ließ.

Das erste Versäumnis also, die erste Entgleisung von vielen während dieser Verfolgungsjagd.

Als man erfuhr, dass Gladys in North Bay ausgestiegen war, dachte man verständlicherweise, dass sie von dort aus den Bus nach Sudbury genommen hatte. Denn in Sudbury lebte

Elizabeth, Gladys' Schwester. Da ihre Eltern seit langem verstorben waren und ihre Brüder irgendwo in Australien oder Asien lebten, blieb ihr nur die jüngere Schwester.

»Denken, denken, mehr haben wir nicht getan. Was nützt es, wenn man sich den Kopf über heiße Luft zerbricht?«

Heiße Luft, das waren nach Frank Smarz' Definition die Gespräche und die Illusion, die von diesen Gesprächen aufrechterhalten wurde, die Zeit, die sie dadurch verschwendet hatten. In den ersten Tagen von Gladys' Verschwinden redeten sie sich nämlich ein, sie sei nur verreist.

Denn das hatte die Schwester aus Sudbury am Telefon zu ihnen gesagt. Gladys habe bei ihr übernachtet und am nächsten Morgen den Zug nach Chapleau genommen. Sie hatte also schlicht und ergreifend beschlossen, wie sie es hin und wieder tat, noch einmal die Strecke des *school train* abzufahren, in das Land ihrer Kindheit zurückzukehren. Eine Reise, die ein paar Tage dauern würde, höchstens eine Woche, sagte die Schwester.

In Swastika atmete man erleichtert auf. Man sprach nicht mehr von einem Verschwinden, sondern von einer Reise, was automatisch den Gedanken an eine Rückkehr einschloss. Gladys würde mit einem glücklichen Lächeln zu ihnen zurückkehren, ihnen dies und jenes erzählen und dabei auf weitere Erinnerungen stoßen, die sie dann wieder und wieder erzählen würde. Das wunderbare Leben, das sie im *school train* gehabt hatte, war unerschöpflich.

Die Tage vergingen mit dem Warten auf ihre Rückkehr, und dafür könnte Frank Smarz sich ohrfeigen.

»Wenn ich in meinen Pick-up gestiegen wäre, wenn ich nach Sudbury gefahren wäre, vier Stunden, länger dauert die Fahrt nicht, wäre ich vor ihrer Abreise nach Chapleau da gewesen und hätte die Sache beenden können.«

Ich war dort, zwei Jahre später, zu Besuch bei Elizabeth Campbell. Frank Smarz brummt, als ich ihm davon erzähle. Dabei hatte die Schwester mir nichts mitzuteilen, was wir nicht bereits wussten. Frank Smarz ärgert sich schwarz über die bloße Tatsache, dass ich sein Versäumnis nachgeholt habe.

Ich klopfte ohne große Erwartungen an Elizabeth Campbells Tür. Man hatte mich vorgewarnt. Sie sei ebenso wortkarg wie Gladys redselig. Tatsächlich hatte ich das Gefühl, gegen eine Mauer des Schweigens zu prallen, sobald sie mir die Tür öffnete.

Das Gespräch war kurz, kaum eine Stunde lang. Niemals zuvor war mir die Absurdität meiner Lage derart bewusst gewesen. Was machte ich da, fünfhundert Kilometer von zu Hause entfernt, in einem fremden Haus, wo ich einer verschlossenen Frau gegenübersaß, welche mir auf meine Fragen nur Antworten gab, die ich längst kannte?

Ich hatte sie sehen wollen, Elizabeth Campbell, Gladys' kleine Schwester, die ich nur von Fotos kannte. Man hatte mir erzählt, Elizabeth sei das perfekte Ebenbild ihrer Schwester, bloß eine jüngere, in sich gekehrte Version. Allerdings war das kein Grund, der fünfhundert Kilometer rechtfertigte.

Oder doch? Mittlerweile sehe ich klarer. Durch all die Kilometer, die ich zurückgelegt habe, befand ich mich jahrelang in einem Schwebezustand. Ich verließ meinen Heimatort, nur um kurze Zeit später nach Hause zurückzukehren. Der Sog einer Kleinstadt lässt sich nur schwer beschreiben. Wenn man dort geboren wurde, dort seine Familie und Freunde hat, seine Gewohnheiten, und der Ort einem dann plötzlich nicht mehr genügt, braucht es eine Kraft, die ich nicht habe, um woandershin zu ziehen. Nur wegen meiner Antriebslosigkeit hocke ich immer noch hier in Senneterre, alleinstehend und kinderlos, verwundet durch einige Liebesgeschichten. Dabei habe ich mich immer nach etwas anderem gesehnt, ohne genau zu wissen, wonach. Und nun konnte ich endlich eine Geschichte verfolgen, die vor mir die Flucht ergriff und die mich in der Illusion wiegte, ich wäre in Bewegung. Mit einem Mal fühlte ich mich als großer Reisender. Ich fuhr hierhin und dorthin, immer unterwegs, legte Hunderte von Kilometern zurück, die mir ein falsches Bild von mir selbst vorgaukelten, bis ich wieder in meinem Bungalow in meinem alten Sessel saß und nie wieder aufstehen wollte. Ein Reisender in Pantoffeln!

Eine alte Frau hatte den Mut gehabt, an einem Herbstmorgen ihren kleinen Ort zu verlassen, und ich wollte sie sehen – und sei es in Gestalt ihrer jüngeren Schwester, die weniger redselig und liebenswürdig war. Das war der eigentliche Grund, warum ich an Elizabeth Campbells Tür klopfte.

Ihr Gesicht ähnelte den Beschreibungen, die man mir von Gladys gegeben hatte. Eine hohe Stirn, klar umrissene Augenbrauen, Augen von einem Blau, das man mir gegenüber als milchig bezeichnet hatte, das bei Elizabeth aber unter müden Lidern verschwand, hervorstehende Wangenknochen, ein offenes Gesicht, das in ihrem Fall jedoch aufgedunsen, faltig, durchdrungen von tiefer Schwermut war. Ich hatte das Bild einer Gladys vor mir, die älter aussah als die Frau, die ich verfolgte.

Als sie vor mir den Korridor zum Wohnzimmer entlangging und ich sah, wie sie ihre Beine, die steif wie Balken waren, bei jedem Schritt mit den Händen anheben musste, begriff ich, warum sie eine solche Schwermut ausstrahlte. Sie war gehbehindert, eine Gefangene dieses Hauses, viel zu lange schon alleine, und hatte deshalb den Geschmack an der Gesellschaft anderer Menschen verloren.

Auf meine Fragen zu Gladys' Überraschungsbesuch am Abend des 24. September hatte sie nur einsilbige, belanglose Antworten zu bieten. Gladys war erschöpft und mit einem Schnupfen bei ihr angekommen und hatte am nächsten Morgen den Zug nach Chapleau genommen. Alles Dinge, die ich bereits wusste. Das Gespräch hatte kaum begonnen, da hatte ich mich schon in eine Sackgasse manövriert. Unbehagen, das eindeutige Gefühl, dass ich unerwünscht war.

Ich hielt einen Monolog und versuchte ihr Antworten zu entlocken, zu Chapleau, Gladys' Reise, dem *school train*, während sie in ihren Gedanken versank, ohne sich um mich zu kümmern, als wäre ich gar nicht anwesend. Ich hatte gehofft, ich könnte Erinnerungen wachrufen, sie dazu bringen, mir ein paar Anekdoten zu erzählen. Doch diese waren offensichtlich tief in ihrem Inneren vergraben, entschlüpften ihr nur in zusammenhanglosen Sätzen, die sich in einem langgezogenen Seufzen aneinanderreihten. »Das Rattern der Gleise … Große Zypresse und kleine Lärche … Das Rattern der Gleise in unseren Knochen … Große Zypresse und kleine Lärche … In der abschüssigen Kurve bei Metagama … Stehen sie und warten auf uns … Auf unsere Träume, unsere geheimen Sehnsüchte … Immer in Bewegung, vorwärts, seitwärts, hin und her schwankend … Langsam … Große Zypresse und kleine Lärche begrüßen uns … Wünschen wir uns was? … Mach die Augen zu … Nach der kleinen Lärche … Nach Metagama … Sag stumm deinen geheimsten Wunsch …«

Dann schlief sie in ihrem Sessel ein, die steifen Beine ausgestreckt auf dem Sofatisch, den sie mit einem Kissen gepolstert hatte, der Anflug eines versonnenen Lächelns auf den Lippen.

Zurück zu Frank Smarz. Von sämtlichen Freunden aus der Nachbarschaft war er mir bei der Rekonstruktion von Gladys' Irrfahrt am nützlichsten. Er erzählte mir vor allem auch, was in ihrem Haus vorging, während sie von einem Zug in den nächsten umstieg. Er war ihr unmittelbarer Nachbar, ihr Vertrauter, derjenige, den sie anrief, wenn es ein Problem mit der Heizung oder einer Rohrleitung gab – ein größeres Problem, wegen eines tropfenden Wasserhahns hätte sie ihn nicht behelligt. Frank Smarz kennt Gladys' Haus so gut wie sein eigenes.

Wenn er Gladys ansprach, ging es nie um etwas anderes. »Alles in Ordnung im Haus?« Sie redeten über Wasserleitungen, Fenster, die Heizung, aber nie über Lisana, auch wenn er wusste, dass das Hauptproblem im Haus Lisana war. Lisana, die Gladys, wenn die Leute sie schief ansahen, nach Kräften beschützte, die sie vor dem leisesten Wort abschirmte, das ihnen entschlüpfen und das zerbrechliche Gleichgewicht ihres Haushalts stören konnte.

Frank Smarz hatte das kleine Mädchen nicht gekannt, das vor Intelligenz sprudelte, ebenso wenig wie die verträumte Jugendliche. Er lernte Lisana kennen, als er mit Brenda in das Nachbarhaus zog, da war sie Mitte dreißig. Lisana lebte damals seit einem Jahr wieder bei ihrer Mutter. Sie war in Franks und Brendas Alter, hatte aber viel mitgemacht, war zu oft abgetaucht und unter schwindelerregenden Umständen wiederaufgetaucht, weshalb sie mehrere Jahrzehnte älter wirkte als die beiden. Die Smarz waren immer nur mit Lisanas Mutter befreundet.

Die anderen Freunde aus der Nachbarschaft hingegen erinnern sich an die guten Jahre. Gladys und Lisana, die eine so blond wie die andere, kamen lachend aus der Schule, an der Gladys unterrichtete und Lisana Schülerin war. Gladys und Lisana beim Picknick im Park. Gladys und Lisana auf der Hollywoodschaukel im Hinterhof. Gladys und Lisana, die am Küchentisch Marionetten bastelten. Ihr Lachen und das gemeinsame Basteln fallen den Leuten am häufigsten ein, davon erzählen die meisten. Es will ihnen nicht in den Kopf, wie ein derart strahlendes Kind von einem Tag auf den anderen in Hoffnungslosigkeit versinken konnte.

Ich lernte die Leute mit der Zeit immer besser kennen. Eine Weile verbrachte ich fast jedes Wochenende in Swastika. Ich war beeindruckt von dieser nachbarschaftlichen Freundschaft. Sie sind sich bewusst, wie selten und kostbar diese ist, und hegen und pflegen sie sorgfältig. Eine gegenseitige Freundschaft, eine Freundschaft auf Augenhöhe, sie sprechen mit ein und derselben Stimme. (Ich stelle fest, dass ich mir nach einiger Zeit in meinen Notizen nicht mehr die Mühe gemacht habe, meine Gesprächspartner eindeutig zu benennen. Hier wiedergegeben ist also der Chor der Stimmen aus der Nachbarschaft. Ausgenommen Frank Smarz, dem ich die strenge Genauigkeit der Fakten verdanke – wir beugten uns stundenlang gemeinsam über Landkarten und Zugfahrpläne –, und seine Frau Brenda, wegen der besonderen Freundschaft, die sie mit Gladys zu haben glaubte.)

Von einem Tag auf den anderen, das war den Nachbarn einfach unbegreiflich. Sie machte eine Ausbildung zur Krankenschwester, war eine vorbildliche Schülerin, eine reizende junge Frau, und von heute auf morgen versank sie in Hoffnungslosigkeit, war fast nicht mehr zu erkennen.

Als Lisana wieder bei ihrer Mutter einzog, war das den Nachbarn ebenso unbegreiflich. Sie muss irgendwo zur Ruhe kommen und vergessen, mühte sich Gladys zu erklären. Wochen vergingen, Monate, Jahre, und man gewöhnte sich an diese bleischwere Anwesenheit, die einem jede Luft zum Atmen nahm. »Wenn Sie zulassen, dass Lisana Ihnen tief in die Augen schaut, ist es mit Ihrer Seelenruhe vorbei.« Also blieb nur die Flucht, und so wandten sie sich von ihr ab, jeder auf seine Weise, um nicht von ihr beunruhigt zu werden.

Beide Frauen lebten zwanzig Jahre lang mehr oder minder friedlich zusammen. Gladys, mittlerweile in Rente, umsorgte ihre Tochter rührend, umgab sie mit all den kleinen Dingen, die glücklich machen. Kein einziges Mal sah man einen Krankenwagen die Conroy Avenue hochfahren. Man begann daran zu glauben, dass Erlösung möglich war. Immer noch gab es Anfälle und Krisen, schwere Zeiten, in denen man weder die eine noch die andere zu Gesicht bekam, sondern nur das Haus aus der Ferne beobachten und die Tage zählen konnte. Man gewöhnte sich daran, wie man sich an die Launen des Wetters gewöhnt, an einen Wintersturm, der meterhohen Schnee hinterlässt, den man anschließend wegschaufeln, kommentieren, bewerten muss, und hinterher gelangte man zu dem Schluss, dass dieser Sturm schlimmer oder weniger schlimm als der vorige gewesen und Gladys Gott sei Dank noch einmal davongekommen war, erschöpft natürlich, ein wenig verstört sogar, aber davongekommen, und stellte erleichtert fest, dass an Lisanas Handgelenken keine neuen Male zu sehen waren. Man gewöhnt sich an alles, sogar daran, dass im Nachbarhaus der Tod lauert, und obwohl die befreundeten Nachbarn vielleicht insgeheim auf die Tat hofften, die Gladys von ihrer Last befreien würde, waren sie trotzdem erleichtert, wenn ein weiterer Anfall überstanden war.

Lisana scherte sich nicht um die Blicke, die sich in ihrer Gegenwart verschlossen, um diese Manie, nur aus einiger Entfernung mit ihr zu reden, als wären weder sie noch die anderen wirklich anwesend.

»Sie war sich selbst fremd«, sagte Brenda.

»Total plemplem«, sagte ihr Ehemann weit weniger diplomatisch.

Wenn Frank Smarz mehr als das Allernötigste sagen muss, ist er überfordert. Er wird nervös, verhaspelt sich, die Gedanken wirbeln in seinem Kopf durcheinander, er schnaubt vor Ohnmacht, und dann platzt es aus ihm heraus, wütende Worte, die wenig mit dem zu tun haben, was er eigentlich sagen wollte.

In den Tagen nach Gladys' »Abreise« standen mehrere Nachbarn vor ihrer Tür und klopften. Lisana öffnete einen Spaltbreit, rief kurz hinaus: »Ich brauche keine Hilfe«, knallte die Tür zu und schloss ab. Sie ertrug die Leute vor ihrem Haus nicht. Selbst Brenda musste sich damit begnügen, die Vorhänge zu beobachten. Morgens und abends wurden die Vorhänge von Lisanas Zimmer auf- und zugezogen. Sonst rührte sich nichts. Allein Frank Smarz durfte in den ersten Tagen ins Haus, und als auch er vertrieben wurde, blieb ihm nur das Telefon, er rief bei Lisana an, um sich zu vergewissern, dass hinter der verschlossenen Tür kein irreparabler Schaden drohte. Seltsamerweise ging Lisana ans Telefon und beschwerte sich auch nicht über seine Anrufe, genauso wenig wie über die der vielen anderen Leute.

Als Frank Smarz am ersten Tag über die Schwelle trat, fragte er: »Alles in Ordnung im Haus?«, um Gladys' Tochter daran zu erinnern, dass er ihr Mann für alles war und für das Haus zuständig. Lisana antwortete: »Ich habe keine Kraft mehr.«

Frank Smarz glaubte, sie könne sich nicht mehr um das Haus kümmern, dabei brachte Lisana ihre völlige Lebensunfähigkeit zum Ausdruck. Ein schwerwiegendes Missverständnis.

Er ging von Raum zu Raum, um sich zu vergewissern, dass alles in Ordnung war, froh, die Wasserhähne überprüfen zu können, statt Lisanas Anwesenheit ertragen zu müssen.

»Überspannung« ist das Wort, das er benutzte, um Lisana zu beschreiben. »Sie stand unter 25 000 Volt, mindestens.« Überspannt, aber in einer kalten Reglosigkeit gefangen. Als er seine Runde beendete, hatte sie sich nicht vom Fleck gerührt. »Alles in Ordnung, du brauchst dir keine Sorgen zu machen«, und er hatte bereits die Tür geöffnet und sich zum Gehen gewandt, als ihm einfiel, dass er ihr Neuigkeiten von Gladys überbringen wollte. »Deine Mutter hat den Bus nach Sudbury genommen. Sie kommt bald wieder.« Lisana bewegte sich nicht, verzog keine Miene, ein Orakel im Wohnzimmer.

In den nächsten Tagen kam er unter verschiedenen Vorwänden wieder. Er brachte Essen, das Brenda oder eine andere Nachbarin gekocht hatte. Dieselbe Anspannung, dieselbe

Reglosigkeit bei Lisana, kein Wort des Dankes an die Nachbarin, bloß dieser Satz, der ihre Unfähigkeit zu leben ausdrückte, den er jedoch missverstand, und Frank Smarz drehte erneut seine Runde, nur um festzustellen, dass das Haus in einem guten Zustand war, dass das Essen vom Vortag nicht im Mülleimer gelandet war (er sah nach), und sich dann schleunigst davonzumachen.

»Irgendwas stimmte tatsächlich nicht in diesem Haus. Es war viel zu still.«

Es dauerte eine Weile, bis er darauf kam. Während er von einem Zimmer zum nächsten ging, auf der Suche nach dem Geräusch einer laufenden Wasserspülung oder nach einem Luftzug, der durch ein undichtes Fenster drang, irgendetwas, weswegen er sich hätte sorgen können, war ihm nicht bewusst gewesen, von welchem Problem das Haus tatsächlich heimgesucht wurde, so froh war er, Lisana zu entkommen. Erst nachdem er mir und anderen davon erzählt hatte, ging ihm auf, was in Gladys' Haus gefehlt hatte. Der Fernseher, die tränenreichen Seifenopern, die schrillen Quizshows, der Lärm und die Jingles, der ganze Klangbrei, der ihm zuvor immer entgegengeschwappt war, sobald er einen Fuß in Gladys' Haus gesetzt hatte. Denn nicht nur lief im Wohnzimmer sonst ständig der Fernseher, nein, in der Küche plärrte das Radio und in Lisanas Zimmer der zweite Fernseher, den sie immer auszuschalten vergaß, und so schrie, kreischte und brüllte es von allen Seiten, ganz gleich, zu welcher Uhrzeit man das Haus betrat. Es war so laut gewesen, dass Frank Smarz auf den Gedanken kam, ohne so recht daran zu glauben, dass Gladys womöglich vor dem Lärm in ihrem Haus geflohen war. Ohne so recht daran zu glauben, wohlgemerkt, denn wer verschwindet schon aus einem derartig belanglosen Grund aus seinem Leben?

Vier Tage vergingen auf diese Weise, in der Schwebe, in Erwartung von Gladys' Rückkehr »und mit dem Gefühl, dass wir irgendetwas übersehen hatten«.

Am vierten Tag kam ein Anruf, der ihnen eine konkrete Hoffnung lieferte, etwas, woran sie sich klammern konnten. Suzan Sheldon, eine von Gladys' alten Freundinnen des *school train*, rief aus Metagama an. Die Verbindung war schlecht, Frank Smarz konnte nur einzelne Worte aufschnappen, gerade so viel, um zu verstehen, dass Gladys soeben aus Metagama abgereist war und sich auf dem Weg nach Chapleau befand. Kein Zweifel, Gladys war dem Ruf der Sehnsucht gefolgt und fuhr die Strecke ihres geliebten *school train* ab.

Die *school trains*. Endlich sind wir so weit. Bei Gladys' Sehnsucht nach der Vergangenheit und bei meiner eigenen Faszination. Die *school trains* hatten mich förmlich mitgerissen, eine Begegnung mit Folgeschäden. Seit ich davon gehört hatte, beschäftigte ich mich mit allem, was diese Züge betraf. So sehr, dass ich darüber zeitweise Gladys vergaß und auf Abwege geriet.

Gladys wurde in einem *school train* geboren, sie verbrachte sechzehn wunderschöne Jahre dort, als Tochter von William Campbell, einem reisenden Lehrer, der ihr beibrachte, dass ein Tag mannigfaltige Möglichkeiten bereithält und dass nach jedem Regen unvermeidlich wieder die Sonne scheint. Gladys hatte eine glückliche Kindheit, glücklicher als alles, was sich Kinder auf der ganzen Welt erträumen können, eine erfüllte Kindheit, eine Kindheit mit Sinn und Zweck, eine Kindheit wie keine andere, und jedes Mal, wenn sie unterzugehen drohte, kehrte sie dorthin zurück. Man kann Gladys nicht verstehen, wenn man ihre Kindheit außen vor lässt, diese Jahre reinster Freude, aus denen sie die Kraft schöpfte, die sie brauchte, um nicht von Lisanas schwarzen Fluten fortgerissen zu werden. »Wer einmal das Glück kennengelernt hat, weigert sich zu glauben, dass es nicht mehr wiederkommen kann.«

Heute gibt es keine *school trains* mehr. Nur sehr wenige

Menschen haben überhaupt davon gehört. Alles, was ich weiß, habe ich von den *old timers* erfahren, ehemaligen Schülerinnen und Schülern, denen ich auf meiner eigenen Odyssee begegnet bin. Ich habe im Internet recherchiert, in der Bibliothek, in städtischen Museen (beinahe jede Kleinstadt im Norden Ontarios hat eins), und nur sehr wenig gefunden, ein paar Fotos und lückenhafte Informationen. Ich habe die Eisenbahnmuseen von Saint-Constant und Capreol besichtigt und mir dort die Nachbildung eines alten *school train* angesehen. Ich habe *The Bell and the Book* von Andrew Donald Clement, einem reisenden Lehrer, der siebenundzwanzig Jahre lang mit verschiedenen *school trains* unterwegs war, von vorne bis hinten durchgelesen. Doch am nützlichsten waren die ehemaligen Schülerinnen und Schüler. Sie haben mir haufenweise Geschichten erzählt. Eigentlich will ich hier nur das aufschreiben, was erklärt, warum Gladys an jenem Morgen den Zug nahm. Allerdings kann ich nicht versprechen, dass ich mich daran halten werde, denn meine Faszination kennt keine Grenzen und kann Seite um Seite füllen.

Hier also die Geschichte der *school trains*.

Von 1926 bis 1967 fuhren sieben dieser Züge kreuz und quer durch den Norden Ontarios, um den Kindern der Wälder die Buchstaben des Alphabets, die Zahlen zum Kopfrechnen und die Hauptstädte Europas beizubringen. Sieben *school cars*, sieben *schools on wheels*, wie sie auch genannt wurden. Sie bestanden aus einem Waggon, der wie ein Klassenzimmer eingerichtet war (mit Schulbänken, einem Lehrerpult, einer Tafel, Bücherregalen, mit allem, was es brauchte, um zwölf Schülerinnen und Schüler und einen Lehrer zu beherbergen), eine richtige fahrende Schule. Ein Güterzug zog den Waggon zwanzig Kilometer weit, ließ ihn mitten im Wald auf einem Abstellgleis zurück, und wenig später tauchte eine Schar Kinder zwischen den Bäumen auf, die einige Tage lang Lesen, Schreiben und Rechnen sowie ein wenig Geschichte und Erdkunde lernen würden, bis ein anderer Zug den Waggon wieder ankuppelte und ihn zwanzig Kilometer weiterzog, zu einem Ort, wo andere Kinder lebten. Die fahrende Schule machte auf einer Strecke von hundert, zweihundert Kilometern fünf, sechs, sieben Mal Halt und kehrte nach etwa einem Monat zu den Kindern der ersten Station zurück, die, eingedeckt mit Hausaufgaben und Übungen, auf sie gewartet hatten. Jeder Halt entsprach einer winzigen Siedlung, wo Streckenarbeiter lebten, die für die Instandhaltung der Gleise und für die Versorgung der Züge mit Wasser und Kohle verantwortlich waren (wir befinden uns im Zeitalter der Dampflokomotiven). So konnten nicht nur die Kinder der Streckenarbeiter die Schule besuchen, sondern auch all jene, die in den umliegenden Wäldern lebten, die Söhne und Töchter von Erzsuchern, Waldarbeitern, Fallenstellern, Ureinwohnern und Brandwachen. Kleine Wildlinge aus den Wäldern, von denen die meisten vor ihrem ersten Schultag noch nie ein Buch aufgeschlagen hatten und die oft auch kein Wort Englisch konnten, da sie Kinder von Einwanderern, Cree oder Ojibway waren. Manche absolvierten nur ihre zehn Pflichtschuljahre dort, andere machten im Anschluss eine Ausbildung, wurden Krankenschwester oder Ingenieur, aber alle halten die Erinnerung in Ehren, die Erinnerung an den Schulzug, der ihnen Lust auf eine Welt machte, die es zu entdecken galt, sei es in Büchern oder im Waggon selbst. Ein Luxus, von dem sie heute noch mit Entzücken berichten: Der Linoleumboden, die lackierte Wandvertäfelung aus Ahornholz, die Vorhänge an den Fenstern, das WC mit Wasserspülung, das batteriebetriebene Radio, die Öllampen, in den Augen der Waldkinder schimmerte der Glanz all dieser Dinge, die sie noch nie gesehen hatten.

Der mitreisende Lehrer hatte seine Dienstwohnung im selben Waggon. Drei winzige Räume, ausgestattet mit dem modernsten Komfort jener Zeit: eine Küche, ein Badezimmer und ein Hauptraum, der je nach Tageszeit als Wohnzimmer, Esszimmer oder Schlafzimmer diente. Der kleine Hausstand der Campbells umfasste vier Kinder, einen Hund, eine Katze und ein Stinktier, das sie gezähmt hatten und das eines Tages spurlos verschwand, dazu zahlreiche Besucher, die der Schulzug anzog, wenn sie an einem entlegenen Ort Halt machten. Das Leben war mitreißend, aufregend, spannend, sie waren immer in Bewegung, ein ständiges *merry-go-round.* Die Campbell-Kinder wuchsen mit dem Schlingern des Zuges auf und mit dem Gefühl, dass ihre Eltern Wohltäter der Menschheit waren. Gladys mehr noch als die anderen, denn als Älteste half sie ihrem Vater, die jüngsten Schüler zu unterrichten, und ging ihrer Mutter im Haushalt zur Hand. Ihre Mutter erledigte nicht nur sämtliche häuslichen Pflichten (die, wie man vermutet, zahlreich waren), sondern half auch den Frauen in den Orten, wo sie vorbeikamen, beim Briefeschreiben, beim Ausfüllen der Bestellungen für das Warenhaus Eaton, bei der Behandlung eines kranken Kindes.

Der *school train* war viel mehr als eine Schule. Dort fanden Abendkurse für Erwachsene statt (Lesen, Schreiben, Rechnen und kanadische Demokratie für Einwanderer), medizinische Behandlungen und Impfungen (zweimal pro Jahr reiste ein

Arzt mit), Bingoabende, Radioabende (vor allem während des Kriegs). Zu Zeiten der Großen Depression bekamen Landstreicher dort eine warme Mahlzeit, Schülerinnen und Schüler schliefen in Decken auf dem Boden, wenn draußen ein Schneesturm tobte, und zur Weihnachtsfeier waren sämtliche Bewohner des jeweiligen Fleckchens Erde eingeladen. Gladys erzählte oft, wie viel Spaß es gemacht habe, den Weihnachtsschmuck zu basteln und mit den Kindern des *school train* den Baum zu schmücken. Ein Spaß, der von Halt zu Halt abnahm, und wenn sie zu guter Letzt in Chapleau ihr eigenes Weihnachten im Kreise der Familie feierten, war nichts mehr davon übrig. Nach jedem Halt, erzählte sie lachend, warfen sie den Baum und den Weihnachtsschmuck aus dem Fenster und fingen am nächsten Ort wieder von vorne an.

Das Leben im *school train* bestand aus Spaß und Arbeit. Ihre Jugend hatte Gladys ein Faible für das Rattern und Schaukeln von Zügen geschenkt, für Stunden, in denen man jedes Zeitgefühl verliert, für Wälder, Seen, Flüsse, die langsam vorbeiziehen, und für den frischen Geruch nach Harz, der ihr beim Aussteigen in irgendeiner kleinen Siedlung entgegenwehte, die eigensinnig darauf beharrte, mitten in der Wildnis eine unsichere Existenz zu führen, und wo sie auf Waldkinder traf, die seit ihrem letzten Besuch genauso viele Monate oder Jahre älter geworden waren wie sie selbst.

Doch bei der Reise, die Gladys diesmal unternahm, ging es keineswegs um Nostalgie. Suzan Sheldon, die sie in ihrem Haus in Metagama, einem Geisterdorf an der Strecke Sudbury–White River (eine Handvoll Häuser, nicht mal ein Ortsschild), empfing, kann dies bezeugen.

Ich fuhr also zu Suzan, einer Schülerin des *school train*,

einer engen Freundin von Gladys, dem einzigen Menschen, dem sie sich jemals anvertraut hat. (Brenda, ihre Freundin aus Swastika, hat nur Krümel abbekommen, das weiß sie und kaut verbittert darauf herum.) Doch bei ihrem letzten Besuch vertraute Gladys Suzan keinerlei Geheimnisse an. Ihre Freundin traf im strömenden Regen bei ihr ein, ohne Gepäck und ohne Lisana. Suzan glaubte, das Drama, das sich lange angekündigt hatte, wäre eingetreten und Gladys sei gekommen, um bei ihr in Ruhe den Verlust zu betrauern. Aber Gladys sagte, Lisana gehe es gut. Die beiden Frauen kannten einander schon viel zu lange, um sich etwas vorzulügen. Sie verbrachten zwei Tage miteinander und sprachen nur über gemeinsame Erinnerungen und über den Regen, der nicht nachlassen wollte. Kein Wort darüber, was Gladys unangekündigt nach Metagama geführt hatte, kein Wort über das Gewicht, das auf ihr lastete. Andere, die Gladys' Weg gekreuzt haben, werden von Schuldgefühlen geplagt, nicht aber Suzan, sie bereut keines der unausgesprochenen Worte. Sie ist überzeugt, dass sie nichts an Gladys' Entscheidung hätte ändern können. »Hinter ihrem harten Blick, hinter dem, was sie sich mir zu erzählen weigerte, war sie dieselbe wie immer, die entschlossene, willensstarke Gladys, die ich kannte, überzeugt von dem Weg, den sie eingeschlagen hatte, und niemand, absolut niemand, hätte sie davon abbringen können.« Trotzdem lief sie zum Telefon, sobald Gladys abgereist war.

Metagama ist nur per Zug erreichbar. Um Suzan zu befragen, musste ich also die gleiche Reise wie Gladys unternehmen, an Bord des *Budd Car*. So heißt der Schienenbus auf der Strecke Sudbury–White River. Der *Budd Car* durchquert eine recht trostlose Ebene, voller Torfmoore und krüppeliger

Wäldchen, nichts, was die Seele eines Reisenden ergreifen würde, aber gnädigerweise gibt es hier und da eine Ablenkung, einen diamanten glitzernden See oder einen Fluss, an dem man eine Weile entlangfährt, den man aus den Augen verliert und wiederfindet, mit kühlem, kristallklarem Wasser. Man muss aus dem Norden stammen, um diese karge Schönheit schätzen zu können.

Der *Budd Car* absolviert die Hinfahrt nach Westen jeden Dienstag, Donnerstag, Samstag, die Rückfahrt nach Osten jeden Mittwoch, Freitag und Sonntag. Nach meiner Ankunft am Dienstag musste ich also mit der Fahrt nach Chapleau, wo ich weitere Ehemalige der *school trains* treffen wollte, bis zum Donnerstag warten.

Deshalb verteilten sich meine Gespräche mit Suzan über zwei Tage. Ich schlief in dem Bett, in dem auch Gladys bei ihrem letzten Besuch übernachtet hatte. »Wir haben nicht mal wie sonst in einem Bett geschlafen«, sagte Suzan, als sie mich in das Zimmer führte, womit sie mir zu verstehen geben wollte, wie seltsam jener letzte Besuch gewesen sei. Das musste sie mir erklären. Das Zimmer gehörte ihrem Sohn Desmond, der sie jedes Wochenende besuchen kommt. Hier schlief auch Lisana, wenn sie ihre Mutter nach Metagama begleitete. Und so übernachteten die beiden alten Freundinnen bei Gladys' Besuchen im selben Bett, eine Gewohnheit aus den Jahren des *school train*.

Suzan war die Tochter des obersten Streckenarbeiters von Metagama, und weil sie die jüngste einer ganzen Schar von Kindern war (sie waren sechs) und die Geschwister meist sich selbst überlassen waren – die Mutter lag oft krank im Bett –, adoptierte die Campbell-Familie sie gewissermaßen und nahm sie mit auf Reisen. So gesellte sie sich zu den vier Campbell-Kindern, teilte ihr Wanderleben, für das sie nur Lob und Bewunderung fand, und Gladys' Bett, in dem die beiden Mädchen oft stundenlang plauderten. »Wenn eine von uns beiden irgendwann einschlief, legte sich die andere verkehrt herum hin, anders konnte man in dem schmalen Bett nämlich nicht schlafen.« Und dann lachte sie, sie lacht nämlich gern und viel. »Wer mit einem Fuß in der Nase schläft, bekommt nie Schnupfen.« Auch sie hat ihre Lieblingssätze.

Also schliefen sie im selben Bett, wenn Gladys sie für ein paar Tage mit Lisana besuchen kam. Wie die Schwestern, die sie hätten sein können, im Herzen wohl sogar waren. Beide waren Frohnaturen, von großem, kräftigem Wuchs (sie tauschten sogar Kleidungsstücke aus), schwelgten gern in Erinnerungen an ihre glückliche Kindheit und hatten dieselben Sorgen. Beide hatten sie ein Kind über fünfzig, dem es nie gelungen war, auf eigenen Füßen zu stehen. Lisana, die keinerlei Sehnsucht nach dem Leben hatte, und Desmond, der schon in sehr jungen Jahren von dem befallen worden war, was seine Mutter »die Krankheit der Worte« nannte – er hatte nichts anderes im Kopf als »das Gedicht, das er gerade geschrieben hat, das Gedicht, das er als Nächstes schreiben wird, das Gedicht, das nicht geschrieben werden will«, womit er kaum Geld verdiente. Der Sohn wohnte damals (und tut es noch heute) in Sudbury, wo er von gelegentlichen Schreinerarbeiten lebte und von dem, was ihm seine Mutter zum Verkaufen mitgab. Um ihrem »Handwerkerpoeten« zu helfen (keine Ironie von Suzans Seite, nur eine Art belustigte Melancholie), hatte sie mit Handarbeiten angefangen. Sie stellte Fäustlinge und Mützen her, aus aufgeribbelten Strickwaren,

Kleidungsstücken von der Stange, die der Sohn ihr aus Sudbury mitbrachte, wenn er samstags mit dem *Budd Car* kam, zusammen mit ihrem Wocheneinkauf. Er machte sich nützlich, reparierte den Generator, räumte den Schnee vom Dach, legte einen Feuerholzvorrat für sie an und fuhr am Sonntagnachmittag wieder zurück. Ein Arrangement, das für beide von Vorteil war.

Aber – denn es gibt ein Aber – die Kinder der beiden Frauen konnten sich nicht ausstehen. Wenn sie im selben Raum waren, kehrten sie einander den Rücken zu. »Wie die gegensätzlichen Pole zweier Magnete«, sagte Suzan seufzend, als sie darauf zu sprechen kam. (Desmond, den ich in einem Tim Hortons in Sudbury traf, hat eine andere Erklärung: »Ich konnte ihren Blick nicht ertragen. Da war etwas in ihr, das mir gefährlich werden konnte. Ich weiß gar nicht genau, was. Eine Leere, eine Art Sog. Es kostete mich jedes Mal Tage und eine ungeheure Selbstüberwindung, wieder davon loszukommen.«)

Deshalb mied Gladys die Wochenenden. Sie kam zwei- bis dreimal im Jahr mit Lisana zu Besuch, beladen mit Lebensmitteln und neuen Kleidern (für Suzan) und alten Strickwaren (für ihre Fäustlinge und Mützen). Dann verbrachten sie ein paar geruhsame Tage in dem kleinen Haus unter den Bäumen.

Man kann sich in der Tat keinen ruhigeren Ort vorstellen. Man hörte dort nichts als das Rauschen der Bäume und das Zwitschern der Vögel. Früher gehörte das Haus ihrem Vater, dem obersten Streckenarbeiter. Sie und ihr Mann hatten es renoviert, um daraus ein ganzjährig bewohnbares Wochenenddomizil zu machen, und nun, da ihr Mann tot war, lebte sie seit zwanzig Jahren allein dort.

Jedes Mal, wenn ein Zug vorbeikam, füllte sich Suzans friedliches, abgeschiedenes Haus mit ohrenbetäubendem Lärm. Man verstand kein Wort und musste das Gespräch, das man gerade führte, unterbrechen. Suzan in ihrem Schaukelstuhl verharrte mitten in der Bewegung und lauschte aufmerksam dem Lärm und dem Beben, die die Wände erschütterten, und sobald wieder Ruhe eingekehrt war, sagte sie: »Neunundfünfzig« oder »zweiundsiebzig« oder »siebenundachtzig« – sie hatte die Waggons mitgezählt!

Außer dem *Budd Car* fuhren jeden Tag ein knappes Dutzend Güterzüge vor Suzans Tür vorbei, und jedes Mal sah ich sie in Gedanken die Waggons zählen.

Ein Spiel aus ihrer Kindheit, ein Spiel der Streckenarbeitersprösslinge in der Einsamkeit der Wälder, das der alten Frau, die sie mittlerweile geworden war, immer noch Spaß machte. Als Kinder nannten sie es »Tuck-Tuck«.

»Das ist das Geräusch, das die Räder der Waggons am Schienenstoß machen. So nennt man die Lücke zwischen zwei Schienenstücken. Zwei Achsen an jedem Waggon, also zwei Tuck-Tucks pro Waggon. Man muss die Tuck-Tucks addieren und sie am Ende durch zwei teilen, um auf die Gesamtzahl der Waggons zu kommen.«

Gleich an unserem ersten gemeinsamen Abend erklärte sie mir die Spielregeln. Ich war am Nachmittag mit schwerem Gepäck bei ihr eingetroffen. Man erscheint nicht ohne seinen Anteil an Vorräten bei derart abgelegen lebenden Menschen, und ich hatte viel mehr dabei, als nötig war, um mich zwei Tage lang zu ernähren. Käse, Marmelade, Würste, Süßigkeiten und ein paar gute Flaschen Wein, wobei ich nicht wusste, ob sie lieber roten oder weißen trank, denn Suzan konnte nur über ihr Satellitentelefon mit der Außenwelt kommunizieren und die Verbindung war oft miserabel, vor allem bei schlechtem Wetter. Ich hatte tagelang immer wieder anrufen müssen, bis es mir gelungen war, ihr mein Kommen anzukündigen.

Ich spielte also mit ihr Tuck-Tuck und begriff, wie viel Freude man daran haben konnte. Es war fast schon eine Art Meditation. Das Rattern war so laut, dass es alles, was uns im Kopf herumschwirrte, zum Schweigen brachte. Wenn ein Zug vorbeifuhr, verließen wir die Welt der Gedanken und gelangten an einen Ort, zu dem wir sonst keinen Zugang hatten. Allerdings kam ich nie auf das richtige Ergebnis. Ich sagte zweiundsechzig, sie sagte achtundfünfzig, und ich sah an ihrem Lächeln, dass sie gewonnen hatte.

Die Sehnsucht nach dem Zug, die Sehnsucht nach dem Stampfen und Schnauben dieses wilden Tiers, das etwas tief in uns Verborgenes zum Leben erweckt, war es das, was Suzan an diesen einsamen Ort geführt hatte?

»Es gibt Schlimmeres. Ich könnte in einer winzigen Wohnung hocken und die Hauswand gegenüber anstarren oder in einer Eigentümerversammlung oder an einem chlorverseuchten Pool in Florida.«

Ein Ausweichmanöver. Sie wollte mir nicht antworten. Oder sie wusste keine Antwort auf meine Frage, weil sich diese einfach nicht mehr stellte, weil sie sich an das Leben hier draußen gewöhnt hatte. Aber ich hakte nach. Sie hatte in Toronto gelebt, in Calgary, in Vancouver, hatte verschiedene Jobs gehabt, ein aktives Leben geführt, war eine Frau ihrer Zeit gewesen, und als Witwe und Rentnerin war ihr nichts Besseres eingefallen, als hierher zurückzukehren (fast hätte ich gesagt:

in dieses gottverlassene Kaff), um vorbeifahrenden Zügen zu lauschen und die Waggons zu zählen?

»Tuck-Tuck kann man glücklicherweise auch zu zweit spielen. Ich habe es mit Gladys gespielt. Wenn sie nach Metagama kam, spielten wir Tuck-Tuck, und sie gewann jedes Mal.«

Natürlich, was sonst? Gladys spielte Tuck-Tuck und wenn sie gewann, lächelte sie genauso bescheiden triumphierend wie Suzan. Das wunderte mich überhaupt nicht. Schließlich ist Gladys die Heldin aller Erzählungen der Ehemaligen des *school train*, und sie ist die Tochter des hochverehrten William Campbell (nicht ein Mal etwas Negatives über ihn gehört), der das Spiel erfunden hatte. Damals fuhren nämlich immer wieder andere Züge am *school train* vorbei. (»Streiften ihn«, sagte Suzan. »Wir standen nur wenige Meter vom Hauptgleis entfernt, und die vorbeifahrenden Züge machten einen entsetzlichen Lärm, man verstand sein eigenes Wort nicht mehr. Also gab uns Mister Campbell Kopfrechenaufgaben.«) Mister Campbell, in Anzug und Krawatte, immer wie aus dem Ei gepellt, trotz der Wälder. Etikette, Ordnung, Disziplin und Leidenschaft. Jeden Morgen hisste er auf der Rückseite des Waggons den Union Jack, um seine kleinen Wildlinge willkommen zu heißen. Frisch gewaschen, gebürstet, mit geflochtenen Zöpfen und in Sonntagskleidung. Auch sie hatten sich für den Schultag herausgeputzt. Sie waren zu siebt, zu acht, zu zwölft, bisweilen nur zu dritt oder zu viert. Manche schlugen sich mit den ersten Buchstaben des Alphabets herum, andere konnten die Namen aller Premierminister seit dem Verfassungsgesetz von 1791 aufsagen, manche stammten aus der Ukraine oder aus Jugoslawien, andere hatten in ihrem jungen Leben nichts als den Wald gesehen, in dem sie geboren waren. Eine Klasse mit Schülerinnen und Schülern unterschiedlichen Niveaus und unterschiedlicher Herkunft und einem Klassenlehrer, der sich um jeden einzelnen kümmerte. An der Tafel standen links die Lektionen des Tages, für jeden Schüler, je nach Leistungsstand, und rechts die Kopfrechenaufgaben, die auf einen vorbeifahrenden Zug warteten. Additionen, Subtraktionen, Divisionen, Multiplikationen und für diejenigen, die noch nicht so weit waren, ein Halbkreis, über dem zwei Punkte schwebten, ein Smiley vor seiner Zeit. Er hielt die Kleinsten dazu an, sich während des Tuck-Tucks ruhig zu verhalten.

»Es lief wie am Schnürchen im *school train*. Kein Rohrstock, keine Eselsmütze, keine Strafarbeiten, wir waren glücklich, dort zu sein! Die Großen addierten, subtrahierten, multiplizierten, dividierten, während die Kleinen still dasaßen und sich von den Zügen davontragen ließen, keine Bewegung, kein Wort, nur ein Lächeln, die Augen weit aufgerissen.«

Und dann sagte Suzan etwas, was mich sehr erstaunte: »Wie Lisana, wenn sie sah, wie wir uns in die Sessel zurücklehnten. Sie nahm ihre Kopfhörer ab und wartete mit uns auf den Zug.«

»Kopfhörer, sie trug Kopfhörer?«

Ich musste an die Kopfhörer aus Bernies Erzählung denken: Gladys unterhielt sich am Küchentisch mit ihm, während Lisana mit Kopfhörern im Wohnzimmer vor dem Fernseher hockte. Mich hatten die Kopfhörer neugierig gemacht, die Tatsache, dass diese Frau, die man als ausgebrannt und apathisch beschrieb – »sich selbst fremd«, hatte Brenda gesagt –, sich für das Fernsehprogramm interessierte. Und jetzt für die Züge und das Tuck-Tuck.

»Das arme Mädchen kommt ohne die Kopfhörer nicht klar. Sie hält keine Stunde ohne ihre höllische Musik durch. Es würde mich nicht wundern, wenn sie ihre Kopfhörer zum Schlafen aufbehält.«

»Zählt sie auch die Waggons?«

»Nein, ihr geht es nur um den Lärm. Unglaublich, wie viele Dezibel das arme Mädchen braucht. Sie muss immer Lärm um sich haben, sie braucht den ohrenbetäubenden Krach, um aus ihrem Kopf rauszukommen, in eine Welt, wo niemand von ihr verlangt, anwesend zu sein. Sie will auf Abstand zu sich selbst gehen, so einfach ist das.«

Diese Worte zu hören, war erfrischend. Der Wahnsinn, die psychische Krankheit, egal, wie man die Fehlfunktionen des Gehirns oder die übergroße Freiheit, die es sich manchmal herausnimmt, nennen will, all das schafft eine Distanz zu anderen Menschen, und bisher hatte ich über Lisana nur zögerliche, vorsichtige Äußerungen gehört, weil man sich scheute, die Dinge beim Namen zu nennen.

Suzan hatte keine Angst vor Lisana. Sie hatte sie kennengelernt, als sie noch ganz klein war, hatte sie auf dem Schoß gehabt, hatte gesehen, wie sie am Erwachsenwerden zerbrochen war, und hatte auch das fragile Wesen, zu dem sie geworden war, mit offenen Armen empfangen, ohne sich von ihr beunruhigen zu lassen.

»Aber was kann, frage ich mich, eine Nippesfigur ausrichten, wenn man nicht mehr leben will?«

Sie spielte auf Gladys' kleines Glück an.

»Das war die beste Strategie, die Gladys gegen die Psychiater und die Psychologen gefunden hatte. Die Ärzte arbeiteten sich an ihrer Tochter ab, konnten sie ihr aber nicht zurückgeben. Also warf sie Prozac und Konsorten in den Mülleimer und kämpfte auf dem einzigen Terrain, das sie kannte. Dem Glück. Dem kleinen und dem großen, aber vor allem dem kleinen. Das Glück war ihre Medizin.«

Suzan ist die Einzige, die Gladys auch kritisch sah, die Einzige, die offen Zweifel an ihrem Beharren äußerte, ihre Tochter auf der Sonnenseite des Lebens zu halten.

»Was kann, frage ich mich, ein Vogelzwitschern ausrichten, wenn man mit dem Bedürfnis zu sterben aufwacht? Das war das Kreuz, das Lisana täglich zu tragen hatte. Sie schlug die Augen auf und stellte fest, dass ein neuer Tag sie erwartete. Man musste nur sehen, wie sich Gladys morgens abmühte, um ihre Tochter zu überreden, den Tag in Angriff zu nehmen.«

Suzan war des Öfteren Zeugin dieser schwierigen Verhandlungen geworden. Jedes Mal derselbe zermürbende Kampf zwischen Mutter und Tochter. Gladys musste ewig auf sie einreden, bis Lisana einwilligte, das Bett zu verlassen, sich an den Tisch zu setzen, einen Bissen zu essen, die morgendlichen Gesten auszuführen, die ihr helfen würden, den Tag bis zum Ende durchzustehen.

»Lisana sagte, dass sie es nicht schaffe, dass sie nicht die Kraft habe, und Gladys, ruhig und geduldig wie immer, erklärte ihr, dass nur der erste Schritt Überwindung koste und der Rest dann schon von allein komme. Und tatsächlich, nach einem mühsamen Anfang ging der Rest dann ganz gut.«

Viele Leute haben im Gespräch mit mir Mitleid über Gladys' Schicksal geäußert, über die Last, die ihre Tochter für sie bedeutete, sie wetterten gegen Lisana und klagten über Gladys' Blindheit, dabei gab es Suzan zufolge durchaus innige

Momente zwischen den beiden Frauen, Momente, in denen sie einander Halt gaben und zu einem Gleichgewicht fanden. Genau das schweißte sie all die Jahre zusammen.

Suzan nahm intuitiv jene Augenblicke wahr, wenn Mutter und Tochter einander ansahen, nachdem ein Zug vorbeigefahren oder ein abendliches Gewitter abgezogen war. Lisana liebte den Donner, die Blitze, den Zorn, der sich des Himmels bemächtigte, und Gladys beobachtete das Gewitter zusammen mit ihrer Tochter wie einen Karnevalsumzug.

»In Lisanas Blick lag eine bösartige Freude, und in Gladys' Augen ein feuriges Glimmen. Wer von beiden zog die andere in ihre Welt hinein? Schwer zu sagen. Aber nach dem Gewitter strahlten beide dieselbe Zufriedenheit, dieselbe Erleichterung aus.«

Bei Gladys' letztem Besuch in Metagama hatte es einen Moment gegeben, wo Suzan den Eindruck hatte, als warte Gladys zusammen mit Lisana auf den Sturm. Es war ihre zweite Nacht in Metagama, und der Wind peitschte strömenden Regen gegen die Scheiben. Beunruhigt über ein ungewöhnliches Geräusch, war Suzan mitten in der Nacht aufgestanden und hatte Gladys wach im Schaukelstuhl sitzend vorgefunden. Der leere Schaukelstuhl neben ihr bewegte sich ebenfalls vor und zurück.

»Ich hätte schwören können, dass neben ihr in dem Stuhl, der von selbst schaukelte, Lisana saß.«

Bei Gladys' letztem Besuch gab es kein Tuck-Tuck und auch keine langen Gespräche. Nichts konnte sie von dem ablenken, was sie nach Metagama geführt hatte und was sie niemandem anvertrauen wollte. Die beiden Frauen hatten »nicht mal wie sonst in einem Bett geschlafen«. Dabei waren das ihre schönsten gemeinsamen Momente, die langen Stunden, die sie damit zubrachten, gegen den Schlaf anzukämpfen, in Erinnerungen zu schwelgen und die Sorgen durchzukauen, die ihre Kinder ihnen bereiteten.

Suzan glaubte zu der Zeit und glaubt auch weiterhin, dass Gladys überhaupt nicht die Absicht hatte, in Metagama Halt zu machen, dass ihr Besuch überhaupt keiner war, dass sie nur keine Wahl hatte, weil sie so erschöpft war.

»Sie war in einem jämmerlichen Zustand. Zuerst dachte ich an eine böse Erkältung, dann an eine beginnende Lungenentzündung, so mitgenommen sah sie aus.«

Gladys verließ Metagama am vierten Tag ihrer Eisenbahnodyssee mit einer Reisetasche voller warmer Kleidung, die Suzan ihr gepackt hatte.

In Richtung Chapleau, es gab keinen anderen Zug, denn es war Donnerstag.

»Du bist zu alt für solche Dummheiten.«

Das war alles, was Suzan ihr zum Abschied mitgeben konnte.

Es regnete in Strömen, ihre Schirme behinderten die beiden Frauen, der *Budd Car* war ausnahmsweise einmal pünktlich, und Neil McNeil, der Zugchef, hatte es eilig, Gladys beim Einsteigen zu helfen, um sie ins Trockene zu bringen. Suzan bat Neil McNeil, den sie gut kennt, er ist quasi ein Freund, für Gladys einen Platz zu finden, an dem es nicht furchtbar zieht. Dann rannte sie durch den Regen nach Hause und griff zum Telefon, überzeugt vom Ernst der Situation, auch wenn sie nicht wusste, was da eigentlich vor sich ging.

Der erste Anruf: bei den Ménards, Ronnie und Marta, Ehemalige des *school train* und mittlerweile in Chapleau ansässig.

Sie bat die beiden, Gladys abzufangen, falls diese vorhatte, nach White River weiterzufahren.

Der zweite Anruf galt Lisana. Suzan überlegte kurz, bevor sie die Nummer wählte. Sie wusste nicht, in welchem Zustand sich Gladys' Tochter befand, wusste nicht, ob Lisana bereit wäre, mit ihr zu sprechen, ob sie wortlos auflegen, sie beschimpfen (das war schon passiert) oder ihre üblichen Klagen anstimmen würde. Sie entschied sich für einen ungezwungenen Ton: »Hallo Lisana, hier ist Suzan, regnet's bei dir auch so stark?« – »…« – »Ich frage nur, weil es hier gießt wie aus Kübeln und deine Mutter gerade den *Budd Car* nach Chapleau genommen hat, wusstest du davon?« – »…« – »Es ging ihr nicht besonders, deshalb frage ich mich, ob …« Und dann Stille, die Leitung war tot. Suzan wusste nicht, ob Lisana aufgelegt hatte oder ob das Satellitentelefon wegen des Gewitters ausgefallen war. Die Verbindung hatte geknistert, gerauscht, zeitweise waren die Störgeräusche unerträglich gewesen, aber Suzan redete sich ein, dass sie zwischendrin Lisana in der Leitung atmen gehört hatte.

Als Drittes rief sie bei den Smarz an, das heißt, sie versuchte es, die Leitung brummte schrecklich. Es gelang ihr trotzdem, ein paar Worte zu übermitteln, die sie in den Hörer brüllen musste, und sie war auch fast sicher, dass Frank sie verstand, denn sie hörte, wie er sich am anderen Ende die Kehle aus dem Hals schrie.

Dies war der Beginn hektischer Telefonate.

Noch ein paar Worte zu Suzan. Zu diesem Zeitpunkt der Erzählung ist sie der Mensch, der am ehesten den Schlüssel zum Geheimnis von Gladys' Flucht, Mission oder Odyssee – was es genau ist, weiß man noch nicht – in der Hand hält.

Suzan und ich verbrachten einen zweiten gemeinsamen Abend in dem Häuschen unter den Bäumen. Die Luft war mild, soeben war ein Zug vorbeigefahren, das Haus erholte sich von dem Lärm, und wahrscheinlich, weil ich am nächsten Tag abreisen würde und eine kurz bevorstehende Abreise zu Vertraulichkeiten in letzter Minute verleitet, erzählte sie mir, was sie bisher für sich behalten hatte. Ein Satz wie eine Totenglocke. Ein Satz, den Gladys gesagt hatte: »Dieses Mädchen hat in meinen Tränen gebadet.«

Der Satz war ihr entschlüpft, als sie Lisana zum ersten Mal in einer Blutlache vorgefunden hatte, und von da an hatte er sie immer wieder heimgesucht, ein schmerzhaftes, zwanghaftes Mantra, das sie niemandem gegenüber je erwähnte, mit Ausnahme von Suzan.

»Dieses Kind hat in den Tränen gebadet, die ich bei Alberts Tod nicht geweint habe.«

Das ist der Ursprung von allem, meint Suzan, ihres riesigen Schuldgefühls, ihrer Sturheit, ihrer Weigerung, Lisana in fremde Obhut zu geben, ihrer Bemühungen, die stets drohenden Anfälle zu verhindern, die Tatsache, dass sie ihr Leben ausschließlich der Tochter widmet, alles, absolut alles, meint Suzan, kommt von den Tränen, die Gladys sich nach dem Tod ihres Ehemanns verboten hatte.

Albert Comeau starb 1958 bei einem Unfall in der *Lake Shore Mine*. Das war nichts Außergewöhnliches, viele Bergleute kamen auf diese Art und Weise um, ein Schicksalsschlag, den man schweigend durchstand, um den Schrecken, der bei jedem Unfall die Bergarbeitersiedlung lähmte, nicht zu vergrößern. Denn verschreckte Bergarbeiter könnten sich weigern, den Dienst anzutreten. Verschreckte Frauen könnten ihre Männer davon abhalten, den Dienst anzutreten. Und so wurde der allgemeine Schrecken mit keinem Wort erwähnt, damit das Leben reibungslos weitergehen konnte. Man schwieg und thematisierte das Grubenunglück weder im Familienkreis noch auf der Straße.

Wie man es von ihr erwartete, hatte Gladys die schwere Zeit stumm durchgestanden und ihre Tränen tapfer heruntergeschluckt, was sie später bitter bereute, weil sie glaubte – Suzan zufolge kann sich nur eine Mutter etwas Derartiges einreden –, dass die aufgestauten Tränen das ungeborene Kind in ihrem Leib vergiftet hatten. Gladys wollte nie eine andere Erklärung für die selbstmörderische Besessenheit ihrer Tochter hören.

Natürlich lässt Suzan diese Erklärung nicht gelten. Man ist nicht bereits im Mutterleib zum Selbstmord bestimmt. Selbstmord ist keine Veranlagung. Sie hätte hinzufügen können, dass die Selbstmordabsicht für Lisana zu einer Lebensweise geworden war, dass das arme Mädchen sich daran klammerte wie an einen Rettungsring, um nicht unterzugehen in ihren schwarzen Fluten, dass der bloße Gedanke daran, jederzeit

Schluss machen zu können, ihr weiterzuleben erlaubte, aber so etwas wollte Gladys nicht hören. Nichts konnte sie von der Verantwortung befreien, die sie sich selbst aufgebürdet hatte.

Ich bin nicht mehr nach Metagama zurückgekehrt. Die Reise ist lang und kompliziert, und ich war zu beschäftigt, um mich in die Anschlussfahrpläne der Züge des Nordens zu vertiefen, die ihre Passagiere von einem Ort zum anderen bringen, wann es ihnen gefällt. Trotzdem blieb ich mit Suzan in Kontakt. Allerdings haben wir nie wieder über das gesprochen, was sie mir an unserem letzten gemeinsamen Abend in ihrem Häuschen anvertraut hatte.

Nur mit meinem Freund Bernie konnte ich darüber reden. Bernie wiederholte den Satz in verschiedenen Tonlagen, wie einen Gegenstand, den man in den Händen wiegt, den man dreht und wendet, um ihn zu erforschen. Wir saßen in seinem Keller zusammen, einem urgemütlichen Raum, in dem er sich mit seiner Vergangenheit umgibt, mit Fotos, Büchern, Trophäen aus der Zeit, als er noch Fußball spielte, und in der gedämpften Atmosphäre dieses Rentnerhobbykellers ließ er den Satz in seinem Kopf nachhallen, bevor er folgenden Kommentar dazu abgab: »Gladys glaubte, sie sei stark genug, um den Todestrieb ihrer Tochter auf sich zu nehmen.« Und in Bezug auf Lisanas zwanghafte Selbstmordgedanken: »Es kann einem ein Gefühl von Macht geben, wenn man auf diese Weise mit seinem Leben spielt.«

In all den Jahren, in denen ich den Grund für Gladys' Eisenbahnirrfahrt zu verstehen versuchte, war Bernie für mich eine Art Resonanzkörper. Bei unseren Treffen berichtete ich ihm relativ ungeordnet von meinen neuesten Erkenntnissen, wir verknüpften sie gemeinsam mit dem, was wir schon wussten, und während das Ganze sich setzte, tranken wir unseren Kaffee. Ich ließ ihn in Ruhe nachdenken, weil ich wusste, dass er nach langem Schweigen und dem letzten Schluck einen Kommentar abgeben würde, der ein neues Licht auf die Ereignisse werfen würde. Häufig war die Bemerkung gar nicht an mich gerichtet. Sie hatte einen weiten Weg zurückgelegt und sich schließlich auf dem Grund von Bernies Geist abgelagert. Ich glaube, Bernie war so frei und flexibel in seinem Denken, weil er meine Ermittlungen aus der Ferne verfolgte.

Anders bei Suzan, die zu sehr in die Vorkommnisse verstrickt war. Sie war der Dreh- und Angelpunkt der hektischen Telefonate, die Gladys seit ihrer Weiterreise nach Chapleau verfolgten, bis die alte Frau in einem Gewirr aus Zugstrecken und vagen Vermutungen verloren ging. Suzan hat ein erstaunliches Gedächtnis. Nichts fehlt, alles ist da, ihr Bericht von dem Gewirr ist lückenlos und fehlerfrei. Man könnte fast meinen, sie hätte sich Notizen gemacht, während ihr Telefon heiß lief und sich ihre Gedanken verknäulten und wieder entwirrten.

Ich hätte mir die Reise nach Chapleau sparen können. Das Wenige, was es über Gladys' kurzen und rätselhaften Abstecher dorthin zu wissen gab, hatte ich bereits von Suzan erfahren. Aber dort rechnete eine Schar Ehemaliger des *school train* mit meinem Kommen, und ihre Geschichten wollte ich mir nicht entgehen lassen.

Ich führte in Chapleau kein einziges ähnlich tiefgründiges Gespräch wie mit Suzan in ihrem kleinen Haus unter den Bäumen. Die Menschen, die ich dort kennenlernte und die mich samt und sonders mit offenen Armen empfingen, erzählten mir freimütig von ihrem herrlichen, wunderbaren Leben mit dem *school train*, reagierten aber ausweichend, sobald ein dunkler Schatten im Gespräch auftauchte. Trotzdem verbrachte ich schöne Abende mit ihnen.

Chapleau. Ein seltsamer Ort. Eine Siedlung mit rund tausend Einwohnern (1170 bei der letzten Zählung), die wie ausgestorben wirkt, leblos, kein Geräusch, keine Bewegung, ein Meer der Ruhe. Ein Binnenmeer mitten im Nirgendwo, die nächste Stadt ist zwei Autostunden entfernt. Das war nicht immer so gewesen. Unter der verschlafenen Oberfläche erahnt man eine aufregende Vergangenheit. Den Eindruck hatte ich jedenfalls, als ich aus dem *Budd Car* stieg. Vermutlich aufgrund der vielen Schienen vor dem Bahnhof und der sie umgebenden Stille.

Die Ménards, Ronnie und Marta, erwarteten mich. Suzan hatte ihnen meine Ankunft angekündigt. Ronnie spricht Französisch, aber dermaßen radebrechend, dass wir nach kurzer Zeit ins Englische wechselten. Seine Frau spricht nur Englisch. Ihre Eltern stammen aus Finnland, aber sie hat nicht nur ihre Muttersprache verloren, sondern auch ein »t« ihres

Vornamens (ursprünglich Martta), und ist nun durch und durch Kanadierin. Ronnie, der früher Ronald hieß, erging es mit seiner Muttersprache nicht viel besser.

Ich war bei ihnen untergebracht (sie wollten mich auf keinen Fall im Hotel übernachten lassen – drei Hotels in Chapleau!), in ihrem eindrucksvollen Haus, in dem sie fünf Kinder großgezogen hatten, die nun in alle Winde verstreut waren. Ich sage »eindrucksvoll«, nicht wegen der teuren Möbel und geschmackvollen Bilder, sondern weil die Rollläden sich von selbst senkten und hochfuhren, die Lampen angingen, wenn man näher kam, die Türen sich per Sprachsteuerung öffnen ließen und ein Lastenaufzug den Morgenkaffee brachte, sobald man den Fuß aus dem Bett auf den Boden setzte; es fehlte nur noch, dass eine Rolltreppe aus dem ersten Stock direkt zum Frühstückstisch führte, und so hatte ich das Gefühl, mir könnte jeden Moment Meister Yoda aus Star Wars oder ein anderes futuristisches Wesen über den Weg laufen. Ronnie ist ein leidenschaftlicher Bastler, ein Fan von Technikspielereien aller Art, und er hatte das alles ertüftelt, er tobte sich aus, indem er an der Haustechnik herumwerkelte, und nun waren sie Gefangene ebendieses Hauses (es war unverkäuflich: Wer würde so viel Geld ausgeben, um nach Chapleau zu ziehen?), Marta mehr noch als er, sie vertraute mir an, dass sie »dieses trostlose Kaff« lieber heute als morgen verlassen würde (einer der wenigen Misstöne, auf die ich in Chapleau stieß, Marta verweigert sich der allgemeinen Heiterkeit).

Ich verbrachte vier Tage in dem Hightech-Haus, und vier Tage lang war ich die Hauptattraktion. Ich wurde von einem Nachbarn zum nächsten geschleppt, alles Ehemalige des *school train*, alle schon recht betagt, und dort mit Kaffee, Sandwiches und Kuchen (bergeweise) bewirtet, ihrem üblichen abendlichen Imbiss, wenn ich das richtig verstand.

So lernte ich John Keller kennen (sechsundsiebzig Jahre alt, drei fehlende Finger, ein Unfall im Sägewerk), Christopher Young (noch älter, ein begabter Musiker, seine Mutter hatte es irgendwie geschafft, bei ihrem Umzug in die Wälder ein Klavier mitzunehmen), Varpu Armala (ursprünglich aus Finnland, ihr Kardamomkuchen war ein Gedicht), Matti Valitorppa (ebenfalls aus Finnland), sowie Joe und Rose Gabriel, das einzige Ehepaar in der Runde außer Ronnie und Marta, meinen Gastgebern. Alle hatten großen Spaß an den geselligen Abenden. Christopher setzte sich ans Klavier, Joe und Rose tanzten ein paar Schritte, man lachte, man scherzte, man erzählte vom Leben in der Wildnis, als wäre es ein Märchen. Keine einzige traurige oder bittere Note, keine Klage über das harte Leben hier draußen, alle strahlten vor Freude und Stolz. Wenn man ihnen so zuhörte, hätte man meinen können, es hätte entlang der Strecke des *school train* nichts als glückliche Momente gegeben, nur hin und wieder brachten ein oder zwei Misstöne von Marta das Gespräch kurz ins Stocken.

Ich nahm alles auf, notierte alles (ihre Namen, ihr Alter usw.), so wie Bernie es mir nahegelegt hatte. Mein iPhone ist voll von ihren Geschichten. Ich legte es mitten auf den Tisch und ließ das Gespräch laufen.

Woran ich mich vor allem erinnere? An eine tiefe Sehnsucht nach der Vergangenheit und an die Weigerung, bei irgendeinem Thema länger zu verweilen. Selbst Johns fehlende Finger boten Stoff für eine lustige Geschichte. Sie hatten einen Ehrengast, »einen jungen Mann« (ich bin dreiundvierzig), der die weite Reise unternommen hatte, um ihren Erzählungen zu lauschen, und das Vergnügen ließen sie sich nicht entgehen. Wäre ich aus Papua-Neuguinea angereist, hätten sie mich mit derselben Begeisterung empfangen.

Die Abende waren angenehm. Ihre gute Laune war ansteckend, und sie überhäuften mich mit Anekdoten aus dem *school train*. Manchmal hatte ich das Gefühl, ich säße mit ihnen im Klassenraum, so eifrig waren sie bei der Sache, die alt gewordenen Waldkinder, die in ihren Erinnerungen schwelgten.

Rose erzählte von ihrem ersten Schultag: »Ich war keine fünf Jahre alt, noch viel zu klein für die Schule, aber ich heulte Rotz und Wasser, wenn ich sah, wie meine Schwestern morgens loszogen, in Sonntagskleidern und mit Schleifen im Haar. Ich weinte so lange, bis meine Mutter nachgab. Eines schönen Morgens hatte auch ich Schleifen im Haar, und als wir am *school train* ankamen, sagten meine Schwestern zu Mister Campbell: ›Das ist Rose, unsere kleine Schwester‹, und schon saß ich an einem Pult und bekam meine erste Unterrichtsstunde. Mister Campbell gab mir ein Blatt Papier und Buntstifte. Auf dem Blatt, das weiß ich noch ganz genau, gab es einen Hahn zum Ausmalen. Aber ich traute mich nicht, das Bild war so schön, dass ich es nicht vollkritzeln wollte. Ich hatte noch nie etwas ausgemalt. Alles um mich herum war so schön, mir war ganz schwindelig, ich drehte mich auf meinem Stuhl hierhin und dorthin und wollte mir alles ansehen. Am späten Nachmittag schlief ich ein, den Kopf auf dem Pult. Als ich aufwachte, fiel mein Blick auf Mrs Campbell, die sich über ihre Nähmaschine beugte. Ich lag in ihrem Wohnzimmer! Mir gingen die Augen über!«

Matti erzählte die Geschichte von einem Ojibway, der eines Morgens mit seinen zwei Kindern zur Schule gekommen war. Alle drei nahmen am Unterricht teil, jeder im Schneidersitz auf einem Pult. Am Nachmittag bedankte sich der Vater bei Mister Campbell dafür, dass er seinen Kindern eine Schulbildung hatte zukommen lassen, und verschwand mit ihnen im Wald. »Wir haben sie nie wiedergesehen.«

Auch vom Tuck-Tuck war die Rede. Ihnen selbst machte es keinen Spaß mehr. Suzan sei übrigens »selbst ein bisschen Tuck-Tuck«, sagte Marta. »Nur in Metagama kann man zum Einschlafen Waggons zählen.«

Als Kinder hatten sie ihr eigenes Spiel, fast ebenso meditativ wie Suzans Tuck-Tuck, ein Spiel, das ich sehr traurig finde. Um sich so etwas auszudenken, muss man das Gefühl haben, man lebe außerhalb der Welt. Das Spiel hieß »Ans Ende der Welt«. Es war ihre Lieblingsbeschäftigung: Sie stellten sich an die Gleise, wenn ein Passagierzug den Ort durchquerte, und winkten, während die Waggons vorbeizogen, in der Hoffnung, dass ein Reisender aus dem Fenster blickte, sie bemerkte und zurückwinkte, und wer das Glück hatte, von einem Passagier gegrüßt zu werden, konnte davon träumen, dass dieser Fremde das eigene Bild hinaus in die weite Welt trug. »Das war unsere Art zu reisen.« Natürlich dachte jeder, dass das Winken des Passagiers ihm oder ihr gegolten hatte, und so machten sie alle ihre Traumreise. »Ich war schon in Montréal, in Toronto und in Winnipeg« (Christopher, glaube ich), »Ich mehrmals in Vancouver« (Varpu, ein dünnes Stimmchen, kaum hörbar), »Ich bin immer nach Rom« (Ronnie), »'türlich, erzkatholisch und großer Fan des Papstes« (Christopher), »Mittlerweile können wir hier gar nichts mehr spielen, wir haben nur noch den *Budd Car*, und wer will schon nach White River fahren?« (Marta, natürlich).

Ich habe mir die Stelle über das »Ende der Welt« mehrmals angehört und mich jedes Mal gefragt, was daran mich so traurig stimmt. Kinder, die beim Anblick vorbeifahrender Züge ins Träumen geraten, darin liegt eine unleugbare Poesie. Aber es ist auch ein Inbegriff der Einsamkeit. Kinder, die weitab vom Schuss im Wald leben und nichts zum Spielen haben außer den Gleisen, alte Leute, die sich immer noch an diesem Spiel erfreuen wie an einem kostbaren Geschenk, es fällt mir schwer, das alles zusammenzubringen.

Ich spule die Stelle noch einmal zurück und höre Varpu oder Christopher oder einen anderen sagen: »Die Gleise waren unser Leben«, der Satz beschließt oder beginnt eine Geschichte, und mir wird klar, dass die Bahnstrecke die Lebensader der Waldsiedlungen war, ihre einzige Verbindung zur Außenwelt. Alles kam per Zug. Lebensmittel, Post, die Bestellungen bei Eaton, Verwandtenbesuch aus der Ferne, gute und schlechte Neuigkeiten, Spiele, Träume und diese wunderbare fahrende Schule. »Wir weinten vor Freude, wenn wir den *school train* kommen sahen.« (Offenbar nicht alle, denn man musste die Hausaufgaben erledigt haben, und es gab auch miserable Schüler unter ihnen – besonders Ronnie.)

Sie waren genauso Kinder der Schienen wie Kinder des Waldes, und viele von ihnen blieben ihr Leben lang bei der Eisenbahn. Sie arbeiteten als Bremser, Lokomotivführer, Telegrafist, Fahrdienstleiter. Aber nicht Ronnie, der verließ mit zwölf die Schule, als er gerade so lesen, schreiben und rechnen konnte, wurde erst Maschinenschlosser, dann Industriemechaniker, und die Sägewerke von Chapleau und anderswo rissen sich darum, ihn für guten Lohn einzustellen. Was die sprachgesteuerten Türen erklärt und den Kaffee, der am Morgen per Lastenaufzug kommt.

Ronnies Werdegang ist eine echte Erfolgsgeschichte, und es ist nicht nur sein Erfolg, sondern auch der des *school train,* selbst wenn dieser ihn nicht bis zum Schulabschluss hatte halten können. Die Sache lässt sich in drei Worten zusammenfassen: *Popular Mechanics Magazine*. Damit hat alles angefangen, mit dieser Zeitschrift, die dem jungen Ronnie an seinem ersten Schultag in der Bibliothek des *school train* in die Hände fiel. Auf der bunten Titelseite prangte der Querschnitt eines Cockpits. Von da an hatte der kleine unwissende Junge, der sich nach der großen weiten Welt sehnte, nur eins im Kopf: Er musste unbedingt lernen, diese komischen Zeichen zu entziffern, um die Zeitschrift lesen zu können. Der Rest des Unterrichts interessierte ihn nicht. Als er so weit war, dass er sich selbstständig im *Popular Mechanics Magazine* zurechtfand, verließ er die Schule und fing im Sägewerk von Nemegos als Hilfsarbeiter an. Trotzdem tauchte er Monat für Monat am *school train* auf, pünktlich nach dem Erscheinen der neuesten Ausgabe. Wenn Ronnie den Zug verpasste, wenn der *school train* bereits an seinem nächsten Halt angekommen war, lief der Junge, ohne zu zögern, zehn, fünfzehn, zwanzig Kilometer zu Fuß, bei Sonne oder Regen, im Schneesturm oder bei minus vierzig Grad, um zu der kostbaren Bibliothek und seiner geliebten Zeitschrift zu gelangen.

Viel mehr noch als die Laufbahn als Industriemechaniker behalte ich von der Geschichte den jungen Ronnie in Erinnerung, der kilometerweit an den Gleisen entlangläuft. Ein zwölf-, dreizehn-, vierzehnjähriger Junge, der mutterseelenallein durch Schnee und Finsternis marschiert (den Rückweg trat er bei Anbruch der Dunkelheit an), ohne jede Angst, denn er hat ja die Gleise.

»Die Gleise waren unser Leben«, diesen Satz hörte ich immer wieder, ein nostalgisches Leitmotiv, vorgetragen von den heiseren Stimmen alter Menschen, und dadurch verstand ich auch jenen anderen Satz, der mir ebenfalls regelmäßig zu Ohren kam: »Gladys ist ein Kind der Schienen.« Die Ehemaligen mussten nicht lang über Gladys' Beweggründe für ihre Eisenbahnodyssee durch den Norden nachdenken. Sie war im *school train* geboren, hatte dort wunderbare Jahre verbracht und ihren Albert kennengelernt. Die Eisenbahn hatte ihr alles Gute und Schöne im Leben geschenkt. »Es ist nicht weiter verwunderlich, dass sie an jenem Tag in den Zug gestiegen ist.« Sie glauben, dass Gladys am Morgen des 24. September einfach drauflosgefahren war, ohne feste Strecke im Kopf, ohne einen Plan, »wie eine Flaschenpost im Meer«, eine Flaschenpost, die sich von einem Zug zum nächsten treiben ließ, ganz gleich, in welche Richtung er unterwegs war, wichtig war nur eins: sich schaukeln, wiegen, davontragen lassen vom Rattern der Räder, in der Geborgenheit eines Waggons, der dem Waggon ähnelte, in dem sie zur Welt gekommen war.

»Und was ist mit Lisana?«

»Lisana ...« (Ein Zögern, beschwert von unausgesprochenen Gedanken, gefolgt von hektischen Erklärungen, die überhaupt nichts erklärten, außer ihrer Weigerung, sich länger mit einem Thema zu beschäftigen, das sie für vollkommen sinnlos hielten.)

Bei Gladys' letztem Besuch in Chapleau gab es keine abendlichen Zusammenkünfte mit Sandwiches, Kaffee und Kuchen.

Sie war an einem Donnerstagnachmittag angekommen und schon am nächsten Tag wieder abgereist, sie hatte das Zimmer bei den Ménards, in dem später auch ich schlafen würde, praktisch nicht verlassen (zum zweiten Mal würde ich im selben Bett übernachten wie Gladys, ein merkwürdiges Gefühl, als könnte ich zwischen die Falten der Zeit schlüpfen), das Zimmer, in dem auch ihr der Kaffee per Lastenaufzug serviert wurde (ein sehr guter Kaffee übrigens). Sie kam kaum zu den Mahlzeiten herunter.

Warum also hatte Gladys die Reise nach Chapleau unternommen, wenn sie schon am nächsten Tag wieder abreiste? Die Frage kam rund um den Tisch mehrmals auf, aber niemand hatte eine befriedigende Antwort, außer, dass sich Gladys wegen des Ratterns der Räder, des vertrauten Geruchs, des Schaukelns, das sie die Zeit vergessen ließ, wegen »ihrer Liebe zu den Zügen und wegen ihrer Liebe (fast hätte ich mich an meinem Sandwich verschluckt) zu Chapleau«, in dieses Abenteuer gestürzt hatte.

Ihrer Liebe zu Chapleau? Dieser öden Kleinstadt, in der man vor Langeweile vergeht?

Natürlich sagte ich das nicht laut. In den Augen der Anwesenden war Chapleau eine ganz andere Stadt, funkelnd, vor Spannung knisternd, und in dem Moment servierte Rose ihren Kuchen – Jubel, Glückwünsche, Tellergeklapper –, so dass mir ein Teil des Gesprächs fehlt, bis man wieder etwas versteht: »… Sommerferien auf dem Rangierbahnhof.« Chapleau war damals ein pulsierender Ort, mit Geschäften, Restaurants, Kinos, dem ganzen Trubel einer Stadt, die mitten im Nichts aus dem Boden gestampft worden war. »Die Campbell-Familie verbrachte die Sommerferien auf dem Rangierbahnhof«, der Satz fiel mehrmals, und wir tauchten in eine weitere wunderbare *school train*-Geschichte ein.

Wie viele Kleinstädte im Norden, deren Aufstieg und Fall von einer Mine oder einem Sägewerk abhingen, hatte Chapleau einst glorreiche Zeiten erlebt. Damals verbrachten die Campbells ihre freien Tage zwischen zwei Fahrten mit dem Schulzug dort, besuchten Geschäfte, das Kino, die Sonntagsmesse und ihre zahlreichen Freunde. Der *school train* erholte sich unterdessen auf einem Abstellgleis des Rangierbahnhofs. Und bevor die Familie sich ein Ferienhäuschen am Ufer des Biscotasi Lake kaufte, verbrachte sie auch die Sommerferien in Chapleau. Man kann sich gut vorstellen, wie sehr sich der eiserne Waggon, in dem sie wohnten, in der Sonne aufheizte, mit seinem Vorgarten aus glühenden Gleisen. Dazu die Angst der Eltern (wieder ein Misston von Marta), die ihre Kinder nicht davon abhalten konnten, zwischen den Gleisen zu spielen. Dies war übrigens der Grund, erklärte Marta, warum sie sich nach mehreren Sommern in der drückenden Hitze des Rangierbahnhofs für ein Ferienhäuschen entschieden. Ende Juni verlegten sie alles, was sie tragen konnten (Kochtöpfe, Bettwäsche, Lebensmittel usw.), in ihr Sommerlager und trugen es im September, wenn das neue Schuljahr begann, wieder zurück. Die Familie war gern unter sich, und so waren Eltern und Kinder bei ihrem Umzug im Juni ebenso glücklich wie im September. Sie genossen die Ruhe am See und die Bewegungsfreiheit in der Weite der Natur, aber Ende August konnten es alle kaum erwarten, das Sommerlager aufzugeben und in ihr betriebsames Leben auf den Schienen zurückzukehren, in ihre beengte fahrende Wohnung.

Anscheinend gab es nichts in ihrem Leben, was sie nicht

liebten. Nicht die Sommerhitze, nicht die winterliche Eiseskälte, nicht den Speiseplan, der hauptsächlich aus Konserven bestand (es gab sogar Roastbeef), nicht die unangekündigten nächtlichen Abfahrten, wenn ein Güterzug sie ankoppelte, (Gegenstände flogen von einer Wand zur anderen, man fiel aus seinem Bett), nichts an ihrem Vagabundenleben konnte ihren Spaß schmälern.

Gladys wiederum war die Freundin, um deren Gunst alle buhlten. Nicht nur, weil sie die Tochter des Klassenlehrers war, nicht nur, weil sie in einem traumhaften Waggon wohnte (Toilette mit Wasserspülung, Linoleum usw.), sondern vor allem, weil sie selbst ein Wesen wie aus einem Traum war. Liebenswürdig, lebendig, vor Ideen sprühend, fröhlich, einfühlsam … Ich werde hier nicht noch einmal all ihre wunderbaren Eigenschaften aufzählen.

Sämtliche Jungen waren heimlich in sie verliebt und bitter enttäuscht, als sie dem scheuesten Wildling von allen ihre Gunst schenkte. Ronnie verglich die beiden mit der Schönen und dem Biest. Nicht dass Albert Comeau abstoßend, brutal oder gar bösartig gewesen wäre. Nein, er war ein stiller, in sich gekehrter Junge, der immer im Unterricht aufpasste, aber nicht allzu gute Noten schrieb, der in der Pause lieber der Fährte eines Hasen folgte, als mit den anderen Kindern zu spielen. »Und nicht sonderlich gutaussehend«, fügte Marta hinzu. »Auch nicht wirklich hässlich, aber wir fragten uns schon, was sie an ihm fand.«

Einen tiefen Brunnen der Schwermut, das hatte sie gefunden. Einen nachtschwarzen Brunnen, in dem sie, lebendig, vor Leben sprühend und so strahlend wie die Sonne, sich verlieren konnte. Ich habe darüber ein langes Gespräch mit Suzan geführt, und sie konnte die Tatsache, dass Gladys sich zu einem Jungen hingezogen fühlte, der derart düstere Gedanken hegte, nicht anders erklären. »Sie hatte jemanden gefunden, dem sie einen Teil von dem, was sie im Überfluss hatte, abgeben konnte.«

Er war der Sohn eines Fallenstellers, der sein Lager am Nemegosenda River aufgeschlagen hatte, acht Kilometer von den Gleisen entfernt. Der junge Albert paddelte mit seiner kleinen Schwester im Kanu zur Schule. Unterwegs machten sie Halt und sammelten zwei junge Ojibways ein.

Im Winter legten die vier den Schulweg per Hundeschlitten zurück. Ein ziemlich gewagtes Transportmittel für Schüler, die wie alt waren? Zwölf? Vierzehn?

»Albert war zehn, seine kleine Schwester sechs, und die beiden Ojibways ungefähr im selben Alter.«

Ich muss vor Überraschung die Augen aufgerissen haben (und vor Missbilligung – welche Eltern lassen ihre Kinder allein einen Fluss hinunterpaddeln, definitionsgemäß kein stehendes Gewässer?), denn Ronnie beeilte sich, mir zu erklären, dass die Kinder in den Wäldern schneller erwachsen wurden. Marta ergänzte: »Aber besonders gut in der Schule waren diese Kinder nicht.«

Wenn sie keine Eltern hatten, die ihnen während der langen Wochen, in denen der *school train* andernorts Lesen und Schreiben unterrichtete, bei den Lektionen und Hausaufgaben helfen konnten, waren die Kinder auf sich selbst gestellt und verhedderten sich in dem Knäuel abstrakter Konzepte, die ihnen ebenso fremd waren wie das Empire State Building. Das traf auf die Einwandererkinder genauso zu wie auf die Söhne und Töchter der Ojibways, deren Eltern kein Englisch beherrschten, die Sprache des *school train*. Das traf auch auf Albert Comeau zu, Sohn eines französischsprachigen Vaters und einer Ojibway.

»Er hatte schon Mühe, sich auf die verschiedenen Verbformen zu konzentrieren, und als dann auch noch der Geschichtsunterricht dazukam ... Wie sollte der arme Junge irgendwas mit den Friedensverträgen von Westminster anfangen können?«

Und wer eilte dem armen Jungen zu Hilfe, wenn er an einem unregelmäßigen Verb oder einer Bruchrechnung verzweifelte? Gladys natürlich, die Lichtgestalt, die allwissende Prinzessin, sie setzte sich neben den Jungen und lotste ihn durch die Fallstricke der Grammatik und der Mathematik. Sie lernten einander lange vor der Pubertät kennen, und als sie zu Jugendlichen heranwuchsen, gab niemand auf ihre Gefühle acht, nicht einmal sie selbst. Sie glaubten sich nur durch die Schulaufgaben miteinander verbunden, aber Suzan wusste es besser, weil sie sich in der Enge ihres schmalen Betts Gladys' Schwärmereien anhörte. Albert hatte *schlanke, wohlgeformte* Hände, Albert hatte eine Stimme, *die flüsterte wie der Wind*, Albert bewegte sich *mit katzenhafter Geschmeidigkeit,* Albert hatte einen Blick, *der einen davontrug wie ein reißender Fluss*, Albert hatte etwas, was die anderen nicht hatten, er war *einmalig, einzigartig, etwas Besonderes,* und Suzan wusste vor allen anderen, dass Albert und Gladys früher oder später ein Paar werden würden.

Ich erinnere mich noch gut an das Bild, das Ronnie mir von dem ungleichen Paar gezeichnet hat. Die Schöne, denn Gladys war tatsächlich ein hübsches Mädchen (ich habe ihr Hochzeitsfoto gesehen), mit vielversprechender Zukunft (sie hatte ihr Diplom als Lehrerin in der Tasche), ein Mädchen, das alles hätte erreichen können, was es sich vom Leben erhoffte, und da musste sie ausgerechnet einen jungen Mann erwählen, der zwar nicht auf den Kopf gefallen war, der aber keine andere Zukunft hatte als die Wälder (auf dem Foto sieht man ihm an, wie unwohl er sich in dem Anzug fühlt) – das Biest. »Das sage ich ohne Bosheit, Albert war ein Freund.«

Ihre Liebesgeschichte, die sich während der Jahre des *school train* noch in der Latenzphase befunden hatte, wurde offiziell, als man sie Arm in Arm durch die Straßen von Chapleau spazieren sah, »er rabenschwarz, sie weizenblond«, glücklich, dieselbe Luft zu atmen und ihre Schritte an die des anderen anzupassen.

Gladys hätte mit ihrem Albert an jedem beliebigen Ort gelebt, sie wäre ihm auch in den Wald gefolgt, aber Albert wollte seiner Prinzessin keine Hütte in der Wildnis zumuten, und so gab er sein eigenes Leben auf. Als er hörte, dass in Swastika Bergleute gesucht wurden, nahm er seine junge Ehefrau dorthin mit, und sie zogen in das kleine Haus in der Conroy Avenue. »Wie es weitergegangen ist, wissen wir ja.«

Die Erzählung von Gladys' und Alberts Liebe endete mit diesem keuschen »Wie es weitergegangen ist, wissen wir ja«. Mehr hatten die Ehemaligen nicht zu dem Thema zu sagen. Übrigens setzte Rose (oder Varpu, ich verwechsele ihre Stimmen immer) hastig hinzu: »Chapleau war die Stadt ihrer ersten Liebe ...«

Sie wollten mir weismachen, dass Gladys den Abstecher nach Chapleau aus Nostalgie gemacht hatte. Aus dem Mund von derart alten Menschen wirkte diese romantische Erklärung fast schon absurd. Aber ich wollte sie nicht in Zweifel ziehen, ganz davon abgesehen, dass mir das auch gar nicht gelungen wäre. Diese Männer und Frauen sind Festungen mit unerschütterlichen Überzeugungen. Trotz aller Verklärungen haben sie ein hartes Leben in den Wäldern gelebt. Doch bei unseren abendlichen Zusammenkünften hörte ich keine Klagen. Im Gegenteil, sie sind stolz auf ihre Mikrowellen und ihre Großbildfernseher, auf die Geschenke, die das Leben ihnen nach vielen arbeitsamen Jahren gemacht hat. Mehr als einmal musste ich einen Induktionsherd oder einen Kunstledersessel bewundern und wortreich loben. Dafür wurde ich mit einem Lächeln belohnt, das von dem Glück zeugte, in einer verheißungsvollen Zukunft angekommen zu sein.

Sich zu beschweren, liegt nicht in ihrer Natur, und Gladys wird in ihrer Erinnerung für immer und ewig eine Frau bleiben, die auf einer Zugreise ihre große Liebe wiederfinden wollte.

Ich verließ Chapleau mit dem *Budd Car* am Sonntag (nur eine Stunde Verspätung – »Du hast richtig Glück«, sagte Ronnie), erfüllt von ihren Geschichten und ihrem Optimismus. Mit einem Mal hatte ich das Gefühl, dass irgendwo ein gutes Leben auf mich wartete.

Mit meiner knappen Stunde Wartezeit hatte ich, wie Ronnie richtig bemerkte, Glück gehabt. Bei Gladys war das anders. Sie hatte sieben Stunden bei den Ménards warten müssen, bis der *Budd Car* sie zu einem anderen Zug brachte und dieser zum nächsten und immer so weiter.

Die Verspätungen der Züge des Nordens sind keine Sache von Minuten oder wenigen Stunden. Wenn man sich nicht vorsichtshalber nach der voraussichtlichen und vorhersehbaren Verspätung seines Zuges erkundigt, kann es gut sein, dass man die Nacht auf einem Bahnhof am Ende der Welt verbringt, allein oder mit anderen Reisenden, die dort ebenso festsitzen wie man selbst. Die Lokomotiven stammen aus einer vergangenen Zeit, die Gleise führen über weite Strecken durch einsame Gegenden, ein Erdrutsch oder ein technisches Problem können den ohnehin schon langsamen Zug (nie mehr als achtzig Stundenkilometer) zum kompletten Stillstand bringen, ganz zu schweigen von der sengenden Hitze im Sommer, derentwegen die Geschwindigkeit auf acht Stundenkilometer gedrosselt wird, so dass der Bummelzug nur noch im Schneckentempo fährt.

Da man also keine Ahnung hat, wann man in den Zug steigen kann und wann man an seinem Ziel ankommt, wartet man als alter Hase nicht am Bahnhof. In Chapleau wartet man zu Hause oder im Hotel, nachdem man im Riverside

Motel angerufen hat. Dort ist nämlich die Mannschaft des *Budd Car* untergebracht, die Ablösung der Kollegen, die seit White River Dienst tun, und die Rezeption des Riverside Motel gibt Auskunft, wie lange man noch warten muss. Niemand verliert die Geduld, niemand schimpft, es ist, wie es ist.

Ich bin jetzt am fünften Tag von Gladys' Irrfahrt angekommen, die bisher im Schritttempo verlief, so dass sie von jedem verfolgt und kommentiert werden konnte. Nach Chapleau oder vielmehr nach Metagama wurde sie hingegen zu einer regelrechten Hetzjagd, denn auf der Höhe von Metagama platzte Suzan mitten in der Nacht in den *Budd Car*, und von diesem Augenblick an wurde eine wilde Flucht daraus, der niemand mehr folgen konnte.

Aber ich greife vor.

Gladys hatte bei den Ménards übernachtet, hatte ihren Morgenkaffee bekommen und war lange vor 13 Uhr 15 bereit, in den *Budd Car* zu steigen, der allerdings erst um 20 Uhr eintreffen würde. An dem Tag lag die Verspätung an der Batterie der Lokomotive, die sich aus irgendeinem Grund entladen hatte.

Eine lange Wartezeit von sieben Stunden. Gleichzeitig liefen die Telefone heiß.

Gladys' Freudes- und Bekanntenkreis ist beunruhigt. In Swastika, Metagama und Chapleau ruft man sich gegenseitig an, um sich zu erkundigen, ob sie gut geschlafen hat, ob sich der Husten verschlimmert hat, ob sie fiebrig wirkt. In Swastika, Metagama und Chapleau ist man überzeugt, dass sie die Reise in ihrem Zustand besser nicht fortsetzen sollte.

Suzan ist der Mittelpunkt der Telefonate. Da Frank Smarz und Ronnie Ménard einander nicht kennen, übermittelt sie die Informationen zwischen beiden. Mittlerweile hat sich das Wetter gebessert, die Satellitenverbindung ist gut, die Züge rattern unbeachtet vor ihrer Tür vorbei. Suzan wartet, wählt eine Nummer, informiert, hängt die ganze Zeit am Telefon und versucht zu verstehen, welcher Gedanke in ihrem Kopf Gestalt anzunehmen beginnt.

Am frühen Morgen hatte sie Lisana angerufen. Um sie zu beruhigen (»Deiner Mutter geht es gut, sie ist in Chapleau bei den Ménards«), ihr einen schönen Tag zu wünschen (»Tolle Sonne hier, ist bei dir auch so gutes Wetter?«) und um sie zu überreden, das Nötige zu tun, damit sie den Tag bis zum Ende durchstand. Suzan wusste, wie schwer das Lisana fiel. Deshalb ließ sie sich auch nicht von dem kläglichen »Ich kann nicht« beeindrucken, das Lisana von sich gab. »Komm schon, so schwer ist das nicht, zieh deine Vorhänge auf, schau, wie die Sonne lacht. Schwierig ist nur der erste Schritt, der Rest kommt dann von alleine.«

Suzan blieb eine ganze Weile mit ihr am Telefon. Sie redete langsam, behutsam, ließ lange Schweigepausen für Lisana, die nichts sagte, außer hin und wieder »Ich kann nicht, das ist zu schwer«, was Suzan kleinredete, bis aus den Worten ein Sandkorn geworden war, »ein winzig kleines Sandkorn, glaub mir, das geht schnell wieder vorbei«. Das Gespräch endete, ohne dass Lisana irgendeinen Entschluss gefasst hätte, und Suzan versprach, am Abend wieder anzurufen.

Den ganzen Tag über fragte sich Suzan, ob sie nicht schon früher anrufen sollte. Mehrmals wählte sie die Nummer und legte wieder auf. Sie fürchtete Lisanas Reaktion, sie würde sich vielleicht belagert fühlen und gar nicht mehr ans Telefon gehen. Erst kurz nach 20 Uhr, als sie die Bestätigung erhielt, dass Gladys nach Sudbury unterwegs war, führte sie das Gespräch, das sie veranlasste, ein Feuer neben den Gleisen anzuzünden, um den *Budd Car* zum Anhalten zu bewegen.

Aber ich greife schon wieder vor.

Wir schreiben den 28. September, den fünften Tag der Eisenbahnodyssee, und Gladys ist gerade in Chapleau in den *Budd Car* gestiegen. Dort wird sie Janelle kennenlernen. Durch sie habe ich Zugang zu Gladys' Gedanken bekommen. Janelle wurde zu ihrer Reisegefährtin und erstaunlicherweise auch zu ihrer Vertrauten. Ich sage erstaunlicherweise, weil Janelle eigentlich kein Mensch ist, dem andere sich anvertrauen. Nach der Begegnung mit ihr gab es für mich kein Zurück mehr. Ich musste meine Suche fortführen.

Janelle ist eine Herumtreiberin, anders kann man es nicht sagen, sie kommt und geht, zieht von einem Ort zum anderen, jedes Mal aus einem derart dürftigen, derart fadenscheinigen Grund, dass man sich fragt, ob all diese Unrast nicht nur dazu dient, sie in der Schwebe zu halten, außer Reichweite, in einem geschützten Raum außerhalb der Zeit. Kein Wunder, dass die beiden Frauen im *Budd Car* sich auf Anhieb sympathisch waren. An diesem Punkt ihres Lebens war auch Gladys eine Herumtreiberin.

Janelle kam gerade aus White River, wo sie im Mitz Café gearbeitet hatte, und wollte einen neuen Kellnerjob circa tausend Kilometer entfernt antreten, in Clova, im einzigen Restaurant des Ortes. Der Grund, der sie veranlasst hatte, ihre Stelle in White River aufzugeben, war ebenso verquer (»Der Chef hatte Mundgeruch«) wie das, was sie nach Clova führte (sie hatte im Internet jemanden kennengelernt, der dort lebt).

Janelle hat etwas an sich, was einem auffällt, ohne dass man gleich weiß, was es ist. Eine gewisse Unebenheit, würde ich sagen, sowohl in den Gesten als auch im Gesicht. Auf den ersten Blick ist sie eine recht durchschnittliche Frau, Ende dreißig, Anfang vierzig, keine besonderen Merkmale, außer dass sie nie stillsitzt. Langes, dichtes Haar, das sie in einem komplizierten Knoten hochsteckt oder sich in widerspenstigen Strähnen offen über die Schultern fallen lässt. Mehr oder weniger immer dieselbe Kleidung: enge Jeans, dünnes schwarzes Top unter einer Fleecejacke und zu jeder Jahreszeit große weiße Turnschuhe an den Füßen. Nichts Außergewöhnliches. Trotzdem fällt sie auf. Ihre Bewegungen haben etwas Abgehacktes, als hielte sie vor jeder einen Sekundenbruchteil inne. Außerdem ist da so ein Zögern in ihrem Blick, das ihren Zügen etwas Fliehendes verleiht, als wäre zwischen ihrer relativ langen Nase, dem Mund und den wunderschönen, aber unsteten goldbraunen Augen alles ständig in Bewegung. Ziemlich beunruhigend, das Ganze. Ihre Schönheit offenbart sich erst aus der Nähe. Nachts, wenn sie schläft, kehrt alles an seinen Platz zurück, dann ist da nichts Fliehendes mehr und sie ist die attraktivste Frau, die man sich vorstellen kann.

Janelle ist eine erfahrene Reisende, sie weiß, dass man an die Züge des Nordens keine allzu großen Erwartungen haben darf, und so bestieg sie den *Budd Car* mit einer bis zum Rand gefüllten Kühltasche, einer Decke und einem Kopfkissen, gut ausgestattet für die lange Reise. Auch stieg sie in Chapleau nicht wie die anderen aus White River kommenden Fahrgäste aus, um neuen Proviant zu kaufen. Ihre Kühltasche war noch fast voll. Anders bei ihren Mitreisenden, die ihre Vorräte in den sieben Stunden vertilgt hatten, die der *Budd Car* mit leerer Batterie auf freier Strecke stand, während man auf die Ersatzlokomotive aus Sudbury wartete. Jeder weiß, dass man im *Budd Car* nichts zu essen oder zu trinken bekommt, nicht mal ein Glas Wasser.

Und so waren Janelle und die alte Frau allein im Waggon, sie saßen rechts und links vom Gang in derselben Reihe.

»Sie bewegte sich nicht, und diese Reglosigkeit war faszinierend. Ein Mann und eine Frau in ihrem Alter hatten sie zu ihrem Sitz begleitet. Der Abschied zog sich hin, die beiden gaben ihr tausend gut gemeinte Ratschläge mit auf den Weg, für die Reise, ihre Gesundheit, ihre Rückkehr, ihre Erholung. Sie lächelte, hustete, nickte, hustete wieder. Dieser Husten war schrecklich. Sie wollte nur eins, das war offensichtlich: dass die beiden endlich gingen und sie in Frieden ließen. Nachdem sie weg waren, stieß sie einen langen Seufzer aus, und dann sah ich, wie sie zur Salzsäule erstarrte.«

Janelle mag keine alten Menschen. Sie hat Angst vor ihnen. Sie fürchtet immer, sie könnten vor ihren Augen sterben. Und das wäre so ziemlich das Schlimmste, was ihr passieren könnte, denn sie scheut jede Verantwortung und hat eine Heidenangst vor dem Tod. Es war also wirklich ein sonderbares Gespann, das da mehrere Tage und Nächte lang von einem Zug in den nächsten umsteigen sollte, bis die alte Frau nicht mehr konnte.

Gladys machte den ersten Schritt zur Annäherung. Janelle hatte sich von ihrer zur Salzsäule erstarrten Nachbarin abgewandt und nutzte den Halt in Chapleau, um Freunde im ganzen Land anzurufen (in den Zügen des Nordens gibt es unterwegs weder WLAN noch Mobilfunkempfang). Sie sprach laut, manchmal Englisch, manchmal Französisch, manchmal beides abwechselnd im selben Gespräch, im selben Satz (sie ist eine zweisprachige Franko-Ontarierin). Sie versuchte, ihre Schwester in Montréal zu erreichen, bei der sie ein Zimmer hat und ein paar Sachen zwischenlagert. Dieses Zimmer ist der einzige Anker in ihrem rastlosen Leben.

»Fahren Sie nach Montréal?« Die Frage überrumpelte sie, sie hatte die alte Dame völlig vergessen. Erst als Gladys die Frage wiederholte, begriff Janelle, dass die Frau, die sie ansprach, dieselbe war, die sich kurz zuvor auf dem Nebensitz eingemauert hatte. Die Frau strahlte über das ganze Gesicht, wodurch sie mit einem Mal deutlich jünger wirkte, und wartete auf eine Antwort.

Janelle erklärte, sie sei zwar unterwegs nach Montréal, steige dort aber nur um, ihr eigentliches Ziel sei Clova, das sei weit weg, sehr weit weg, ein kleiner Ort, den niemand kenne, und dann erkundigte sie sich, wie unter Reisenden üblich, nach dem Ziel der alten Dame. Gladys zögerte einen Moment (Janelle hatte den Eindruck, sie improvisiere), »Ich bin auf dem Weg nach Toronto«, (ein weiteres Zögern, der Eindruck des Improvisierens verstärkte sich), »aber vielleicht fahre ich auch weiter nach Montréal«.

Janelle glaubt, dass Gladys sie in diesem Moment erwählte, dass sie sie von ihrem Salzsäulen-Beobachtungsposten aus belauert und eingeschätzt hatte, dass sie kein Wort von dem, was Janelle am Telefon gesagt hatte, verpasst und sie dann aus einem geheimnisvollen Grund auserwählt hatte.

Die anderen Reisenden kehrten zurück, der *Budd Car* setzte sich ruckelnd in Bewegung, beide Frauen versanken wieder in ihren Gedanken, und die Nacht hüllte sie nach und nach in ihre schwarzblaue Watte.

Neil McNeil, dem Zugchef, fallen die beiden Passagierinnen zunächst nicht auf, dabei waren sie die einzigen Frauen im Waggon, und bis Metagama gab es keine besonderen Vorfälle zu vermelden.

Nun war es so, dass der Zugchef mit dem Kopf woanders war. Drei Tage zuvor hatte er zwei Gruppen Angler auf freier Strecke herausgelassen und musste sie jetzt wieder einsammeln, und das bei siebenstündiger Verspätung und stockfinsterer Nacht. Die erste Gruppe bestand aus drei Männern, Stammgästen. Sie waren am Biscotasi Lake ausgestiegen, mit einem Motorboot, Angelausrüstung, Benzinkanistern und einem großen Plastikfass, das ihr Zelt und ihren Proviant enthielt. Neil McNeil hatte ihnen geholfen, die Sachen aus dem Güterwaggon zu hieven. Sie hatten sich darauf geeinigt, an welchem Tag und zu welcher ungefähren Uhrzeit der *Budd Car* die drei wieder einsammeln würde. Dasselbe galt für die zweite Gruppe Angler, die nördlich des Wakami Lake ausgestiegen waren. Neil McNeil ist an derart abenteuerliche Verabredungen gewohnt, und meistens gelingen sie auch, aber diesmal bereitete ihm die ungewöhnlich große Verspätung Sorgen. Er ließ seine Passagiere immer wieder allein und ging in den Führerstand, um sich zu vergewissern, dass man eine gute Sicht auf die Gleise hatte.

»Clova hat einen hübschen Bahnhof …«

Die alte Dame machte einen weiteren Annäherungsversuch. Janelle hatte sie schon wieder vergessen. In ihre warme Decke gekuschelt (nachts wurde es kühl im Waggon), hörte sie auf ihrem iPhone Shania Twain. Gladys wiederholte den Satz über den Bahnhof von Clova, und Janelle zog ihren Ohrstöpsel heraus.

»Sie hatte Augen wie glühende Holzkohlen, dabei aber blau wie das Meer, brennende Augen, fiebrige Augen, die sich tief in meine bohrten, und sie zitterte vor Kälte. Ich konnte nicht anders. Ich bot ihr meine Decke an. Diese Frau war krank. Du kennst mich, ich bin nicht Mutter Teresa, ich will nicht die ganze Menschheit retten, aber ich konnte nicht anders.«

Janelle überquerte also den Gang, um Gladys zuzudecken.

Dann setzte sie sich neben sie und plauderte ein Weilchen mit ihr über diesen Ort, Clova, den Gladys kannte und an dem Janelle noch nie gewesen war. Janelle wollte gerade zu ihrem Sitz zurückkehren, als Gladys etwas Erstaunliches tat, sie zog die Decke ein Stück über Janelle. (Janelle und ich haben lange über die Bedeutung dieser Geste nachgedacht. Fühlte sich Gladys in dem Moment so kraftlos, dass sie sich nach einer Reisegefährtin sehnte? Oder hatte sie bereits im Sinn, was sie Janelle später anvertrauen würde?) Diese Geste war entscheidend. Von nun an wichen die beiden Frauen einander nicht mehr von der Seite.

Janelle hatte das Gefühl, in der Falle zu sitzen, leistete aber keinen Widerstand, denn die Unterhaltung versprach interessant zu werden. Gladys hatte viele Geschichten auf Lager. Sie war mit dem Zug quer durch Kanada gereist und hatte dabei eine Menge erlebt, und natürlich erzählte sie vom *school train*, ausführlich und detailreich, wie es offenbar ihre Gewohnheit war. Janelle hatte auch viele Geschichten in petto, nicht unbedingt fröhliche Geschichten, die auf den Schienen oder auf der Straße spielten, und sie erzählte sie in einem abgeklärten Ton, als ginge es nicht um sie persönlich, als wollte sie Gladys nur hin und wieder eine Pause gönnen. Janelle interessiert sich weder für sich selbst noch für ihr Leben, dabei ist es durchaus abenteuerlich, soweit ich das beurteilen kann, denn ich kenne nur kleine Ausschnitte davon. Früher, bevor sie auf den Zug umstieg, war sie mit dem Auto unterwegs gewesen. Janelle hatte im Laufe der Jahre mehrere Fahrzeuge besessen, hauptsächlich Kleinbusse, in die sie ihre wichtigsten Besitztümer stapelte und in denen sie auch lebte. Sie fuhr von einem Ort zum anderen, arbeitete als Kellnerin, Köchin, Putzfrau, Hauptsache, der Job hielt sie eine Zeitlang über Wasser, bis ihr Chef etwas sagte oder tat, was ihr nicht gefiel, bis der aktuelle Geliebte sich etwas zuschulden kommen ließ, egal was, und sie weiterfuhr, zum nächsten Motel, Hotel oder Restaurant, am liebsten in einem gottverlassenen Ort am Ende einer Straße, mitten im Nichts, wo sie auftauchte wie eine Außerirdische. Irgendwann war sie auf die Schiene umgestiegen, weil sie ihren Führerschein verloren hatte, aus einem Grund, den sie mir hartnäckig verschwieg (Alkohol am Steuer, da bin ich mir relativ sicher, sie liebt den Rausch ebenso wie die Freiheit).

Die beiden Frauen setzten ihr Gespräch fort, aneinandergeschmiegt unter der Decke, während der *Budd Car* mit ungewohnt hoher Geschwindigkeit durch die Nacht schnitt, um seine Verspätung aufzuholen.

Beim ersten Halt, bei dem die Angler vom Wakami Lake zustiegen, drang ein Schwall kalte Luft in den Waggon. Die Angler, ein Mann um die fünfzig und ein junges Pärchen, waren sichtlich erleichtert, endlich im Zug zu sein, machten aber kein großes Drama aus der stundenlangen Warterei neben den Gleisen, sie liefen den Gang entlang und zogen die nächtliche Kälte hinter sich her. Der Mann begrüßte Neil McNeil mit einem Klapps auf den Rücken, »Schön, dich zu sehen, alter Freund«, dann suchten sie sich in Ruhe einen Sitz.

Die Ankunft der Angler sorgte für ein wenig Aufruhr in der allgemeinen Schläfrigkeit. Man begann sich wieder gedämpft zu unterhalten. Das Abteil war in ein bläuliches Licht getaucht. Stimmengemurmel begleitete das Rattern der Räder. So entstand eine raue, leise Musik, ein Wiegenlied im

Takt des schaukelnden Wagens, das nur manchmal von Gladys' hohlem Husten unterbrochen wurde, und schon bald erklangen in dem von nachtschwarzer Dunkelheit umhüllten Eisenbahnwaggon nur noch die flüsternden Stimmen der beiden Frauen, und dann gar nichts mehr, denn Gladys war eingenickt.

Janelle wollte die Gelegenheit nutzen, um zu ihrem Sitz zurückzukehren, aber kaum deutete sie eine Bewegung an, spürte sie, wie Gladys' Hand auf ihren Oberschenkel glitt und dort schwer liegen blieb.

»Ich saß da und fragte mich, was ich mit der alten Frau anfangen sollte. Es gab keinen Zweifel. Sie klammerte sich an mich. Ich kam nicht mehr von ihr los. Sie war alt und krank, und sie hatte beschlossen, dass sie mich begleiten würde oder dass ich sie begleiten würde, keine Ahnung, wer in ihrer Vorstellung wen begleitete.«

Sorgen bereitete Janelle der Anschlusszug nach Toronto. Das Umsteigen war ohnehin schon kompliziert, wenn sie da auch noch eine kranke alte Frau mitschleppen müsste, machte das die Sache nicht einfacher. Janelle war schon mehrmals mit dem Zug von White River nach Montréal gefahren, deshalb wusste sie, dass der schwierigste Moment der war, wenn man in Sudbury den Anschlusszug nach Toronto erwischen musste. Wenn der *Budd Car* mit mehr oder minder großer Verspätung den Bahnhof im Zentrum von Sudbury erreichte, musste man sofort in ein Taxi springen und zu einem anderen Bahnhof fahren, der zehn Kilometer nördlich der Stadt im Niemandsland lag, in einem Gewerbegebiet, in dem keine Menschenseele lebte. Der Bahnhof öffnete erst um Mitternacht, eine gute Stunde vor der offiziellen Ankunft, die für

1 Uhr 15 angesetzt war, aber manchmal musste man bis zum frühen Morgen auf den Zug warten. Janelle erinnerte sich an das Gefühl, im Nirgendwo auf einem Geisterbahnhof auf einen Geisterzug zu warten.

Hinter der dunklen Fensterscheibe sah sie nichts von den vorbeiziehenden kleinen Siedlungen rechts und links der Eisenbahnstrecke. Am Rattern der Räder am Schienenstoß (Suzans und Gladys' geliebtes Tuck-Tuck) hörte sie, dass der *Budd Car* mit Höchstgeschwindigkeit fuhr, und sie dachte, dass sie den Sudbury–Toronto vielleicht doch noch erwischen würden, wenn dieser eine vernünftige Verspätung hätte. Ansonsten müsste sie für sich und die alte Dame ein Hotelzimmer auftreiben, denn sie hatte sich bereits damit abgefunden, dass sie sie nicht allein lassen würde.

Der Halt am Biscotasi Lake kam Janelle unverhältnismäßig lang vor. Die Angler mussten ihre gesamte Ausrüstung (das Boot usw.) in den Güterwaggon hieven, und im Dunkeln glitt ihnen der Rumpf immer wieder aus den Händen, erst nach fünfzehn langen Minuten erschienen die drei im Gefolge von Neil McNeil im Gang, grinsend und Witze über die Bären in der Gegend reißend, sie sagten, sie hätten genug Zeit gehabt, sich mit ihnen anzufreunden, aber das war auch schon ihre einzige Bemerkung über das stundenlange Warten in Dunkelheit und Kälte, bevor sie sich auf ihre Sitze fallen ließen und fast sofort einschliefen.

Da auf der Strecke kein weiterer Halt vorgesehen war, nahm der *Budd Car* zu Janelles großer Erleichterung wieder Geschwindigkeit auf.

Zwanzig Minuten später kreischten die Räder auf den Schienen, der *Budd Car* betätigte seine Notbremsen, in Metagama brannte ein Feuer neben den Gleisen, jemand wollte zusteigen. Suzan.

Suzan in Pantoffeln, Schlafanzug und Wolljacke, eine sehr zornige Suzan.

Ein paar Stunden zuvor hatte sie mit Lisana telefoniert, und jetzt raste sie vor Wut und Hilflosigkeit. Hilflosigkeit, weil sie nur ihr Bauchgefühl und Lisanas Worte hatte, und die sagten ihr, dass dies ein Notfall war. Und Wut auf sich selbst. Sie hatte erbärmlich versagt, sie hatte nicht die richtigen Worte gefunden, schlimmer noch, sie hatte genau das Falsche gesagt. Am liebsten hätte Suzan noch einmal von vorn angefangen, und diesmal hätte sie Lisana wirklich zugehört, hätte auf ihre Stimme geachtet, ihren Tonfall, ihre nervtötende Langsamkeit, mit der sie gemurmelt hatte: »Ich kann nicht mehr.« Der winzige Unterschied hätte ihr auffallen müssen. Lisana war längst über »Ich kann nicht« hinaus, sie war am Ende, sie konnte nicht *mehr*. Und Suzan, anstatt den Ernst der Lage zu begreifen, hatte ihr die übliche Rede aufgetischt. »Doch, du kannst, du bist stärker, als du denkst, glaub mir, du schaffst das.« Lisana, mit noch größerer Hoffnungslosigkeit: »Nein, ich hab's probiert, ich hab's wirklich probiert. Ich kann nicht mehr.« Suzan ist schleierhaft, wie sie Lisana weiterhin Mut zusprechen konnte, wie sie wieder und wieder sagen konnte: »Nur der Anfang ist schwer, der Rest geht dann von ganz allein«, während vom anderen Ende wiederholt »Ich kann nicht mehr« kam, immer verzweifelter, bis schließlich ein tonloses »Meine Hand will nicht mehr, meine Hand kann nicht mehr« das Gespräch beendete.

Lisana hatte einen Anfall. Daran gab es keinen Zweifel. Suzan rief sofort noch einmal an, keine Antwort, sie rief immer wieder an, keine Antwort. Auch die Smarz waren nicht zu erreichen. Es war kurz vor Mitternacht, und Suzan fiel ein, dass die Smarz die Gewohnheit hatten, vor dem Zubettgehen das Telefon auszustöpseln.

Lisana hatte einen Anfall, und Gladys machte eine Vergnügungsreise mit dem Zug. Da gab es nichts zu verstehen, außer, dass etwas getan werden musste, und zwar schnell. Aber was?

Suzan entzündete ein Feuer neben den Gleisen und musste nicht lange warten, bis das Licht des *Budd Car* in der Tiefe der Nacht auftauchte.

Als Neil McNeil sie im Schlafanzug in den Waggon klettern sah (sie ließ ihm keine Zeit, die Trittstufe herunterzuklappen), glaubte er im ersten Moment an einen Notfall, irgendwas mit ihrem Sohn, aber er begriff schnell, dass es um etwas anderes ging.

Was dann folgte, haben mir Janelle, Suzan und Neil McNeil in allen Einzelheiten berichtet, wobei jeder von ihnen seine ganz eigene Interpretation hat.

Ein Anflug von Wahnsinn, das dachte Neil McNeil, »Der Wahn eines einsamen Menschen. Wenn man in einer Hütte in der Wildnis lebt und als Gesellschaft nur die eigenen Gedanken hat, kommt manchmal ein alter Groll, eine alte Verletzung hoch und man kriegt einen Sprung in der Schüssel. Man muss schon aus hartem Holz geschnitzt sein, um damit fertigzuwerden. Einmal kam so ein Irrer in meinen Zug geklettert und schrie herum, er würde ihn kaltmachen, wen und warum, das hab ich nie erfahren, vielleicht wusste er's selber nicht. Er war alt, über achtzig. Einsiedler gibt's nicht in jung. Man muss auf ein langes Leben blicken können, um etwas zum Nachdenken zu haben, wenn man sich in die

Wildnis zurückzieht. Dieser Typ hätte längst tot in seiner Hütte liegen sollen, aber er schaffte es noch bis zum Zug, bevor er wegen irgendwem, der ihm in einem früheren Leben in die Suppe gespuckt hatte, durchdrehte. Wie Suzan, als sie im Schlafanzug auftauchte und wie ein kopfloses Huhn den Mittelgang entlangrannte. Suzan ist keine richtige Einsiedlerin. Sie hat ein Telefon, vor ihrer Haustür fährt der Zug vorbei, ihr Sohn Desmond kommt sie jede Woche besuchen. Außerdem ist sie noch nicht alt genug für einen Sprung in der Schüssel. Aber einen Kurzschluss, irgendeine fixe Idee hatte sie auf jeden Fall. Sie schrie immer wieder: ›Du musst nach Hause, sie wird es tun.‹«

Als Suzan mir die Geschichte in dem kleinen Haus unter den Bäumen erzählte, konnte sie sich selbst nur schwer erklären, wie sie zu der hysterischen Alten geworden war, die wie eine Irre im *Budd Car* herumgeschrien hatte. Im Eifer des Gefechts, sagte sie, sei ihr gar nicht bewusst gewesen, dass sie schrie. Ihr Gehirn zeigte ihr in Endlosschleife das Bild einer Klinge, die sich in Lisanas Handgelenk bohrt, und dieses Bild passte nicht, »aber nun wirklich gar nicht«, zu Gladys' ruhiger Selbstsicherheit. »Sie redete mit mir, als wäre ich ein Kind, das einen Albtraum gehabt hat.«

»Ganz ruhig, Suzan, beruhige dich, es wird nichts passieren.«

»Mich beruhigen? Lisana hat einen Anfall, du hättest sie hören sollen, ich hatte sie gerade am Telefon.«

»Mach dir keine Sorgen, Suzan, sie wird es nicht tun.«

»Doch, das wird sie.«

»Nein, wird sie nicht, sie kann nicht mehr.«

»Sie wird es tun, sag ich dir, du musst sofort zurück nach Swastika.«

»Glaub mir, sie kann es schon seit einer ganzen Weile nicht mehr.«

»Fahr nach Hause, Gladys, ich flehe dich an, sie wird es tun, sag ich dir.«

»Du machst dir grundlos Sorgen, es wird nichts passieren.«

Trotz ihrer besänftigenden Worte war Gladys unter der Decke, die sie mit Janelle teilte, keineswegs ruhig und friedlich. »Sie war extrem angespannt, steif wie ein Brett, und grub ihre Finger in meinen Oberschenkel.«

Ringsherum erhob sich das Rumoren verschlafener, leise protestierender Stimmen. Neil McNeil kam näher, versuchte Suzan zu beruhigen, aber das war genauso unmöglich, wie eine Sturmflut zurückzudrängen, Suzan schrie immer lauter. Zwischen den beiden Frauen war ein Minenfeld, ein Abgrund. Sie schotteten sich ab, verbarrikadierten sich. Janelle spürte es an der Hand auf ihrem Oberschenkel, die sich zusammenkrallte wie die Fänge eines Adlers (»Ich hatte hinterher blaue Flecken«). Es gab keine Lösung. Eine zunehmend hysterische Suzan flehte Gladys an, so schnell wie möglich nach Swastika zurückzukehren, und Gladys wiederholte mit derselben ruhigen Stimme, mit derselben verkrampften Hand unter der Decke, ihre Freundin sorge sich grundlos.

Jetzt war der ganze Waggon wach, und die Passagiere machten ihrer Wut lautstark Luft. Neil McNeil, der sich grämte, weil ihre Verspätung immer größer wurde, versuchte gleichzeitig Suzan und die anderen Fahrgäste zu beschwichtigen. Als ein Mann mit grimmiger Miene von seinem Sitz aufstand, sagte McNeil schnell: »Entscheid dich, Suzan. Fährst du mit oder steigst du aus? Du musst dich schnell entscheiden, wir haben eine Verspätung aufzuholen.« Und um ihr klarzumachen, wie eilig sie es hatten, zeigte er auf Janelle und fügte hinzu: »Sie muss den Sudbury–Toronto erwischen.«

An dieser Stelle wird das Durcheinander zu einem unentwirrbaren Knoten, hier verwischt sich Gladys' Spur endgültig, denn Suzan wäre niemals aus dem *Budd Car* ausgestiegen, »Ich wäre mitgefahren, in Pantoffeln und Schlafanzug, ich wäre im *Budd Car* sitzengeblieben und hätte sie bis nach Swastika begleitet«, wenn Gladys nicht genau das gesagt hätte, was sie hören wollte.

»Mach dir keine Sorgen, Suzan, ich fahre nach Swastika zurück. In Toronto nehme ich den *Northlander*, mit meiner jungen Freundin hier. Morgen Nachmittag sind wir in Swastika.«

Eine glatte Lüge, dachte die »junge Freundin«, als sie spürte, wie die Hand ihren Griff lockerte und ihr den Oberschenkel tätschelte. Gladys bat sie, nicht zu widersprechen.

Diese Frau befand sich auf der Flucht, dessen war sich Janelle nun absolut sicher. Sie floh vor irgendetwas, einem Menschen, ihrem Zuhause, wovor auch immer, und diese keifende Hyäne wollte sie unbedingt dorthin zurückbringen. Also sagte Janelle nichts, aus Loyalität, denn sie war selbst ständig auf der Flucht.

Suzan wiederum spürte um sich herum einen bedrohlichen Aufruhr. Ein Mann war aufgestanden, ein Meter achtzig groß, nur Muskeln und Wut. Er kam auf Suzan zu. Ihr blieb nichts anderes übrig, sie musste Gladys glauben und den Waggon aus freien Stücken verlassen. Mittlerweile weiß sie, dass Gladys in diesem Moment im Treibsand eines unlösbaren Rätsels versank. Dass sie nicht mehr zu retten war.

Nachdem Suzan ausgestiegen war, kehrte Ruhe ein, und der *Budd Car* setzte sich wieder in Bewegung. Es waren noch zwei Stunden bis zum Ziel. Der Anschluss an den Sudbury–Toronto war ernsthaft in Gefahr. Janelle wusste das, machte sich aber keine Sorgen mehr. Sie begleitete eine alte Frau, die von zu Hause ausgerissen war, und der Gedanke gefiel ihr.

»Wer ist Lisana?«

Die Frage war kein Versuch, die Geschichte der alten Frau zu entwirren. Janelle wollte nur wissen, ob sie die ganze Reise über im Dunkeln tappen würde oder ob Gladys ihr ein, zwei Anhaltspunkte dafür liefern würde, warum sie sie zu ihrer Weggefährtin erkoren hatte.

»Meine Tochter, und sie sehnt sich nach dem Tod.«

Die Antwort kam ohne ein Zögern, ohne jedes Gefühl.

»Sie verzog keine Miene, rührte sich nicht, nichts an ihr bewegte sich, außer ihrer Hand, die an meinem Oberschenkel auf und ab fuhr, eine Art Streicheln, um sich zu trösten oder um mich zu trösten, ich weiß es nicht genau. Ich legte meine Hand auf ihre, und wir schliefen nebeneinander ein. Wir schliefen immer noch, als der Zug in den Bahnhof einfuhr.«

In Sudbury nahmen sie ein Taxi zum Geisterbahnhof. Die Nacht war kalt und abweisend, die Straßen voller feiernder Menschen, das Taxi schmutzig und stinkend, die Fahrt durch die Stadt strapaziös. Immer wieder ließ der Fahrer die Scheibe herunter, um eine Gruppe Feiernder zu beschimpfen, die seine Fahrt verlangsamten und zeitweise sogar zum Stillstand brachten. Janelle fluchte auf dem Rücksitz. Die Zeit wurde knapp.

Schließlich, am Ende eines unasphaltierten Wegs, der durch ein unbewohntes Gebiet führte, erschien das kleine Licht des Bahnhofs. Dieses Licht in der Dunkelheit war ein Zeichen der Hoffnung. Der Bahnhof öffnete um Mitternacht und schloss erst wieder, wenn der Zug abgefahren war. Es sei denn, befürchtete Janelle, der Zug war längst abgefahren und der Bahnhofswärter trödelte nur herum.

Er war tatsächlich da, der einzige Angestellte in dem sogenannten Bahnhofsgebäude (das man von außen eher für einen Lagerschuppen halten würde), aber er konnte Gladys keinen Fahrschein verkaufen. Weder elektronisch noch auf Papier. Janelle regte sich furchtbar auf und versuchte den Mann dazu zu bewegen, eine Ausnahme zu machen, als ein dumpfes Grollen zu hören war. Der Sudbury–Toronto fuhr in den »Bahnhof« ein (nach dem, was Janelle mir erzählt hat, zögere ich, dieses Wort zu verwenden).

Es war zwei Uhr morgens. Gladys war erschöpft und hustete immer stärker. Janelle, wild entschlossen, das Abenteuer bis zum Ende durchzustehen, setzte Gladys in einen Rollstuhl, der irgendwo herumstand (ja, auf diesem »Bahnhof« stand tatsächlich ein Rollstuhl herum!), schob sie auf den Mann mit der Mütze zu, der gerade die Trittstufen des Zuges herunterließ, und versuchte, ihn zu überzeugen, dass er eine arme-kranke-alte Frau nicht an einem derart unwirtlichen Ort zurücklassen konnte.

Der Sudbury–Toronto ist kein Bummelzug des Nordens. Er fährt in Vancouver ab, durchquert die Rocky Mountains und die Prärien und trifft vier Tage später in Toronto ein. Ein richtiger Zug mit Speisewagen, Panoramawaggon (großartiger Blick auf die Rockies), Schlafwagenabteilen, Reisenden aus aller Welt, die die Weiten der kanadischen Wildnis bewundern wollen, und Personal mit Uniform und Mütze in den Farben der Bahngesellschaft.

Janelle hatte es hier nicht mit einem Neil McNeil oder einem Sydney Adams zu tun. Der Mann, den sie zu beschwatzen versuchte, war nicht Herr seines Zuges. Er war ein einfacher Fahrkartenkontrolleur, der Anweisung hatte, die Vorschriften seines Arbeitgebers durchzusetzen, und er war genauso wenig wie der Bahnhofswärter befugt, einen Fahrschein auszustellen. Reisende, die den Sudbury–Toronto nehmen, müssen das Ticket im Voraus lösen. Janelle hatte ihres lange vor ihrer Abfahrt aus White River erworben.

In dieser Nacht waren Janelle und die arme alte Frau im Rollstuhl die einzigen Reisenden in dem Geisterbahnhof. Das war ihr Glück. Der Kontrolleur, weniger aus Mitleid als aus Überforderung, vergewisserte sich schnell, dass es keinen anderen Zeugen gab als den Angestellten, der Janelles Gepäck trug. Die beiden Männer tauschten einen kurzen Blick, und Janelle begriff, dass sie sich stumm darauf verständigten, die Vorschriften zu missachten.

So kam es, dass die beiden Frauen den Sudbury–Toronto besteigen und ihre Reise fortsetzen konnten.

Als hätte Janelle schon damals gewusst, dass sie mir als Einzige von dieser Nacht würde erzählen können, speicherte sie das Gespräch, das sie mit Gladys im Zug führte, zuverlässig wie ein Tonbandgerät in ihrem Kopf ab.

Lisana, sie redeten nur über Lisana.

Im Laufe einer langen Nacht, in der Gladys Janelle ihr Herz ausschüttete, erzählte sie ihr alles über Lisana, ihren Augenstern, ihren Lebensinhalt, über das Kind, das ihr so viel Freude bereitet hatte, über die Jugendliche, die immer mehrere Verehrer im Schlepptau gehabt hatte, die ihr alles anvertraut hatte, ihre Ängste, ihre Träume, ihre Eroberungen und ihren Liebeskummer, über die Krankenpflegeschülerin in ihrer ersten Blutlache, der Blick hart wie Stein, darüber, wie sie mit ebenso harter Stimme »Lass mich« gesagt hatte, und über die andere Lisana, die Frau, zu der sie geworden war, nachdem sie den Tod unzählige Male herbeigerufen hatte. Diese Lisana tauchte am häufigsten im Wirrwarr ihrer Worte auf.

Gladys musste immer wieder längere Pausen einlegen, das Sprechen strengte sie an. Alle Fahrgäste in ihrem Waggon schliefen, es waren Leute, die aus Winnipeg, Saskatoon oder Vancouver kamen und sich keinen Platz im Schlafwagen leisten konnten, und so hatten sie es sich, so gut es ging, auf ihren Sitzen gemütlich gemacht. Der Waggon war leise und komfortabel, kein Schlenkern, kein kreischendes Metall, man hörte nur das Schnarchen der Schlafenden und Gladys' Stimme in der Dunkelheit, während sie wie auf einem Luftkissen durch die Nacht glitten.

Janelle kümmerte sich um Gladys' Wohlergehen, »absolut untypisch für mich«. Sie schüttelte ihr das Kopfkissen auf, deckte Gladys gut zu, vergewisserte sich, dass die alte Frau es bequem hatte, hob die Decke auf, wenn diese zu Boden rutschte, und hoffte, dass ihre schwächer werdende Stimme irgendwann ganz verstummen, dass sie in einem langen Schweigen versinken würde oder besser noch in einem tiefen Schlaf, »der aber nie lang dauerte, sie dämmerte immer nur für kurze Zeit weg«.

Wenn sie aus diesen Pausen erwachte, klang ihre Stimme kräftiger, aber ihr Geist war noch nicht ganz da. Traumbilder vermischten sich mit Erinnerungen. Albert habe über Kopfschmerzen geklagt, über einen unauffindbaren Hammer, sie habe ihren Albert immer »*my sweet darling*« genannt. Ihr Vater oder ihre Mutter oder eine Schülerin aus dem *school train* habe ihr erzählt, die Gleise hätten in einer Schleife um ein riesiges Tier mit langem Hals herumgeführt, das Wolken frisst. Sie ratterte ein Kochrezept ihrer Mutter herunter. Doch sobald Gladys wieder ganz bei sich war, drehte sich alles um Lisana.

Gladys versuchte gar nicht erst, die Situation zu beschönigen und die wenigen guten Eigenschaften ihrer Tochter zu betonen, die man erst wahrnimmt, wenn man sie besser kennt, im Gegenteil, sie erzählte, wie sie Lisana in Toronto abgeholt hatte, beschrieb schonungslos, in welchem Zustand sie sie vorgefunden hatte, das Gebrüll, der böse Blick, die Beleidigungen, die sie ihr entgegengeschleudert hatte, und nach der

Heimkehr ihrer Tochter derselbe böse Blick, der schuld daran war, dass die beiden schwere Zeiten durchmachten. »Ich habe nie herausgefunden, ob der Tod um meine Tochter herumstreicht oder ob Lisana nach ihm ruft, aber den bösen Blick muss man erkennen können. Mach dir keine Sorgen, heute tut sie das nicht mehr, sie kann nicht mehr.« *Mach dir keine Sorgen*, das würde zum Leitmotiv dieser Nacht werden.

Janelle versteht selbst nicht, warum sie geblieben ist, wie sie überhaupt bleiben konnte, warum sie nicht aufstand und sich am anderen Ende des Waggons einen Platz suchte, um nicht hören zu müssen, was sie nicht hören wollte. Der Tod, das habe ich schon erwähnt, ist nicht gerade ihr Lieblingsthema. Den Tod soll man den Toten überlassen, solange man über ihn schweigt, existiert er nicht, und trotzdem hörte sie sich stundenlang Geschichten vom Tod an, vom Tod, der auf sich warten lässt, vom Tod, den man erhofft und herbeisehnt, vom Tod, der schließlich doch nicht kommt, weil Lisana nicht mehr kann. Trotzdem müsse man sich immer so verhalten, als stünde er vor der Tür, erklärte Gladys.

Wenn Gladys einnickte, konnte Janelle die Finsternis für kurze Zeit abschütteln. Sie ließ den Blick durchs Abteil schweifen und versuchte, auf andere Gedanken zu kommen, indem sie einen Reisenden beobachtete, der unweit von ihr leise schnarchte. Der junge Mann machte sie neugierig. Er hatte sich auf zwei Sitzen ausgestreckt und schlief tief und fest, wälzte sich kein einziges Mal herum, um eine bequemere Position zu finden, als läge er in seinem eigenen Bett. Der junge Mann – Janelle zufolge nicht älter als zwanzig – war eine angenehme Ablenkung. Doch schon regte sich Gladys auf ihrem Sitz, murmelte wirres Zeug und fing wieder mit ihrer

Tochter und dem bösen Blick an. Wenn sich ihr Zustand verschlechtert, erklärte Gladys, erträgt Lisana plötzlich keinen Lärm mehr. Radio und Fernseher müssen ausgeschaltet werden, und dann muss man reden, reden, reden. Das sind anstrengende Tage, sagte sie in einem Atemzug, selbst ganz erschöpft vom vielen Reden, aber Gladys redete trotzdem immer weiter, als hätte sie Angst, dass die Nacht zu Ende ging, bevor alles gesagt war.

Janelle versuchte, sich auf den jungen Mann zu konzentrieren. Zuerst hatten seine Socken sie neugierig gemacht. Zwei große, breite Füße ruhten auf der Armlehne des Sitzes, und auf der Unterseite der Socken befanden sich lange Dreckschlieren, was den Gedanken nahelegte, dass der junge Mann seit Tagen unterwegs war und keine frischen Socken dabeihatte. Seit wann er sie wohl trug? Vancouver? Winnipeg?

Die Socken des jungen Mannes hatten keine Chance gegen Gladys, die, wenn sie nicht gerade abschweifte oder einschlief, weiter beharrlich von den Selbstmordgedanken ihrer Tochter erzählte.

In diesen Momenten brennt in ihren Augen eine schwarze Freude, sagte Gladys, eine Unruhe, die sie zugleich glücklich macht und ihr panische Angst einjagt. Dann muss man sie zwingen, sich zu bewegen, sie von einem Zimmer ins andere führen, man muss ihrem Körper etwas zu tun geben, egal was, damit die fixe Idee, in der sie gefangen ist, den Körper verlassen kann. Erst wenn ihr Blick leer wird, kann man ein wenig aufatmen. Dann muss man alles wieder einschalten, den Fernseher, das Radio, alles, und die Lautstärke bis zum Anschlag aufdrehen. Es braucht viel Lärm, sonst muss man noch einmal von vorne anfangen. Das sind anstrengende Tage, sagte Gladys noch einmal, aber mach dir keine Sorgen, sie wird es nicht tun, nicht mehr, sie schafft es nicht mehr, man darf ihr nur nicht zeigen, dass man das weiß.

Draußen wurde es heller, in wenigen Stunden würden sie Toronto erreichen. Eine melodische Stimme verkündete, dass es im Speisewagen nur noch für kurze Zeit Frühstück gebe. Janelle holte die letzten Reste aus ihrer Kühltasche hervor. Saft, Joghurt und Obstsalat. Gladys wollte nichts, Janelle bestand darauf, Gladys gab nach, nahm einen Joghurt und einen Saft, und als Janelle beobachtete, wie Gladys eine Handvoll Tabletten mit ihrem Saft herunterspülte, begriff sie, dass die Frau an ihrer Seite krank war, sehr krank.

Der junge Mann war aufgewacht und frühstückte eine Dose Thunfisch, die er aus seinem Rucksack geholt hatte. Ein vorausschauender und gut organisierter Reisender, dachte Janelle, die ihn verstohlen beobachtete. Ein Musiker, dachte sie außerdem, die Form des großen Kastens, der an seinem überdimensionalen Rucksack lehnte, ließ keinen Zweifel. Eine Gitarre, eher keine Geige, wegen des AC/DC-T-Shirts. Sie war ihm für seine Anwesenheit dankbar.

Mittlerweile war es taghell im Waggon, die Sonne war aufgegangen, Toronto kündigte sich mit einer endlosen Abfolge von Industrieanlagen und Hochhäusern an, die Passagiere machten sich an ihrem Gepäck zu schaffen, und gerade als sie in den Bahnhof einfuhren, schlug Gladys vor oder entschied oder befahl (Janelle wusste nicht so recht, welches Wort sie gebrauchen sollte): »Wenn wir rechtzeitig ankommen, könnten wir den *Northlander* nach Swastika nehmen.«

Am Bahnhof von Toronto wartete kein *Northlander* auf sie. Der *Northlander* hatte am Tag zuvor seine letzte Reise angetreten. Der Passagierzug Toronto–Cochrane existierte nicht mehr. Die angekündigte Stilllegung des *Northlander* hatte im Norden Ontarios lauten Protest hervorgerufen. Doch zu viele protestierten aus reiner Nostalgie und zu wenige fuhren tatsächlich regelmäßig mit dem Zug, und so war der Lauf der Dinge nicht aufzuhalten und die Ontario Northland Railway blieb bei ihrer Entscheidung.

Gladys kannte den Zugfahrplan des *Northlander* auswendig wie das kleine Einmaleins. Außerdem hatten die Proteste lange vor ihrer Abreise aus Swastika begonnen. Sie wusste also ganz genau, dass der *Northlander* nicht mehr fuhr.

Nur ihr verwirrter Geisteszustand kann ihre seltsame Bitte an Janelle erklären. Sie muss Datum und Uhrzeit durcheinandergebracht haben, die Zeit muss ihr entglitten sein.

Ich saß in jenem Zug, im letzten *Northlander*, und mir wird ganz schwindelig bei dem Gedanken, dass ich sie nur knapp verpasst habe, dass unweit von dem Ort, an dem eine jubelnde Menge den letzten *Northlander* verabschiedete, kurze Zeit später zwei Menschen, die mir sehr ans Herz wachsen würden, mit den Unwägbarkeiten kämpften, die ich hier mühselig niederschreibe.

Wir in Senneterre haben ebenfalls einen vom Aussterben

bedrohten Zug, und ich war in meiner Eigenschaft als Vorsitzender von SOS Transcontinental nach Toronto gekommen. Ich bestieg den letzten *Northlander* mit dem Gefühl, dass ich in nicht allzu ferner Zukunft eine ähnliche Fahrt mit unserem Zug machen würde, der eine Teilstrecke des ursprünglichen *Transcontinental* befuhr. Die Züge des Nordens werden einer nach dem anderen stillgelegt, und ich glaube kaum, dass es unserem kleinen Verein gelingen wird, den letzten existierenden Streckenabschnitt des *Transcontinental* zu retten. Ich war dort, um meine Solidarität mit den Bewohnern von Nord-Ontario auszudrücken.

Im Zug fand ein makabres Fest statt. Viele Menschen waren gekommen, Abgeordnete, Bürgermeister, ehemalige Eisenbahner, ehemalige Lokführer, ehemalige Fahrgäste, Journalisten, und sogar ein *train buff* (ein Deutscher, wie ich schnell herausfand, wir unterhielten uns kurz), alle mit dem Wunsch, einen historischen Moment mitzuerleben. Viele von ihnen kannten sich und hatten sich lange nicht gesehen. So herrschten Wiedersehensfreude, Wut, Hilflosigkeit, Nostalgie und das Bedürfnis, sagen zu können: »Ich war dabei.« Ich fragte mich, ob wir in Senneterre das Ende unseres Zugs, das Ende des Eisenbahnzeitalters in unserer Region auf dieselbe Weise feiern würden.

Rückblickend wird mir schwindelig, wenn ich daran denke, dass ich da war, dass ich in diesem Zug saß und dass Gladys und Janelle am nächsten Tag am Bahnhof von Toronto ankommen würden, zu spät für den *Northlander*. Und dass ich anschließend in meinen Alltag zurückgekehrt bin, ohne zu wissen, dass mein Leben bald eine abrupte Wendung nehmen würde.

Ich, der ich immer woanders sein wollte, ohne diesen Wunsch je in die Tat umzusetzen, habe endlich bekommen, wonach ich mich gesehnt habe. Ich bin zum Beobachter einer Geschichte geworden, die mich nicht mehr loslässt. Auf dem Bahnhof von Toronto werde ich zu einer Möglichkeit von vielen. Ein Tag früher oder später, und wir wären zur selben Zeit am selben Ort gewesen, in dem rauschenden Fest, das den letzten *Northlander* verabschiedete. Wer weiß, was dann aus uns geworden wäre? Janelle wäre wesentlich früher in mein Leben getreten, und in dieser aus den Fugen geratenen Zeit wäre ich ihr nicht mehr von der Seite gewichen, o nein, ich wäre ihr nicht mehr von der Seite gewichen! Mir wäre auf den ersten Blick klargeworden, dass diese Frau nichts für mich war, aber ich hätte sie trotzdem gewollt, so sehr, dass es wehtat, so sehr, dass sie meinen Blick gespürt hätte, und dann hätte unsere Geschichte genau dort begonnen, im *Northlander*, in einer Falte der Zeit. Ich habe mich immer nur in Frauen verliebt, die eine Welt in sich tragen, die nicht meine ist und es niemals sein wird.

Hätte Janelle in diesem letzten *Northlander* gesessen, wäre unsere gemeinsame Episode wahrscheinlich längst abgeschlossen, und ich würde nicht hier sitzen und versuchen, diese Geschichte aufzuschreiben. Sie würde mich schlicht und einfach nicht mehr angehen.

Die beiden Frauen saßen also in der großen Halle der Union Station, ein wenig benommen vom Kommen und Gehen der Reisenden und vom Lärm, der von der großen Kuppel widerhallte. Janelle hatte ihr Gepäck abgeholt (ich habe noch gar nicht von ihrem Gepäck erzählt, es ist wirklich erstaunlich, was sie alles mit sich herumschleppt!), die beiden aßen eine Kleinigkeit und beobachteten die Flut der Menschen, die an ihnen vorbeizog. Gladys knabberte nur vorsichtig an ihrem Sandwich und hatte erst ein Drittel geschafft, während Janelle ihres hastig herunterschlang und nach ihrem iPhone griff. Sie versuchte immer noch, ihre Schwester in Montréal zu erreichen.

Noch war keine Entscheidung gefallen. Es gab keinen *Northlander* mehr, das wussten sie mittlerweile, und da saßen sie nun, ein wenig verloren inmitten des Trubels, und warteten auf das, was sie erwartete.

Janelle ist eigentlich alles andere als zaghaft, und sie hasst endlose Grübeleien. Sie misstraut dem Sumpf existenzieller Fragen. Ich habe sie oft spontan Entscheidungen treffen sehen und war jedes Mal überrascht, wie kurz entschlossen sie ist. Ich kann mir Janelle nur schwer vorstellen, wie sie in der Halle der Union Station sitzt und auf eine Entscheidung wartet, die nicht kommt.

Janelle hatte nie vorgehabt, den *Northlander* zu nehmen,

»um dem Tod Gesellschaft zu leisten, nein danke«. Schon vor der Ankunft in Toronto hatte sie einen Plan. Sie würde Gladys in den Zug setzen »und damit basta«, sie zurück zu ihrer Tochter schicken, um dann allein und frei, wie sie es immer gewesen war, die Reise zu ihrem Kellnerjob und ihrer Internetbekanntschaft fortzusetzen.

Aber es gab keinen *Northlander* mehr, und so saß Gladys neben ihr, seelenruhig in dem Bahnhoftumult, ohne festes Ziel und scheinbar auch, ohne sich irgendwelche Sorgen zu machen.

Janelle würde bald merken, dass diese Frau ihrem eigenen Kompass folgte und dass sie bestimmen würde, wohin die Reise ging.

Gladys wusste genau, was sie wollte, denn sobald Janelle mit ihren Anrufen nach Montréal fertig war (sie hatte endlich ihre Schwester erreicht), bat sie sie, ihre eigene Nummer in Swastika zu wählen.

»Sie schenkte mir ein strahlendes Lächeln, dasselbe Lächeln wie im *Budd Car*, als sie mich angesprochen hatte.«

Janelle wählte also die Nummer und reichte Gladys das Telefon.

»Niemand kann diesem Lächeln widerstehen.«

Janelle hörte natürlich nichts von dem, was Lisana zu ihrer Mutter sagte, aber es musste sehr wehleidig sein, Gladys' Tonfall nach zu urteilen. Und sie schien sich zu wiederholen, denn Gladys antwortete ihrerseits mit Wiederholungen: »Das ist nicht schlimm … Das ist nicht schlimm … Musst du ja auch nicht … Lass dir Zeit … Lisana … Niemand zwingt dich … Du hast alle Zeit der Welt … Lisana … Der Tag geht vorbei, du wirst sehen … Warte einfach ab … Lisana … Warte einfach ab …« An diesem Punkt blickte Gladys Janelle an und sagte mit diesem Lächeln, das trotz der offenkundigen Schwere des Gesprächs sein Strahlen nicht verlor, zu ihrer Tochter: »Ich habe eine Freundin gefunden, sie heißt Janelle und sie wird mit mir zusammen den Bus nach Swastika nehmen.«

Und ohne Janelle zu beachten, die wild gestikulierte, um ihr zu bedeuten, dass sie diesen Bus auf keinen Fall nehmen werde (»Ich war völlig platt! Wie konnte sie es wagen?«), und nachdem sie ihrer Tochter noch einmal erklärt hatte, Janelle sei eine Freundin, die mit ihr den Bus nach Swastika nehmen werde, und sie werde Lisana lieben wie eine Schwester, reichte Gladys das Telefon an Janelle weiter.

Die Stimme am anderen Ende der Leitung überraschte Janelle. Sie hatte mit etwas Körnigem, Steinigem gerechnet, »nicht mit dieser Leichtigkeit eines jungen Mädchens«. Während sie behutsam sagte, dass sie nicht vorhabe, den Bus nach Swastika zu nehmen, wurde die Stimme immer kräftiger, und als Janelle Lisana möglichst schonend beibrachte – denn sie glaubte, dies wäre ihr neu –, dass ihre Mutter krank sei, sagte die Stimme ohne das geringste Zittern: »Ich weiß.«

Was Lisana im weiteren Verlauf des Gesprächs sagte, ging in einem Wortschwall unter, von dem Janelle nicht viel verstand, weshalb sie mir auch nicht wirklich davon berichten konnte, ein Wortschwall ohne jeden Realitätsbezug, wie Janelle fand. Es ging wohl um Karma, um die Kräfte des Universums, um ein Licht aus dem Telefon, um Nachbarn, die ständig bei ihr vor der Tür standen, Nachbarn, die schädlich ihr Karma waren und sie auf Kräfte zutrieben, die ihr feindlich gesinnt waren. »Jeder hat ein Karma«, wiederholte Lisana mehrmals, »und das Karma meiner Mutter …« »Das Karma deiner Mutter ist es, den Bus nach Swastika zu nehmen«, fiel Janelle ihr ins Wort, weil sie das wirre Gerede leid hatte.

Jetzt war es an Gladys, wild zu gestikulieren. Sie weigerte sich, den Bus nach Swastika zu nehmen. Und in diesem Augenblick, in dem nichts mehr möglich war, in dem sich alle Türen schlossen, spürte Janelle, wie Gladys' Wille wider Erwarten einen Weg fand. »Sag ihr, dass wir den Zug nach Montréal nehmen«, flüsterte Gladys ihr ins Ohr. Und zu ihrem eigenen Erstaunen teilte Janelle Lisana mit: »Deine Mutter und ich nehmen den nächsten Zug nach Montréal. (Sie hörte Lisanas nachdenkliches Schweigen am anderen Ende.) In Montréal wohnt meine Schwester Marie-Luce, sie ist Krankenschwester und wird sich um das Karma deiner Mutter kümmern.«

»Und dann? Wie geht es dann weiter?«, fragte Lisana. (»Ich konnte es nicht fassen, diese Frau war keineswegs durchgedreht, sie verlangte Erklärungen von mir!«)

Janelle wusste nicht, wie es dann weiterging.

Aber sie sah, wie sich Gladys' beharrliches Lächeln verkrampfte.

»Dann wartest du, bis ich wieder anrufe.«

Gladys strahlte über das ganze Gesicht. Janelle hatte das Richtige gesagt. (»Ich merkte, wie ich die Kontrolle verlor. Ich hatte mich einem fremden Willen unterworfen.«)

Wegen dieser in der Union Station getroffenen Entscheidung bezeichneten manche Gladys' Verhalten später als verwerflich. In Toronto war noch alles möglich. Sie konnte sich von Janelle verabschieden, den Bus nehmen und zu ihrer Tochter nach Swastika zurückkehren. Stattdessen ließ sie ihre selbstmordgefährdete Tochter allein, um mit einer Fremden durch die Gegend zu reisen. Das war verwerflich, abstoßend, unverzeihlich für eine Mutter.

Während viele andere diese Entscheidung später missbilligten und verdammten, empörte sich Janelle nicht darüber. In Toronto wurde ihr klar, dass sich Gladys nicht auf der Flucht befand.

»Sie hatte ein Ziel, sie verfolgte einen Plan, und ich begleitete sie, ohne zu wissen, was da auf mich zukam. Gladys saß am Steuer, ich ruderte. Das passte so gar nicht zu mir, sonst bin ich diejenige, die den Kurs bestimmt. Ich erkannte mich selbst nicht wieder.«

In Toronto muss man nicht stundenlang auf einen Geisterzug warten, es gibt neunmal am Tag eine Direktverbindung nach Montréal. Sie nahmen den Zug um 15 Uhr 15, der am späteren Abend in Montréal eintreffen würde.

In Swastika und Metagama tappte man völlig im Dunkeln, niemand wusste, was seit dem *Budd Car* aus Gladys und ihrer »jungen Freundin« geworden war. Frank Smarz hatte sich ans Telefon gehängt und bei den verschiedensten Stellen angerufen, um herauszufinden, ob Gladys in Sudbury in den Sudbury–Toronto umgestiegen war, ob sie in Toronto – wie man verzweifelt hoffte – den Bus nach Swastika genommen hatten, ob, ob, ob, ein Nebel aus Vermutungen, denn man fand nirgends einen Hinweis auf eine ältere Dame im Sudbury–Toronto, der Kontrolleur wollte nicht zugeben, dass er eine Reisende ohne gültigen Fahrschein hatte zusteigen lassen.

Auch von Lisana wusste man nichts. Sie hatte sich im Haus verbarrikadiert, die Tür verrammelt, die Vorhänge zugezogen, das Telefon stumm gestellt, sie machte Frank Smarz nicht mehr die Tür auf und ignorierte seine Anrufe, wie er Suzan aufgebracht erzählte. »Diese Frau ist ein Unglück für uns alle.«

Suzan hatte gleich im ersten Morgengrauen bei Frank Smarz angerufen. Von ihm erfuhr sie, dass der *Northlander* nicht mehr in Betrieb war. Als sie begriff, dass Gladys nicht auf dem Weg nach Swastika war, geriet sie kurzzeitig in Panik.

Doch sie riss sich schnell wieder zusammen: »Wenn das so ist, musst du zu Gladys rübergehen und bei Lisana bleiben. Lasst sie nicht allein, sonst wird sie es tun. Ich sag dir, sie wird es tun!« Von Frank Smarz kam nichts, kein Wort, nur verdrossenes Schweigen.

Dieser Anruf und alle weiteren, denn im Laufe des Tages gab es viele Telefonate, überzeugten Suzan davon, dass Frank Smarz Lisana nicht zu Hilfe kommen würde.

Suzan fürchtete ihren dunklen Instinkt, der sie von jeher erahnen ließ, was sich hinter vordergründigen Absichten in Wahrheit verbirgt. Jeder weitere Anruf bestärkte sie in ihrem Eindruck, dass niemand in Swastika Lisana retten wollte. Dass eine stillschweigende Übereinkunft getroffen worden war.

Suzan kennt Frank Smarz seit vielen Jahren, sie weiß, dass er kein Mann großer Worte ist, dass er nicht gern über Gefühle redet, und sie fand, dass er sich an diesem Tag, an dem alles um ihn herum in Aufruhr war, ungewohnt vorsichtig gab, jedes Wort dreimal abwog und mit einer für ihn untypischen Geduld wiederholte, sie solle sich keine Sorgen machen. Lisana, sagte er, habe den langen Weg der Verzweiflung zurückgelegt, ohne sich etwas anzutun, man müsse sich eher um Gladys Sorgen machen, man müsse sie nach Swastika zurückholen.

»Der lange Weg der Verzweiflung«, das waren seltsame Worte aus dem Mund dieses Mannes. Seine Stimme, seine Worte, seine Vorsicht, seine Weigerung, die Tür oder ein Fenster aufzubrechen (»Herrgott, Frank, ich verlange ja nicht von dir, dass du eine Axt nimmst. Ein Schraubenzieher, ein Brecheisen, und schon bist du drin, das kann doch nicht so schwer sein«), die Tatsache, dass er von Anruf zu Anruf immer kürzer angebunden war, und Suzans dunkler Instinkt lief auf Hochtouren.

Schließlich gelangte sie zu dem Schluss, dass die befreundeten Nachbarn Lisana mit ihren Selbstmordabsichten allein ließen, damit Gladys bei ihrer Rückkehr (»Das war Franks einzige Sorge, Gladys' Rückkehr, nichts anderes zählte für ihn«) von ihrer todunglücklichen Tochter befreit sein würde.

»Für gewöhnlich misstraue ich meinen Hirngespinsten, ich rufe mich oft zur Räson, so sehr erschreckt mich manchmal, was mein Kopf sich alles einfallen lässt, und diesmal war ihm das Schlimmste eingefallen, was man sich vorstellen kann.«

An jenem Tag jedoch glaubte sie den Schreckgespenstern ihres Gehirns. Genug, um die Reise nach Swastika anzutreten. Was drei Tage dauerte, denn zuerst musste sie auf ihren Sohn warten, der am Nachmittag mit dem *Budd Car* eintraf, dann am nächsten Tag den *Budd Car* nach Sudbury nehmen, und am übernächsten Tag mit Desmond in seinem klapprigen Wagen nach Swastika fahren – das alles, ohne zu wissen, ob sie es rechtzeitig schaffen würde.

Ich habe mich lange gefragt, welche Absichten die befreundeten Nachbarn verfolgten, und bis heute weiß ich nicht, was ich denken soll. Kann Freundschaft bis zum passiven Mord gehen? Kann man sich der Beihilfe zum Selbstmord durch unterlassene Hilfeleistung schuldig machen? Waren diese Leute, die mich an ihrem Tisch willkommen geheißen haben und bei all meinen Besuchen in Swastika so großzügig und freundlich zu mir gewesen sind, ernsthaft imstande, sich in ihren Häusern, hinter ihren guten Absichten und ihrem bösen Willen zu verschanzen und darauf zu warten, dass die Nachbarin sich die Pulsadern aufschnitt? Waren Gladys' Freunde aus der Nachbarschaft niederträchtige, heimtückische Menschen? Unwissentlich zu einem Mord fähig?

Mein Freund Bernie ist genauso ratlos wie ich. Er kennt diese Leute sein ganzes Leben lang. Er begegnet ihnen im Supermarkt, im Baumarkt, beim Fußball. Sie sind ihm genauso vertraut wie die Luft, die er atmet, sind ein Teil seines Lebens, und er will sich seine Luft nicht verpesten lassen. Als ich ihm von Suzans Schlussfolgerungen erzählte, sagte er nichts, kein Wort. Erst später, als wir über ein ganz anderes Thema sprachen, zeigte sich seine Beunruhigung: »Das sind nur Vermutungen, Verdächtigungen, nichts, worauf man sich verlassen kann, du wirst dich doch an die Tatsachen halten, nicht?«

Ich fürchte mich vor dem Moment, wenn er diese Zeilen lesen wird.

Denn die Vermutungen sind nicht von der Hand zu weisen. Obwohl seitdem viel Zeit vergangen ist und obwohl Suzan sich selbst diese Gedanken immer wieder verbietet, spricht sie immer noch voller Groll von ihrer Ankunft in Swastika. Die Vorhänge waren zugezogen, nichts rührte sich rings um das Haus, auch bei den Nachbarn nicht, niemand kam ans Fenster, um zu sehen, wer sich näherte, niemand beschützte Gladys' Haus, als sie mit ihrem Sohn und ihrer Brechstange auftauchte, bereit, die Tür aus den Angeln zu heben.

Ich habe auf verschiedene Art und Weise versucht, mich Frank Smarz, Brenda und den anderen Freunden aus der Nachbarschaft zu nähern. Ich hoffte, Licht in diese Episode zu bringen, aber man gesteht nicht das Uneingestehbare. Ich fand nichts, was die Zweifel zerstreut hätte, die Suzan in mir gesät hatte. Die befreundeten Nachbarn sind dazu verdammt, in diesem Bericht als zwielichtige Gestalten aufzutauchen.

Freund Bernie, wenn du dies liest, bitte ich dich, hör nicht bei diesen Zeilen auf.

Denn die Odyssee ist nicht vorbei. Es gibt noch viel mehr zu berichten, zu erhellen. Gladys' Irrfahrt in den Zügen des Nordens weist nach wie vor viele Lücken auf. Ich bin am sechsten Tag von Gladys' Verschwinden angekommen, und an diesem Punkt der Geschichte gibt es nur unbefriedigende Antworten auf Fragen, die immer neue Fragen aufwerfen.

An jenem sechsten Tag besteigen Janelle und Gladys den Toronto–Montréal. Sie haben fünf Stunden Fahrt vor sich. Sie sind erschöpft. Janelle hat seit ihrer Abreise aus White River fast nicht geschlafen. Sie setzt Gladys auf den Fensterplatz, gibt ihr das Kopfkissen, deckt sie zu und zieht das Rollo herunter, in der Hoffnung, das gemütliche Nest werde sein Werk tun und sie könne selbst ein wenig schlafen.

Ein Mann schob einen Imbisswagen durch den Gang. Janelle nahm einen Kaffee, Gladys einen Orangensaft, mit dem sie eine Handvoll Tabletten hinunterspülte. Ein Haufen Fragen in Janelles Kopf, kein Wort der Erklärung von Gladys.

Dann schlief Gladys ein. Janelle beobachtete erleichtert, wie ihr die Lider schwer wurden, wie ihr Kopf in dem weichen Kissen versank, aber bevor ihr Körper erschlaffte, hatte Gladys noch einmal einen Energieschub und fragte mit fester Stimme, fast schon autoritär: »Wirst du sie anrufen? Versprich mir, dass du sie anrufen wirst.«

Janelle versprach es, und Gladys versank in tiefem Schlaf. Während der nächsten Stunden rührte sie sich nicht.

Um sie herum herrschte Stille, alle Geräusche waren gedämpft. Janelle lauschte Gladys' leichtem Schnarchen und versuchte, sich zu dem Anruf durchzuringen. Die Mitreisenden, regelmäßige Pendler zwischen Montréal und Toronto, waren mit ihren Computern, Tablets und Telefonen beschäftigt, Janelle kannte die anonyme Atmosphäre gut, sie war schon oft mit dem Zug von White River nach Montréal gefahren. Eine willkommene Erholung von der Geselligkeit in den Zügen des Nordens, wo man auf Blicke, Lächeln, Gesprächsangebote eingehen muss, die einem nicht immer angenehm sind.

Janelle fragte sich, was sie zu dieser durchgedrehten Frau sagen sollte, die wahrscheinlich beruhigende Worte hören wollte, aufmunternde Worte, oder vielleicht auch nicht, vielleicht erhoffte sie sich gar nichts, vielleicht wollte sie einfach nur jemanden am Telefon haben, der ihren Wahnvorstellungen lauschte, und dieser Gedanke motivierte Janelle nicht gerade dazu, den Anruf zu machen. Lieber dachte sie an Marie-Luce, ihre Schwester, die sie in Montréal vom Bahnhof abholen würde. Marie-Luce würde wissen, was zu tun war, das war schon immer so gewesen. Sie dachte an Marie-Luces Wohnung. Kein großer Luxus, aber Janelle fühlte sich dort zu Hause. Gladys würde sich in dem Zimmer ausruhen können, das Marie-Luce ihr seit Jahren zur Verfügung stellte. Es war ein ziemlicher Saustall. Sie würde ein bisschen aufräumen müssen. Schließlich konnte sie Gladys nicht zwischen Umzugskisten und Müllsäcken übernachten lassen. Sie selbst würde bei Marie-Luce schlafen. Und wie es dann mit Gladys weiterginge, das würde sie zusammen mit Marie-Luce überlegen. Weiter dachte sie erst einmal nicht, der Kellnerjob und die Internetbekanntschaft in Clova mussten warten. Und während sie so ihren Gedanken nachhing und Gladys' Schnarchen lauschte, überkam sie die Erschöpfung der langen Reise.

Sie erwachte, als die Reisenden kurz vor der Einfahrt in den Bahnhof in Geschäftigkeit verfielen. Ein dickbäuchiger Mann lehnte sich bei dem Versuch, seinen Koffer aus dem Gepäckfach zu wuchten, gegen sie.

Gladys schlief immer noch tief und fest. Janelle wollte sie nicht wecken. Sie wirkte jünger, die Züge glatter, das Gesicht runder, fast wie ein Kind, ganz und gar einer anderen Welt hingegeben. Janelle gönnte ihr noch einen Augenblick und rüttelte sie dann behutsam wach. Gladys schlug verwirrt die Augen auf. Ihre Gesichtszüge fielen ein, das Runde verschwand, alles, was geruht hatte, erwachte, auch der Husten, hartnäckig und hohl, er wurde nicht besser. Zwischen Pfeifen und Röcheln fragte Gladys: »Hast du sie angerufen?« Janelle log.

»Ich habe gelogen, weil mir nichts anderes übrigblieb. Ihre Augen brannten vor Fieber. Ich habe nur gesagt, was sie hören wollte.«

In Montréal wartete ihre Schwester. Sie kümmerten sich gemeinsam um Gladys, halfen ihr in den Rollstuhl, trugen das Gepäck aus dem Zug, begaben sich zum Parkhaus, setzten Gladys auf den Beifahrersitz des Autos. Die sperrigen Gepäckstücke luden sie in den Kofferraum. Janelle dachte, ihre Schwester würde sie wie gewöhnlich ausschimpfen, weil sie so viele Sachen mit sich herumschleppte. Stattdessen sagte

Marie-Luce, die klarsichtige und unbeirrbare Marie-Luce: »Wen hast du mir denn da mitgebracht? Diese Frau liegt im Sterben.«

Ich kenne Marie-Luce, ihre Wohnung, ihr Viertel und ihre ungeheure Lebenskraft. Ich habe mehrmals für kurze Zeit bei ihr übernachtet, allein oder mit Janelle (meine geneigten Leserinnen und Leser – sollte es sie eines Tages geben – werden mittlerweile verstanden haben, dass wir uns ein klein wenig nähergekommen sind, mit Betonung auf »ein klein wenig«), und ich würde auch weiterhin bei ihr übernachten, wenn sie nicht mittlerweile einen Freund hätte, der bei ihr eingezogen ist. Marie-Luce nimmt die Liebe ernst, bei ihr heißt es nicht mal hü, mal hott wie bei ihrer Schwester, sie nimmt die Beziehung sehr ernst, und ich will ihr nicht zur Last fallen. Jetzt wohne ich im Hotel, wenn ich nach Montréal fahre.

Was in dieser Wohnung geschehen ist, übersteigt beinahe das Vorstellungsvermögen. Trotz allem, was die beiden mir erzählt haben – wir saßen Stunden um Stunden zu dritt in genau dieser Wohnung zusammen, Marie-Luce, Janelle und ich, und gingen noch einmal durch, was passiert war –, kann ich es noch immer kaum begreifen. Was brachte zwei geistig gesunde Frauen zu einer dermaßen aberwitzigen Entscheidung, wie konnte ihnen eine sterbende alte Frau derart ihren Willen aufzwingen, wie konnten sie sich alle drei in ein Abenteuer stürzen, an dessen Ende nur der Tod wartete, wie konnten sie zu der Überzeugung gelangen, dies sei die einzig menschliche Lösung, und wie konnte Janelle, trotz ihrer irrsinnigen Angst vor dem Tod, diesen unfassbaren Satz sagen: »Es war das Schönste, was ich je erlebt habe.«

Sie trafen am frühen Abend in der Wohnung ein. Marie-Luce ist eine vorausschauende und gut organisierte Frau. Sie hatte Suppe gekocht und ein paar andere Kleinigkeiten zu essen vorbereitet und Janelles Zimmer oberflächlich aufgeräumt. Bei Tisch tauschten die Schwestern Neuigkeiten über gemeinsame Freundinnen aus. Gladys drückte schweigend ihren Löffel in die Gemüsesuppe, schlürfte nur die Brühe und spülte damit eine Tablette hinunter. Was dem wachsamen Auge der Krankenschwester nicht entging.

»Hydromorphon?«, fragte Marie-Luce.

Gladys nickte.

»Krebs?« (»Das war keine Frage«, erzählte mir Marie-Luce später, »ich war mir meiner Sache sicher.«)

Gladys starrte schweigend vor sich hin, sie spürte, dass Marie-Luce Bescheid wusste.

»Lungenkrebs?«

»...«

»Die aggressive Form?«

»...«

»Endstadium?«

Die Fragen waren gnadenlos klinisch. Gladys machte ein Gesicht, als ginge sie das alles nichts an. Sie sah sich mit ausdruckslosem Blick um.

Marie-Luce ließ sich nicht aus der Fassung bringen. Ihre Entscheidung stand fest.

»Morgen früh bringen wir Sie ins Krankenhaus.«

»Nein, morgen früh nehme ich den Zug nach Senneterre. Ich will in einem Zug sterben.«

Das klang so entschlossen wie verrückt, Janelle und Marie-Luce trauten ihren Ohren nicht, die alte Frau redete vor Erschöpfung wirres Zeug. Sie räumten hastig den Tisch ab, richteten Janelles Zimmer her und brachten Gladys ins Bett. Im Handumdrehen stapelten sie Janelles Habseligkeiten in einer Ecke des großen Raums, der die gesamte Länge der Wohnung einnimmt und als Küche, Ess- und Wohnzimmer dient. Janelle kehrte noch einmal kurz in ihr Zimmer zurück und nahm Gladys' Reisetasche an sich, »Ich wasch dir schnell noch die Wäsche«, aber da schlief Gladys schon tief und fest.

Die Schwestern hatten den ganzen Abend Zeit, um über die Situation zu diskutieren und zu entscheiden, wie es weitergehen sollte. Kein angenehmes Gespräch für Janelle, denn je mehr Marie-Luce von der abenteuerlichen Reise erfuhr, desto größere Vorwürfe machte sie ihrer Schwester. Drei verschiedene Züge innerhalb von vierundzwanzig Stunden, und zu keinem Zeitpunkt hatte sie gemerkt, dass sie mit einer Sterbenden unterwegs war.

»Das Leben meiner Schwester mag chaotisch sein, aber in ihrem Kopf ist alles sehr aufgeräumt, in verschiedenen Schubladen, eine für Liebe, eine für Sex, eine für Geld und so weiter. Diese Ordnung hält sie penibel ein. So ist sie gut für das Chaos gerüstet. Wenn sie Probleme auf sich zukommen sieht, die nicht ihre eigenen sind, packt sie ihre Sachen und macht sich aus dem Staub. Weglaufen, das kann Janelle am besten. Aber diesmal steckte sie in einer Klemme, aus der sie so schnell nicht wieder rauskommen würde.«

Und sollten die beiden Schwestern noch Zweifel an der Klemme gehabt haben, in der sie da steckten, waren diese aus der Welt geräumt, als Janelle »schnell noch« Gladys' Wäsche waschen wollte. In der Reisetasche stießen sie auf Inhalatoren und Codeinsirup und in Gladys' Beutel, den sie ebenfalls durchsuchten, auf Verschreibungen für Hydromorphon und Fentanyl, unterzeichnet von einem Arzt aus Kirkland Lake. Alles, was pharmazeutisch notwendig war, um möglichst schmerzlos aus dem Leben zu scheiden. Gladys hatte gewusst, was ihr bevorstand, als sie von zu Hause aufbrach.

In diesem Moment brach der Tod, die Angst vor dem Tod, über Janelle herein. Der Tod war da, ganz nah, er lag in ihrem Bett, ein abstoßendes, scheußliches, schleimiges schwarzes Ding. Janelle kann sich nicht erinnern, was Marie-Luce zu ihr sagte, um sie in die Wirklichkeit zurückzuholen, »Ich hatte einen totalen Blackout«, aber das Bild des Horrors, der sich in ihrem Bett breitgemacht hatte, steht ihr immer noch vor Augen, »Ich glaubte, ich würde an Gladys' Tod sterben.«

Marie-Luce wusste, dass ihre Schwester schreckliche Angst vor dem Tod hatte, aber in so einem Zustand hatte sie sie noch nie erlebt. »Sie wurde käseweiß, ich dachte, sie würde kollabieren. Ich half ihr, sich auf dem Sofa auszustrecken und die Füße hochzulegen, ich rieb ihren Körper, um den Kreislauf anzuregen, und dabei redete ich und redete und redete. Ich erklärte, dass wir erst einmal nichts zu befürchten hatten. Gladys werde nicht in dieser Nacht und auch nicht am nächsten Tag sterben, sie habe bestimmt noch eine Woche. Wir würden sie gleich am nächsten Morgen ins Krankenhaus bringen, und dort werde man sich gut um sie kümmern, man werde ihr helfen, und dann werde sie ganz sanft einschlafen. Doch das reichte nicht, das sah ich an ihren entsetzten Augen.«

Janelles Telefon klingelte, es lag vergessen in einem Sessel, eine fröhliche Melodie, die den Raum erfüllte und das Entsetzen vertrieb. Janelle schob ihre Schwester beiseite und griff nach dem iPhone. Sie sah die Nummer aus Swastika und ließ das Telefon weiterdudeln. »Ich war nicht in der Verfassung, mit Lisana zu sprechen, und auch mit sonst niemand.« Endlich verstummte das Telefon, und Marie-Luce fragte, wer das gewesen sei.

An diesem Punkt nahm der Abend eine andere Wendung, denn Hunderte von Kilometern entfernt gab es eine Frau, die den Tod herbeisehnte. Eine Frau, die in der Erwartung, der Obsession, der Furcht vor dem Akt lebte, der sie befreien würde. Das war zumindest Janelles Eindruck. In Wahrheit wollte Lisana gar nicht so sehr sterben, als mit der Vorstellung vom Tod leben. Marie-Luce sah das genauso. Sie war nicht sonderlich beeindruckt. Bei ihrer Arbeit in der Notaufnahme bekam sie viele blutige Handgelenke zu Gesicht. Keiner dieser Männer und keine dieser Frauen hatte es geschafft zu verbluten. Sich die Handgelenke aufzuschlitzen, ist keine Garantie für den Tod, man muss schon die Schlagader treffen, und Lisana hatte zu viele Versuche unternommen, um nicht zu wissen, wo sich ihre Schlagader befand.

Sie saßen im Esszimmerbereich, zu beiden Seiten des Tisches, jede mit einem Bier. Still, beklommen. Marie-Luce stand auf, um nach Gladys zu sehen. Als sie zurückkam, wartete ein neues Bier auf sie, und dann noch eins (»Wir haben beinahe zwei Sixpacks geleert«), sie setzten schweigend ein Gespräch fort, das ins Nichts führte. Die Nacht war düster. Janelle rang mit Gedanken, die ihr fremd waren. »Ich fühlte mich wie ein Tier in der Falle.« Sie blickte zum Fenster hinaus in die Dunkelheit. Sie hätte darin verschwinden wollen, um nicht mehr nachdenken zu müssen. Marie-Luce blickte in dieselbe Dunkelheit. Sie entwirrte ein kompliziertes Gedankenknäuel und suchte nach dem verlorengegangenen Faden.

»Ruf sie zurück, deine todunglückliche Lisana«, sagte Marie-Luce schließlich, »du kannst sie nicht einfach hängen lassen.«

»Also hab ich sie zurückgerufen und gehofft, sie würde nicht rangehen. Aber sie nahm gleich beim ersten Klingeln ab, und ich hörte ein derart schrilles, derart besorgtes ›Mom?‹, dass ich das Telefon auf Lautsprecher stellte, weil ich nicht mit ihr allein sein wollte.«

»Deine Mutter schläft, sie muss sich ausruhen, sie ist krank«, sagte Janelle schnell, mit entschlossener Stimme. (»Ich wollte mir nicht wieder ihr wirres Gerede anhören, vom Karma und so weiter.«)

»Ich weiß.«

»Schwerkrank. Sie hat Krebs.«

»Ich weiß.«

»Aber keine Sorge, ich bin bei meiner Schwester Marie-Luce, die ist Krankenschwester.«

»Ich weiß, das hast du mir schon beim letzten Mal gesagt.« (»Dieses ›Ich weiß‹, wieder und wieder, ging mir echt auf die Nerven. Aber es war auch beruhigend. Immerhin hörte sie mir zu.«)

»Morgen bringen wir sie ins Krankenhaus … Hier in Montréal … Ins Hôpital Saint-Luc …«

»Ich weiß, dass sie sterben wird.« (»In vollkommen ungerührtem Tonfall, als ob sie den Wetterbericht wiedergeben würde.«)

»…«

Marie-Luce kam ihr zu Hilfe. Sie erklärte Lisana, im Krankenhaus werde man sich um ihre Mutter kümmern, unter den gegebenen Umständen sei sie dort am besten aufgehoben, und dann versprach sie ihr, sie jeden Tag über Gladys' Zustand zu informieren.

»Ich will sterben, wenn meine Mutter stirbt.«

Marie-Luce ließ sie nicht weitersprechen. Sie sagte Lisana, was sie hören wollte, das sei ihr gutes Recht, ihr Leben gehöre ihr selbst, niemand könne sie zu etwas zwingen. Sie vermied ganz bewusst die üblichen aufmunternden Floskeln über die Schönheit des Lebens, und Lisana, erleichtert, dass ihr das erspart blieb, schwieg und hörte aufmerksam zu. Marie-Luce beendete das Gespräch mit einem Hinweis auf die späte Stunde, darauf, dass sie alle drei Schlaf bräuchten, und Lisana wünschte ihr ihrerseits ruhig, fast schon höflich eine gute Nacht.

Im Raum wurde es wieder still. Es war nur noch ein Schnarchen aus Gladys' Zimmer zu hören. Ein leises, regelmäßiges Schnarchen, das Marie-Luce beruhigte. Gladys schlief friedlich, sie würden nicht bis zum Morgen an ihrem Bett wachen müssen.

Janelle war alles andere als beruhigt. Sie ließ die Zimmertür nicht aus den Augen, horchte auf jedes Geräusch.

»Komm mit«, sagte Marie-Luce und führte sie in Gladys' Zimmer.

Die alte Dame schlief, sie lag ausgestreckt unter der Decke, das Gesicht dem Fenster zugewandt, durch das Straßengeräusche drangen. Es war, als atme sie im Rhythmus der Gesprächsfetzen, des Gelächters und der Schritte auf dem Bürgersteig. Als dringe das Leben durchs Fenster und käme an ihr Bett, um sie freundlich zu grüßen. Genau das wollte Marie-Luce Janelle zeigen. Eine alte Frau, die sich ausruht und den Tod akzeptiert hat.

Die Schwestern schliefen in einem Bett, aneinandergeschmiegt, wie ein einziger Körper. Eine Nacht ohne Träume und Turbulenzen, unbelastet vom Gewicht des Tages, der sie erwartete.

Die beiden versuchten mir begreiflich zu machen, wie am nächsten Tag Stunde um Stunde in ständiger Anspannung verging, bis die Entscheidung fiel und ihnen Erleichterung brachte. Wie es sein kann, dass sie sich Gladys' Willen beugten. Warum sie am Ende des Tages zu dem Schluss kamen, dies wäre die einzige menschliche Lösung. Und warum sie, obwohl sie alles dafür getan hatten, die Entscheidung zu verhindern, schließlich wider Erwarten Kraft und Trost darin fanden.

Denn sie kämpften, leisteten Widerstand, sträubten sich, damit es nicht zu dieser Entscheidung kam, und erst als es kein Zurück mehr gab, begriffen sie, dass sie Gladys niemals davon hätten abbringen können, Gladys mit ihrem eisernen Willen, ihrem unerschütterlichen Blick und dem dazugehörigen Lächeln. Weit mehr als ihr Blick war es Gladys' Lächeln, das in jenen Stunden den Ausschlag gab. Ein standhaftes Lächeln, dem man nichts entgegensetzen konnte, ein Lächeln, das am Morgen, als sie sich weigerte, ins Krankenhaus zu gehen, auf ihrem Gesicht erschien.

»Ein geduldiges, widerstandsfähiges Lächeln«, erklärte mir Marie-Luce, »als wollten wir einen Ausflug mit dem Auto machen, und sie hätte einen besseren Vorschlag.«

Mit diesem Lächeln, das (»einzig und allein«, wie Marie-Luce zu mir sagte) Janelle galt, wollte, forderte, verlangte sie nur eins: Sie wollte den Montréal–Senneterre nehmen.

Ähnlich wie der *Budd Car*, allerdings auf einer Nord-Süd-Achse, fährt der Montréal–Senneterre dreimal pro Woche hin und zurück. Am Sonntag ging kein Zug nach Senneterre. »Gott sei Dank war es Sonntag.« Die Schwestern glaubten, das wäre ein Argument.

»Sonntag, heute ist Sonntag?«, fragte Gladys.

Sie hatten sie für eine verwirrte alte Frau gehalten, aber ihnen ging bald auf, dass Gladys eine festgelegte Strecke im Kopf hatte, von der sie keinen Millimeter abweichen würde.

»Heute ist Sonntag … Morgen Montag … Dann nehmen wir morgen früh den Zug nach Senneterre«, verkündete Gladys schließlich mit einem erschöpften Lächeln (»Sie lächelte wieder nur Janelle an, ihre ganze Aufmerksamkeit galt Janelle«). Dann fragte sie, ob Janelle Lisana angerufen habe, ihre zweite Obsession.

Der Tag war lang und verging unter Hochspannung. Es kam nicht mehr infrage, Gladys ins Krankenhaus zu bringen. Aber es kam auch nicht infrage, die alte Frau hier in der Wohnung zu behalten, damit sie in Janelles Bett ihren letzten Atemzug tat. »Das wäre durchaus möglich gewesen, ich hätte sie palliativ versorgen können, aber ich brauchte mir nur Janelles verstörten Blick anzusehen, daran war nicht zu denken.« Der Tag schleppte sich dahin.

Am seltsamsten war, wie die beiden mir erzählten, Gladys' Gelassenheit und Zuversicht. Die Schwestern gingen in regelmäßigen Abständen in ihr Zimmer und betrachteten sie beim Schlafen, betrachteten diesen großen schönen Frauenkörper, der Länge nach im Bett ausgestreckt oder in die Kissen geschmiegt wie ein Fötus in seine Nabelschnur oder in irgendeiner anderen Position, die für sie bequem war. Gladys fühlte sich wohl in ihrem Körper und genoss das Leben, das ihr noch vergönnt war.

Ob Gladys schlief oder nicht, das Zimmer strahlte immer dieselbe friedliche Hingabe aus. Hingabe an ihren Körper, Hingabe an ihre beiden Engel (»So nannte sie uns«), die auf Zehenspitzen eintraten, ihr etwas zu Essen gaben, das Kissen zurechtrückten, ihr mit einem feuchten Handtuch übers Gesicht fuhren, ihr zum wiederholten Mal erklärten, sie müsse ins Krankenhaus, sie sei zu schwach für eine Zugreise, und Gladys, entspannt und lächelnd, empfing sie jedes Mal, als kämen sie, um ihr mitzuteilen, dass sie am nächsten Morgen in den Montréal-Senneterre steigen würde.

»Wir wussten nicht, wie wir den Tag überstehen sollten.«

Der einzige Moment, in dem Gladys ein klein wenig beunruhigt wirkte, war, als sie Janelle fragte, ob sie Lisana angerufen habe. Trotzdem bat sie kein einziges Mal darum, selbst mit ihrer Tochter zu sprechen. Das konnten sich die beiden Schwestern damals nicht erklären und später auch nicht.

Im Verlauf des Tages rief Janelle zweimal bei Lisana an. Das erste Mal kurz vor Mittag, als Gladys gerade wieder in einen tiefen Schlaf gefallen war. Lisana war völlig neben der Spur. Ihr Karma, die Nachbarn, deren durch die Wände dringender Blick, wieder ihr Karma, und dann, als hätte sie den eigenen Wahn satt, äußerte sie sich plötzlich zusammenhängend, fragte sich, was sie mit ihrem Tag anfangen solle, ob heute *Homeland* im Fernsehen lief. Janelle kam das Ganze wie ein geordneter Wahn vor, der sich seiner selbst bewusst war.

Der zweite Anruf fand in Gladys' Anwesenheit statt, in Janelles Zimmer, das Telefon auf Lautsprecher geschaltet. Die

Schwestern hatten geglaubt, sie könnten, indem sie Mutter und Tochter miteinander in Verbindung brachten, eine emotionale Erschütterung auslösen, die beide von ihrer jeweiligen fixen Idee befreien würde.

Doch es kam weder zur Verbindung noch zu einer emotionalen Erschütterung. Janelle führte das Gespräch allein, unter Gladys' stummem Lächeln. Kein Wort, keine Reaktion, nur dieses Lächeln, das ihre Zufriedenheit darüber ausdrückte, dass die beiden Frauen miteinander sprachen. Auch Lisana richtete kein Wort an ihre Mutter. Sie war weniger wahnhaft, weniger um ihr Karma besorgt, sie wirkte fast schon entspannt. Obwohl das Karma am Ende des Gesprächs zurückkehrte, als Janelle Lisana bat, ihrer Mutter die Zugreise auszureden. »Es ist das Karma meiner Mutter, in einem Zug zu sterben«, sagte Lisana, und Gladys' Lächeln nickte.

Wie es in den folgenden Stunden zu der Entscheidung kam, können sich die Schwestern nicht erklären.

»Es gab keine Entscheidung. Von unserer Seite aus, meine ich. Ich kann mich nicht daran erinnern, dass meine Schwester und ich irgendwann irgendetwas entschieden hätten. Die Entscheidung fiel, ohne dass wir es bemerkten. Am späten Nachmittag stand fest, dass wir den Montréal–Senneterre nehmen würden.«

»Gladys hatte es die ganze Zeit gewusst, sie hatte nie daran gezweifelt, sie hatte immer gewusst, dass ich sie begleiten würde. Sie ist eine ungeheure Frau.«

Am späten Nachmittag ging Marie-Luce in die Apotheke und kaufte alle Medikamente, die für eine Palliativversorgung nötig waren.

Als ich am Montag, den 1. Oktober, in den Unterricht kam, hatte ich nicht die geringste Ahnung, dass mein Leben an dem Tag eine Hundertachtziggradwendung nehmen würde. Siebenhundert Kilometer von meinem Klassenzimmer entfernt bestiegen drei Frauen, beladen mit Unmengen von Gepäck (Marie-Luce hatte es nicht geschafft, ihre Schwester davon abzubringen) und ganz benommen vom Ausmaß ihrer Entschlossenheit, den Montréal–Senneterre. Zur selben Zeit brachen Suzan und ihr Sohn in Sudbury nach Swastika auf.

Ich kann nicht sagen, ob ich zur falschen Zeit am richtigen Ort war oder zur richtigen Zeit am falschen Ort oder ob sich Raum und Zeit gegen mich verschworen hatten, und auch nicht, ob ich der Geschichte irgendwo in diesem Raum-Zeit-Gefüge hätte entkommen können. Ich glaube nicht an Schicksal, mir gefällt der Gedanke nicht, dass mein Weg vorgezeichnet ist, dass ein himmlischer Plan oder meine Gene mich auf ein bestimmtes Leben festlegen. Wenn ich jedoch an all die Ereignisse und Taten der beteiligten Personen zurückdenke, von denen ich hier erzähle, wird mir klar, dass ich am Abend des 1. Oktober mit dem Fuß in ein Räderwerk geraten bin. Vielleicht hatte das Schicksal die Karten falsch verteilt. Ich war nicht gemacht für den Tumult, der folgen sollte.

Senneterre ist eine Kleinstadt, in der es kaum Abwechslung

gibt, nur ein Forstfestival im Sommer und die Ankunft und Abfahrt der Züge am Bahnhof. Der Zufall will es, dass ich hier geboren bin, und der Lauf der Zeit oder mein Mangel an Entschlossenheit haben dafür gesorgt, dass ich immer noch hier lebe. In meiner Kleinstadt gelte ich als Träumer. Da körperliche Arbeit bei uns hoch im Kurs steht und ich nichts mit meinen Händen anfange, als Buchseiten umzublättern, nennt man mich einen Intellektuellen. Das ist schmeichelhaft, aber ich mache mir nichts vor. Ich lese keinen Baudelaire. Ich lese Fantasy-Romane, Science-Fiction, Biografien und alles, was auch nur im Entferntesten mit Zügen zu tun hat. Geschichte des Schienenverkehrs, technische Handbücher, Erzählungen über die Pioniere der kanadischen Eisenbahn, über die Hobos der Dreißigerjahre, über Männer, die Geisterzügen nachjagen, all das interessiert mich. Wer also nach einem Zeichen des Schicksals suchte, könnte in meiner Leidenschaft für Züge fündig werden.

Warum bin ich nicht Eisenbahner geworden wie mein Vater, meine Onkel und so viele andere junge Männer, die sich nicht weit von zu Hause entfernt eine Zukunft aufbauen wollten? Wahrscheinlich, weil die Fußstapfen dieser Männer in meiner Vorstellung zu groß waren. Mein nicht gerade hochgewachsener Vater wirkte auf mich wie ein Riese, wenn ich ihn auf dem Rangierbahnhof besuchen ging. Ich hielt unter den Männern, die an den langen Güterzügen entlangstapften, nach ihm Ausschau, und sobald ich ihn erspähte, ließ ich ihn nicht mehr aus den Augen, diesen kleinen Mann, der für mich ein Riese war, weil er mit bloßen Händen einen ganzen Güterzug entkoppelte. Ich kannte jeden Handgriff, er legte den Hebel um, zog die Bremsschläuche ab, wiederholte die Handgriffe am nächsten Waggon, und jedes Mal empfand ich dasselbe Entzücken, wenn sich die Waggons voneinander lösten, ein Stück über das Gleis rollten und an einen anderen Zug angehängt wurden, all das dank der erfahrenen Hände meines Vaters, meiner Onkel, all dieser Männer, die das schwere Elefantenballett in Bewegung setzten.

Ich hatte keine so klugen Hände. Nie wäre ich wie mein Vater imstande gewesen, unter die Schraubenkupplung zu kriechen und in wenigen Sekunden die Bremsschläuche zu lösen. Meine Hände können nur Seiten umblättern, deshalb bin ich Englischlehrer geworden.

Man nennt mich übrigens den »Mann mit den zwei linken Händen«. Das ist nicht böse gemeint, es ist ein recht freundlicher Spitzname, immerhin bin ich »einer von hier«. Trotzdem findet ein Mann mit zwei linken Händen nur selten eine Frau »von hier«. Die Frauen von hier wollen einen Mann, der notfalls einen Güterzug an- und abkuppeln kann. Und da sich die soliden Frauen von Senneterre nicht von meiner Seitenumblätterei beeindrucken lassen, versuche ich, mit meiner Belesenheit Frauen von auswärts zu beeindrucken. Anschließend verliere ich mich in ihren Träumen und meinen, und nach einer Weile kehren sie unweigerlich dorthin zurück, wo sie hergekommen sind.

Ich weiß nicht mehr genau, wie es dazu kam, dass ich erst Mitglied und dann Vorsitzender der Historischen Gesellschaft von Senneterre wurde, die dann recht schnell – auf mein Betreiben hin – die Bürgerinitiative SOS Transcontinental ins Leben rief. Jedenfalls fühlte ich mich unter den ehemaligen Eisenbahnern, die verzweifelt versuchen, die glorreichen Zeiten wieder zum Leben zu erwecken, als unsere Kleinstadt noch ein bedeutender Verkehrsknotenpunkt war, auf Anhieb wie ein Fisch im Wasser.

Wie der bengalische Tiger, der asiatische Elefant und die meisten Züge des Nordens ist der Montréal–Senneterre vom Aussterben bedroht. Wir von der Historischen Gesellschaft nennen ihn den *Transcontinental*, das klingt imposant und soll ihn vor den Angriffen der Zeit schützen. So hieß der Zug nämlich damals, als er noch von Halifax bis Vancouver fuhr, quer über den ganzen Kontinent, und die mutigen Pioniere des Nordens transportierte, ganze Familien und ihren Hausrat, Bauern aus Mitteleuropa, die nichts besaßen als einen Lammpelzmantel und die von den Weiten des kanadischen Nordens träumten. Von dem legendären Zug ist nur noch die Teilstrecke Montréal–Senneterre übriggeblieben, die meiner Meinung nach – man möge mir meinen Lokalpatriotismus, meine Voreingenommenheit, meinen absoluten Mangel an Objektivität verzeihen – die interessanteste, spektakulärste und beeindruckendste Eisenbahnstrecke des Nordens ist. Ich habe sie alle bereist, und nur auf unserer Strecke gibt es derart viel zu sehen und zu erleben.

Ich habe nicht die Absicht, die Vorzüge und Reize des Montréal–Senneterre erschöpfend aufzuzählen, aber ich möchte, dass die hypothetischen Leserinnen und Leser, die mir bis zu diesen Zeilen gefolgt sind, wissen, was für ein großer Verlust es wäre, wenn unser *Transcontinental* verschwände.

Da wäre zunächst einmal die Natur. Der Zug fährt siebenhundert Kilometer durch die Wildnis und offenbart all ihre Schönheit und ihren Schmerz. Flüsse, große stille Seen, tosende Bäche, ein immer wieder neues, faszinierendes Schauspiel. Hinzu kommen die Wunden, die Baumstümpfe auf von Kahlschlag oder von Waldbränden verwüsteten Flächen.

Doch das Interessanteste am *Transcontinental* findet sich in seinem einzigen Waggon: die Passagiere. Manchmal lege ich die Strecke, die ich in- und auswendig kenne, nur aus einem einzigen Grund zurück, den erstaunlichen Begegnungen, die man in diesem Zug macht. Ich werde nie enttäuscht. Ich weiß, dass ich mit irgendeinem Mitglied der eingeschworenen Gemeinschaft, die sich während der Fahrt herausbildet (die Reise dauert elf, zwölf, dreizehn oder mehr Stunden), einen Augenblick der Menschlichkeit verbringen werde, wie man ihn sonst nirgendwo erleben kann.

Anders als man denken könnte, ist die Gegend, die der *Transcontinental* durchquert, bewohnt – sehr dünn besiedelt zwar, aber trotzdem bewohnt. Zunächst von Ureinwohnern, das Land gehört den Atikamekw (zwei Reservate, Wemotaci und Obedjiwan). Dann von den unbeugsamen Bewohnern von Parent und Clova, knapp hundert Leute, die beschlossen haben, sich in dieser Gegend niederzulassen, die man für eine Einöde halten könnte, dabei ist sie von einer schroffen, lebendigen Erhabenheit. Und schließlich von all den einsamen Seelen, die der säuerliche Geruch nach Waldhütte und ungewaschenem Körper im Unterholz umweht und die beim Ein- und Aussteigen niemanden eines Blickes würdigen. Ausschließlich Männer. Obwohl ich auch schon beobachtet habe, wie eine alte Frau, mindestens achtzig Jahre alt, an einer Stelle aus dem Zug geklettert ist, wo ein jüngerer Mann wartete, vielleicht ihr Sohn. Ein Stück weiter weg stieg Rauch zwischen den Fichten auf, aus der Hütte des Sohnes vermutlich. Wer von den beiden als Einsiedler im Wald lebte, war unklar, und ich dachte mir eine wilde Geschichte zu ihnen aus.

Dann sind da all jene, die das Leben hier draußen anzieht. Fischer, Jäger, Kajakfahrer, die zu Dutzenden für zehn- oder zwanzigtägige Expeditionen auf den Flüssen Bazin und Oskélanéo anreisen. Naturliebhaber, die ein Wochenendhaus an einem See besitzen, mit Solarzellen und Satellitenantenne. Und dann gibt es da noch die Unikate, Menschen ganz verschiedener Horizonte, über die ich jedes Mal staune. Ein *train buff*, der über das ganze Gesicht strahlt, weil er endlich in dem Zug sitzt, der ihm noch in seiner Sammlung gefehlt hat. Eine Frau, die durch den Zug irrt (jedes Mal, wenn ich ihr begegne, hat sie vergessen, wo sie herkommt und wo sie hinfährt). Ein Europäer auf der Suche nach den Indianern aus den Büchern seiner Kindheit, mein Freund Ricky erkennt diese Leute an der Nasenspitze. Ricky ist Atikamekw, und für ein paar Bier erzählt er dem Europäer alles, was der hören will, und für ein paar Bier mehr bekommt der Europäer echte Powwow-Gesänge geboten. Die meisten von uns kennen Rickys Masche. Alle lassen ihn in Ruhe, wenn er betrunken ist, sogar der Zugchef. Er lebt ganz allein im Wald, aus seinem Reservat verbannt, der Zug ist sein Vergnügungspark, und alle im Waggon amüsieren sich darüber, wie er sich mit den Europäern einen Spaß erlaubt. Es sind Momente wie dieser, die den *Transcontinental* einzigartig machen.

Selbst wenn er ausnahmsweise mit zwei Waggons verkehrt und beide brechend voll sind, macht der *Transcontinental* keinen Gewinn. Sein Leben hängt an der Tatsache, dass er als unverzichtbares Transportmittel gilt. Für die Leute in Clova, die sich ihre Lebensmittel per Zug liefern lassen, für die

Krankenstation in Parent, die medizinisches Material per Zug bezieht, für die Atikamekws, die von einem Reservat zum anderen fahren und nach La Tuque oder Shawinigan, um dort einzukaufen, ins Krankenhaus zu gehen oder die Fachoberschule zu besuchen. Für all diese Leute ist der *Transcontinental* ein Transportmittel, das – wie wir alle wissen – jetzt, wo es auf derselben Strecke einen Forstweg gibt, immer verzichtbarer wird. Bisher handelt es sich nur um einen Zufahrtsweg für die Lastwagen der Forstbetriebe, aber sobald der Weg das ganze Jahr über befahrbar sein wird, und das ist nur eine Frage der Zeit, wird er den Untergang unseres *Transcontinental* besiegeln.

Ich saß gemütlich zu Hause und blätterte in meiner *Railfan Canada*, als am frühen Abend ein Anruf aus Clova kam. Es war Patrice, ein Freund, auch er ein glühender Anhänger des *Transcontinental*, und er teilte mir mit, in Clova läge eine alte Frau im Sterben, weil sie den Zug nach Swastika nicht mehr hatte nehmen können. Die Geschichte war wirr, ich brauchte eine Zeitlang, um zu verstehen, worum es ging und welchen Nutzen wir daraus ziehen konnten. Einen Tag nach der Stilllegung der Strecke – über die ich genau Bescheid wusste, schließlich war ich bei der letzten Fahrt des *Northlander* dabei gewesen – hatte die alte Frau den Zug nach Hause nehmen wollen. Wieso die alte Dame glaubte, sie könne mit dem *Transcontinental* zurück nach Swastika gelangen, wusste Patrice nicht, aber uns beiden war sofort klar, dass es sich lohnte, diese Spur zu verfolgen. Eine alte Frau, die stirbt, weil man ihr den Zug weggenommen hat, das war ein unschlagbares Argument für den Weiterbetrieb unserer Strecke.

Ich ging also in Senneterre zum Bahnhof und wartete auf den Zug, um mehr über die Sache zu erfahren. Ich wusste nicht, welcher der Villeneuve-Brüder an diesem Tag Zugchef war, Claude oder Jean-Pierre. Als Claude die Trittstufen herunterließ, merkte ich gleich, dass er nicht zum Reden aufgelegt war. Seine Handgriffe waren langsam und gemessen, als müsste er eine größere Luftmasse bewegen. Die Passagiere stiegen einer nach dem anderen aus, sie machten Gesichter wie die Überlebenden einer Katastrophe. Unter ihnen der Deutsche, der *train buff*, mit dem ich im *Northlander* ein paar Worte gewechselt hatte. Er war auf vom Aussterben bedrohte Züge spezialisiert.

So zog mich die Geschichte in ihren Bann und ließ mich so schnell nicht mehr los.

Wer hat das Gerücht in die Welt gesetzt, dass Gladys in Clova sterben würde, weil sie den *Northlander* verpasst hatte? Und dass sie sich auf dem Weg nach Swastika glaubte?

Nach unzähligen Gesprächen mit allen Beteiligten ist es mir gelungen, das Knäuel zu entwirren.

Es begann mit Suzan, sie rief von Sudbury aus Lisana an, die ihr mitteilte, Gladys habe den Montréal–Senneterre genommen – daraufhin telefonierte Suzan mit Frank Smarz – Frank Smarz benachrichtigte den Fahrdienstleiter von Englehart – der Fahrdienstleiter rief die Betriebszentrale in Montréal an – der Angestellte der Betriebszentrale schickte eine Nachricht an Claude Villeneuve, der diese kurz hinter La Tuque erhielt – und während die Nachricht in aller Eile vom einen zum anderen weitergegeben wurde, entstanden viele Missverständnisse.

Die Hauptfiguren der Geschichte – und damit meine ich Marie-Luce und Janelle, denn was in Gladys vorging, werden wir nie erfahren – waren derweil völlig durch den Wind. Längst war ihnen die Absurdität der Situation bewusst geworden. Vor allem Marie-Luce, die noch nie mit einem der Züge des Nordens gefahren war und nun feststellte, wie alt und klapprig der Waggon war, hatte das Gefühl, in einem schlechten Film mitzuspielen, in der Rolle einer Frau, die ihr fremd war.

Sie hatten Fahrkarten bis nach Senneterre gekauft, auf Drängen von Marie-Luce, die wusste, dass es dort ein Krankenhaus gab. Doch beim Einsteigen hatten die beiden nicht die geringste Vorstellung davon, was sie auf den siebenhundert Kilometern und in den langen Stunden, die vor ihnen lagen, erwartete, außer, dass sie auf alles gefasst sein mussten. Marie-Luce hatte sich bei ihrem Arbeitgeber krankgemeldet, sie hatten die Kühltasche gefüllt und Kopfkissen, Decken und alles andere eingepackt, was eine todkranke Frau gebrauchen könnte. Auch wenn der Tod hoffentlich möglichst lang auf sich warten ließ, dachte Janelle, oder hoffentlich erst in Senneterre eintreten würde, dachte Marie-Luce (»Aber immerhin waren wir auf alles vorbereitet«).

Janelle erzählte mir, sie habe nie zuvor auf so intensive Weise gelebt. Sie saß neben Gladys und hatte das Gefühl, dass jede Minute, jede Sekunde, die verging, ohne dass ihre Gedanken bei Gladys waren, verlorene Zeit war. Sie achtete also weder auf die Landschaft, die am Fenster vorbeizog, noch auf die vereinzelten anderen Reisenden, die mit ihnen in dem Waggon saßen.

Gladys wirkte überhaupt nicht krank oder schwach, es war, als gönnte ihr das Leben noch ein wenig Glück. Endlich war sie da, wo sie sein wollte. Sie strahlte eine ruhige Kraft aus.

Ich habe mehrmals versucht, mit dem Zugchef Kontakt aufzunehmen, der an jenem Tag auf diesem Streckenabschnitt des *Transcontinental* Dienst hatte, aber er wollte nicht mit mir sprechen, aus Gründen, die ich mittlerweile nachvollziehen kann und die, so erstaunlich es klingen mag, spiritueller Natur sind. Der Mann ist in der Bruderschaft der Zugchefs wohlbekannt. Normalerweise arbeitete er damals auf der Strecke Toronto–Montréal, aber manchmal sprang er anderswo für einen Kollegen ein. So kam es, dass er an jenem Tag im *Transcontinental* Dienst tat. Die Villeneuve–Brüder kennen ihn übrigens gut. Er ist Atikamekw. Ein Hüne, hat Claude Villeneuve zu mir gesagt, ein Hüne mit einem sanften Lächeln und einem großen Herz. Ist es sein großes Herz, das ihn später dazu veranlasst hat, die Arbeit bei der Eisenbahn für das Priesteramt aufzugeben? Eine Frage, die wie so viele andere unbeantwortet bleiben muss, denn bei unserer einzigen Begegnung beendete er das kurze Gespräch, das ich mit ihm führen konnte, unter dem Vorwand, er müsse eine Messe zelebrieren. Weitere Versuche scheiterten an seinem Anrufbeantworter. Er wird also in diesem Bericht nicht weiter vorkommen und anonym bleiben – so wie er es wünscht.

Dass er die Aussage verweigert, ist zum Glück nicht von Nachteil für meine Ermittlungen, denn auf diesem Streckenabschnitt des *Transcontinental* geschah nichts Berichtenswertes.

In Hervey-Jonction wechselte die Mannschaft. Der Atikamekw-Zugchef stieg aus und verschwand in seiner geschätzten Anonymität, und der aus meiner Heimatstadt Senneterre stammende Claude Villeneuve ging an Bord.

Eine Zwischenbemerkung zu den Villeneuve-Brüdern, die in Senneterre bekannt sind wie bunte Hunde. Es sind drei Brüder, Jean-Pierre, Claude und André. Alle drei sind seit Beginn ihres Berufslebens Lokführer. Jean-Pierre und Claude im *Transcontinental*, André auf Güterzügen. Genau wie ich verabscheuen sie den Fachjargon der Eisenbahnbehörde. Wenn man Claude nach seinem Beruf fragt, sagt er ganz einfach, er sei Lokführer. Doch in meinem Bericht gebe ich ihm zusätzlich den Titel eines Zugchefs, schließlich gehört auch das zu seinem Aufgabenbereich.

In jedem Zug fahren zwei Lokführer mit, und wenn sein Kollege den Führerstand übernimmt, geht Claude durch den Passagierwaggon, begrüßt die Stammgäste und erklärt den Neulingen, welche Sehenswürdigkeiten an der Strecke des *Transcontinental* sie auf keinen Fall verpassen dürfen. Denn hinter Hervey-Jonction gibt es vieles zu bestaunen: die Brücke über den Fluss Rivière du Milieu, die Talsperre Réservoir Blanc, bei deren Überquerung man den Eindruck hat, mit dem geschotterten Gleisbett auf dem Wasser zu schwimmen, den majestätischen Fluss Saint-Maurice, auf den man einen fantastischen Ausblick hat – jedes Mal macht er die Neulinge kurz vorher darauf aufmerksam.

Claude Villeneuve, Lokführer und Zugchef, sorgt sich rührend um seine Passagierfracht, und an dem Tag fiel ihm der deutsche *train buff* sofort auf (»Die rieche ich zehn Meilen gegen den Wind«), aber an der »alten Frau und ihren beiden Töchtern«, die auf der anderen Seite des Gangs saßen, bemerkte er nichts Besonderes.

Auf der anderen Gangseite passierte tatsächlich nichts Ungewöhnliches, drei Frauen, die zusammen verreisen und in Ruhe miteinander plaudern. In dem Augenblick, als Claude Villeneuve den *Transcontinental* bestieg, erzählte Gladys gerade eine ihrer wunderbaren Geschichten aus dem *school train*.

Gladys hatte seit der Abfahrt in Montréal kein Wort gesprochen. Sie kuschelte sich in ihr Nest aus Decken und Kissen und lächelte vor sich hin, »ein Mona-Lisa-Lächeln«, wie Janelle später zu mir sagen würde, »ein inneres Lächeln«, und zwischendurch schloss sie für längere Zeit die Augen, »als wollte sie das Vergnügen, in diesem Zug zu sitzen, ganz und gar auskosten«.

Doch das war es nicht. Stattdessen zählte Gladys die Schienenstöße. Oder versuchte es zumindest. Denn irgendwann seufzte sie, lächelte bekümmert und sagte, ohne die Augen zu öffnen: »Kein Tuck-Tuck, hier gibt es kein Tuck-Tuck.«

Natürlich wussten die Schwestern nicht, wovon sie redete. Marie-Luce glaubte an ein beginnendes Delirium und wollte Fieber messen. Gladys schlug bei der Berührung des Thermometers die Augen auf und musste leise lachen, als sie ihre verängstigten Blicke sah. »Nein, nein, ich verliere nicht den Verstand, ich habe mich nur an etwas aus meiner Kindheit erinnert.« Und zur Hälfte, um sie zu beruhigen, zur Hälfte, um sich selbst eine Freude zu machen, erzählte sie ihnen, was es mit dem Tuck-Tuck auf sich hatte, eine Geschichte, die die beiden ebenso verzauberte, wie sie mich in dem kleinen Haus unter den Bäumen verzaubert hat.

Die Geschichte schlug sie in den Bann, und sie waren erleichtert, dass sie sich dem Unvermeidlichen noch nicht stellen mussten. Gladys lächelte selig, und für eine Weile vergaßen alle drei, was ihnen bevorstand. Die Anspannung nahm ein wenig ab, und Gladys, eingelullt vom Schaukeln des Zugs, ließ sich von ihren Erinnerungen davontragen.

»Ich bin in einem *school train* zur Welt gekommen. Soll ich euch davon erzählen?«

Und dann erzählte Gladys fast eine Stunde lang die Geschichte ihrer Geburt. Ohne eine Pause einzulegen, ohne dass ihr die Stimme versagte, mit großer Sorgfalt für jedes Detail, für jedes Bild, das in ihrer Erinnerung aufblitzte, mit glänzenden Augen, denen man ansah, wie sehr sie sich freute, die wunderschöne Zeit im *school train* heraufzubeschwören, eine Zeit, in der sie gelernt hatte, was Glück war.

Ich werde versuchen, so treu wie möglich wiederzugeben, was die beiden Schwestern mir später erzählt haben.

»Die Geschichte sprach sich in allen *school trains* herum. Von einem reisenden Lehrer zum nächsten, von einem Halt zum nächsten, von einer Strecke des *school train* zur nächsten, überall erzählten die Leute sich die Geschichte des Wunderkinds von Kormak. Denn es war ein echtes Wunder. Ein Wunder, das die finnischen Frauen vollbracht haben. Wisst ihr, was das Besondere an den finnischen Frauen war? Nein, woher sollt ihr das auch wissen. Eine Finnin konnte lesen und rechnen. Eine Finnin wusste, dass Graubrot nahrhafter war als Weißbrot. Eine Finnin ging ganz allein mit ihrer Flinte in den Wald, kam mit zwei, drei Hasen zurück, braute anschließend ein Fass Bier, wusch einen Haufen Wäsche und schrubbte dann die Dielen. Kein Haus war sauberer als das einer Finnin, selbst wenn es bloß eine armselige Hütte im Wald war.

Zu meinem Glück beschloss ich ausgerechnet in Kormak, aus dem Bauch meiner Mutter zu kommen. Einen Monat zu früh und mitten in einem Schneesturm, der anderthalb Meter Schnee auf den Schienen hinterließ. Kein Zug fuhr mehr, weder in der einen noch in der anderen Richtung, und draußen waren es minus vierzig Grad.

Ich sage ›zu meinem Glück‹, weil Kormak eine kleine finnische Siedlung rings um ein Sägewerk war. Eine Handvoll Frankokanadier lebten auch dort. Und was glaubt ihr, tat mein Vater, als meine Mutter Wehen bekam? Er lief zum ersten finnischen Haus.

Als er in Begleitung von Helmi Pillonen zurück zum Waggon kam, waren die Warmwasserleitungen geborsten. Ich erkläre euch jetzt nicht im Einzelnen, wie die *school trains* beheizt wurden, das ist viel zu kompliziert, aber lasst mich so viel sagen: Es war der Albtraum meines Vaters, dass die Leitungen bei extremen Minusgraden barsten, weil der Waggon dann einen Monat lang unbrauchbar war, so lange dauerte nämlich die Reparatur, und das war sehr schädlich für den Ruf eines reisenden Lehrers.

Die beiden Männer brachten meine Mutter mit dem Schlitten zur Sauna der Pillonens, und dort kam ich zur Welt. Alle Finnen hatten eine Sauna neben dem Haus, selbst mitten in den Wäldern, und alle finnischen Frauen gebaren ihre Kinder in der Sauna. Weil es in einer Sauna schön warm war, weil es reichlich heißes Wasser gab und weil sie dort ungestört waren. Manchmal brachten sie ihr Kind allein zur Welt, manchmal mit Hilfe einer Freundin. Ich wurde also in der Hitze einer finnischen Sauna geboren, während draußen eine Kälte herrschte, die Wasserleitungen sprengte, und mein Vater sich im Haus der Pillonens die Fingernägel blutig kaute. Nicht im *school train*, sondern in einer finnischen Sauna. Trotzdem verbreitete sich das Gerücht, ich wäre im *school train* zur Welt gekommen, und nachdem ich es Dutzende Male gehört habe, erzähle ich es mittlerweile selbst so.

Am nächsten Tag wurden die Schienen vom Schnee befreit, und das Gerücht machte die Runde, in William Campbells *school train* wäre mitten im schlimmsten Schneesturm aller Zeiten ein Kind geboren worden. Eine Menge Menschen machten sich nach Kormak auf, um meine Mutter, meinen Vater und die Pillonens zu beglückwünschen, sie und alle anderen, die etwas zu dieser abenteuerlichen und wunderbaren *school train*-Geschichte beigetragen hatten. Man muss wissen, dass die *school trains* damals sehr berühmt waren. Das ganze Land war stolz auf sie, und es wurde in den Zeitungen darüber berichtet. So zog die Nachricht vom ersten Kind, das in einem *school train* das Licht der Welt erblickt hatte, viele Leute an. Abgesandte der Regierung, Angestellte der *Canadian Pacific Railway*, Journalisten und den Begründer der *school trains* höchstpersönlich, Mister MacDougall, den mein Vater sehr schätzte. Es standen so viele Menschen um die Sauna der Pillonens herum, dass die Frankokanadier von Kormak, die natürlich alle katholisch waren, sie ›den Stall von Bethlehem‹ tauften.

Auch ein Arzt aus Chapleau reiste an, untersuchte meine Mutter und mich und verkündete, wir erfreuten uns bester Gesundheit, obwohl ich ununterbrochen weinte. ›Das ist normal‹, sagte der Arzt. ›Aber sie erbricht alles wieder, behält nichts bei sich‹, sagte Helmi Pillonen. ›Das ist normal, das vergeht wieder‹, sagte der Arzt. Da brachte mein Vater den Arzt wieder zum Zug, denn er vertraute der Weisheit einer finnischen Frau mehr als einem studierten Mediziner.

Ich weinte Tag und Nacht, ich weinte, bis ich blau anlief, ich weinte so sehr, erzählte mir meine Mutter, dass auch sie weinen musste. Helmi Pillonen kam auf die Idee, die Milch meiner Mutter könnte sauer sein, und bat eine Nachbarin mit einem Säugling, mich zu stillen. Ich würgte auch ihre Milch wieder heraus und weinte noch mehr. Eine andere Nachbarin hatte schließlich den richtigen Einfall. Sie sagte: ›Dieses Kind verträgt keine Milch, wir müssen es mit etwas anderem füttern.‹ Die Frauen holten ihren Wintervorrat an Gemüse hervor und kochten mir eine Brühe. Meine Mutter erzählte, in der Sauna hätten vier Frauen um mich herumgestanden, als ich mein erstes Fläschchen mit Gemüsebrühe bekam. ›Du hast gesaugt‹, sagte meine Mutter, ›so fest, dass deine Wangen ganz hohl waren, und danach bist du auf der Stelle eingeschlafen.‹ Die anderen Frauen verließen die Sauna, und zum ersten Mal konnte meine Mutter ein paar Stunden schlafen, um sich von der Geburt zu erholen.

Meine Mutter und ich blieben eine Woche in der Sauna der Pillonens. Ich trank ein Fläschchen nach dem anderen. Nach und nach mischten die finnischen Frauen der Gemüsebrühe Fleischbrühe bei. Das war das Wunder, das die finnischen Frauen vollbrachten.

Mein Vater, der mein erbärmliches Geschrei und das Wunder der Brühe miterlebt hatte, beschloss, mir den Namen Gladys zu geben. ›Wir nennen sie Gladys‹, sagte er zu meiner Mutter, ›dann wird sie glücklich sein und in ihrem Leben nie wieder weinen müssen.‹

Bis zum heutigen Tag bin ich meinem Namen treu geblieben, und ich habe nicht vor, meinen Vater am Ende meines Lebens Lügen zu strafen. Macht euch keine Sorgen um mich. Es wird keine Tränen geben, kein Gejammer, ich werde ganz ruhig einschlafen.«

Der Zug hielt in Shawinigan, Reisende stiegen zu, in Hervey-Jonction wechselte die Mannschaft, aber die beiden Schwestern bekamen nichts von alldem mit. Gladys' Geschichte lullte sie ein, heiterte sie auf, befreite sie fast aus dem Griff der Angst. »Es fehlte nicht viel«, sagte Janelle zu mir, »und wir hofften auch auf ein Wunder.«

Eine Mutter, die ihren Töchtern eine Geschichte aus ihrer

Kindheit erzählt, dachte Claude Villeneuve, als er in Hervey-Jonction seinen Dienst antrat. »Die Mutter ein bisschen müde, die Töchter sehr aufmerksam.« Das war sein Eindruck gewesen.

Kurz nach La Tuque empfing er den ersten Funkspruch. Nichts Besorgniserregendes. Man bat ihn lediglich, zu überprüfen, ob sich »die Frau aus Swastika« an Bord befand, eine ältere Dame namens Gladys Comeau. Claude bestätigte das, und da keine weiteren Fragen kamen, kümmerte er sich wieder um die anderen Fahrgäste. Der Waggon war jetzt fast voll, in La Tuque war eine größere Gruppe Atikamekws eingestiegen.

Der Zug hatte soeben Parent passiert, als Claude den zweiten Funkspruch empfing. Diesmal klang die Nachricht dringender. Die Betriebszentrale übermittelte ihm eine Aufforderung, die von Swastika über Englehart nach Montréal gelangt war. Der Zugchef des *Transcontinental* solle dafür sorgen, dass »die Frau aus Swastika« sofort medizinisch versorgt werde.

Die Nachricht, die Claude Villeneuve per stiller Post erreichte, war ursprünglich von Frank Smarz ausgegangen. In Swastika war man in heller Aufregung. Später erzählte Frank Smarz mir, es habe überhaupt keinen Grund gegeben, den Kopf zu verlieren, aber Suzan habe alle verrückt gemacht. Seit dem Vorabend habe sie sich am Telefon in wilden Geschichten ergangen, die weder Hand noch Fuß hatten, und versucht, ihn da mit hineinzuziehen. Aus diesem Grund habe er sich auch nicht besonders bemüht – mit Betonung auf »bemüht« –, als sie mit ihrem Sohn in der Conroy Avenue aufgetaucht sei.

Suzan und Desmond brauchten die Brechstange nicht. Lisana öffnete die Tür, bevor sie klopfen konnten. Desmond trug den Koffer seiner Mutter ins Haus und suchte dann schnell das Weite. »Es gab etwas in diesem Haus, das mich da nicht haben wollte.«

Als wir dieses Gespräch ein paar Jahre später in Sudbury führten, gelang es ihm immer noch nicht, sein Unbehagen in Worte zu fassen. »Vermutlich ein Überlebensreflex. In Lisanas Blick lag eine bösartige Freude, und im Haus herrschte ein schrecklicher Lärm.«

Der Lärm war also zurück. Nach der Stille, die Frank Smarz in der Zeit, als er täglich die Wasserhähne überprüft hatte, so beeindruckt hatte, war nun wieder die ohrenbetäubende Kakophonie aller Apparate im Haus zurück. Suzan machte sich nichts daraus. Sie kannte Lisanas Angewohnheit und bat sie einfach, den Fernseher leiser zu stellen. Daraufhin erzählte Lisana ihr in einem triumphierenden Ton etwas, was Suzan zunächst nicht glauben wollte. Erst nach und nach akzeptierte sie die grauenvolle Tatsache, die Lisana gleichzeitig begeisterte und in Schrecken versetzte. »Wir werden gemeinsam sterben, Mom und ich.« Sie erklärte Suzan, sie hätten einen Pakt geschlossen.

Suzan glaubte Lisana, vielmehr glaubte ihr dunkler Instinkt Lisana. In diesem Moment und in den Stunden, in denen sie alle Hebel in Bewegung setzte, um den Pakt aufzulösen, glaubte sie tatsächlich, Gladys hätte ihre Tochter mit dem Versprechen zurückgelassen, dass sie gemeinsam sterben würden, wenn auch jede für sich, nach ihrem Wunsch. Das war natürlich absurd, mittlerweile weiß Suzan das, aber in der Hitze des Gefechts und angesichts dessen, was Lisana ihr als Nächstes mitteilte (die Diagnose einen Monat zuvor, ein aggressiver Krebs, der bereits gestreut hatte), glaubte sie tatsächlich, Gladys wäre mit dem Zug davongefahren und hätte es ihrer einzigen Tochter freigestellt, so zu sterben, wie diese es für richtig hielt. »Aber ich kann nicht mehr«, sagte Lisana und hielt ein Handgelenk mit einem Geflecht aus verheilten Narben hoch, auf dem kein einziger Schnitt jüngeren Datums zu sehen war.

Frank Smarz glaubte Lisana kein Wort. Ihm war durchaus aufgefallen, dass Gladys in letzter Zeit oft müde war, dass sie weniger Energie hatte und ihr Haus ein wenig vernachlässigte. Aber Krebs im Endstadium, das hätte er doch mitbekommen. Und über einen so ungeheuerlichen Pakt wollte er nicht einmal nachdenken. »Unsinn«, blaffte Frank Smarz Lisana an und fügte mit einem Blick auf ihr Handgelenk hinzu: »Wieder eine verpasste Gelegenheit.« Eine perfide Bösartigkeit, die Suzan der »abgrundtiefen Dummheit« dieses Mannes zuschrieb.

Obwohl ihr all das heute unfassbar absurd vorkommt, hatte Suzan damals das Gefühl, Einblick in eine Realität bekommen zu haben, die ihr zuvor stets ein Rätsel war. Eine stillschweigende Übereinkunft zwischen Mutter und Tochter, von der sie ausgeschlossen gewesen war. Etwas, was die beiden über all die Jahre zusammengeschweißt hatte, etwas, was dazu führte, dass sie sich an einem Septembermorgen ganz ohne Tränen und herzzerreißende Szene voneinander verabschieden konnten, fast schon fröhlich, dem Tonfall nach zu urteilen, in dem Lisana ihr mitgeteilt hatte, dass sie »zusammen, wenn auch jede für sich« sterben würden. Ein Selbstmordpakt. Lisana glaubte daran oder wollte daran glauben, aber Gladys? Was hatte sie am Morgen des Aufbruchs zu ihrer Tochter gesagt, mit welchem Versprechen hatte sie sich von ihr verabschiedet? Vorausgesetzt natürlich, es hatte überhaupt irgendein Versprechen gegeben.

Diese Frage war ein Abgrund. Ich hatte nichts, was mir weiterhelfen konnte, außer Suzans dunklem Instinkt und dieser unaussprechlichen Sache, deren Anwesenheit sie angeblich gespürt hatte. Dem gegenüber stand Gladys' Lebenswille, der unerschütterliche Optimismus, der sie stets auf der Sonnenseite des Lebens gehalten hatte. Das sagte und wiederholte mein Freund Bernie jedes Mal, wenn ich ihm die Frage stellte. »Diese Frau wurde auf der Sonnenseite des Lebens geboren.« In seinem Kopf entwickelte sich ein Gedanke, der noch sehr vage war. Ich spürte, wie Bernie mit ihm rang, wie der Gedanke sich ihm widersetzte. Manchmal entschlüpften ihm Bruchstücke, die ich aufschrieb. »Kapitulation kam für diese Frau nicht in Frage. Sie konnte mit einem Strohhalm rudern.« Sibyllinische Sätze, mit denen ich nichts anfangen konnte.

All das war nach Ansicht von Frank Smarz nur dummes Geschwätz, Hirngespinste. Wäre es nach ihm gegangen, hätte er niemals den Notruf abgesetzt, der Claude Villeneuve im Zug nach Senneterre erreichte.

Ein paar Jahre zuvor hatte Claude einen Funkspruch wegen einer Ausreißerin empfangen. Das junge Mädchen (»Sie war nicht älter als dreizehn«) war in Montréal in den Zug gestiegen. Claude hatte sie unter seinen Passagieren ausfindig gemacht, die Polizei informiert, und die Beamten hatten sie am Bahnhof von Senneterre abgeholt. Die Geschichte war gut ausgegangen.

Er hatte keinen blassen Schimmer, dass er es nun mit einer weiteren Ausreißerin zu tun hatte. Der alten Dame ging es schlecht. Das war ihm erst nach einer ganzen Weile aufgefallen. Nachdem die Atikamekws in Wemotaci ausgestiegen waren und eine weitere Gruppe Fahrgäste in Parent, blieb nur noch ein knappes Dutzend Passagiere übrig, und in der wieder eingekehrten Ruhe hallten die Hustenanfälle durch den ganzen Waggon. Die Mitreisenden fühlten sich gestört. Gladys hustete fast ununterbrochen und atmete schwer, fast keuchend. Im Waggon tauschte man fragende Blicke, wagte sich nicht mehr zu unterhalten. Claude ärgerte sich, dass er den dreien nicht vorgeschlagen hatte, in Parent auszusteigen, wo es eine Krankenstation gab und eine äußerst kompetente Krankenschwester (Anna, sie fuhr oft mit seinem Zug), die sich der alten Dame hätte annehmen können. Aber sic hatten Parent soeben hinter sich gelassen.

Bevor Claude zurück in den Führerstand ging, machte er

an ihrem Vierersitz Halt. Die alte Frau, die zwischen den Hustenanfällen vor sich hindämmerte, tätschelte der jüngeren Tochter kraftlos den Oberschenkel, während die ältere – Claude hielt die drei nach wie vor für eine Mutter mit ihren beiden Töchtern – ihr mit einem Feuchttuch den Schweiß von der Stirn wischte. Die Jüngere, die vollkommen von ihrer Mutter mit Beschlag belegt wurde, blickte nicht einmal auf, während die andere Schwester ihn zu beruhigen versuchte: »Alles in Ordnung, ich bin Krankenschwester.«

Im Führerstand der Lokomotive dachte er an all das, was ihm der Blick der Frau, der »Krankenschwester«, nicht gesagt hatte. »Ich war überhaupt nicht beruhigt, ganz und gar nicht.« Deshalb zweifelte er auch nicht am Ernst der Lage, als er den zweiten Funkspruch zu der »Frau aus Swastika« erhielt. Er kehrte sofort in den Waggon zurück.

Die Atmosphäre war beklemmend, man schien kaum noch Luft zu bekommen, im ganzen Abteil herrschte ein greifbares Unbehagen. Niemand sprach, niemand rührte sich, die Passagiere waren wie erstarrt, sagte Claude. »Sie fühlten sich bedroht von dem, was auf dem Vierersitz vor sich ging.«

Es wurde immer schlimmer. Gladys rang nach Luft, und ihr Atem klang rau und pfeifend, obwohl Janelle ihr immer wieder den Inhalator an den Mund hielt. Sie schlotterte trotz ihrer Decken. Marie-Luce massierte ihr die Füße und Beine. »Wir fragten uns, ob dies der gefürchtete Moment war.«

Auch Claude hatte Angst, der Tod könnte seinen Zug beflecken. »In dreißig Jahren Dienst war mir so was noch nie passiert. Ich wollte kein Drama an Bord meines Zugs. Ich wollte nicht bis zur Rente eine Leiche mit mir herumschleppen.«

Sie näherten sich Clova, wo es kein Krankenhaus gab, nicht einmal eine Krankenstation. Man musste hoffen, dass die alte Frau bis Senneterre durchhielt. Also beschloss Claude, Marie-Luce zu fragen. »In Senneterre gibt es ein Krankenhaus. Glauben Sie, bis dahin schafft sie es?« Er bereute seine Frage sofort, denn die alte Frau fuhr hoch und verfiel in eine Litanei, immer dieselben Worte, die wie Herzschläge aufeinanderfolgten: »Kein Krankenhaus … Kein Krankenhaus … Kein Krankenhaus.« Ihre Töchter griffen ihre Worte sofort auf, verständnisvoll, entgegenkommend, »kein Krankenhaus, einverstanden, Gladys, schon gut, kein Krankenhaus«, und die ältere, »die Krankenschwester«, die Claude zu verstehen geben wollte, dass sie die Situation unter Kontrolle hätten, beugte sich zu ihm und sagte leise: »Keine Sorge, wir haben, was wir brauchen.« Claude war alles andere als beruhigt. Er hakte nach: »Wir erreichen gleich Clova, wenn wir mit voller Geschwindigkeit weiterfahren, sind wir in zwei Stunden in Senneterre. Wird sie bis dahin durchhalten?«

Als er »Clova« sagte, überstürzten sich die Dinge und alles ging sehr schnell. Gladys stand ruckartig von ihrem Sitz auf und rief kurzentschlossen: »Clova, hier steigen wir aus, hier geht die Reise für mich zu Ende.«

Niemand konnte sich ihr widersetzen, Claude nicht, Marie-Luce nicht, Janelle nicht, und alle waren sich dessen bewusst. Sie haben mir unabhängig voneinander davon berichtet und mich zu überzeugen versucht, dass man gegen Gladys' Willen nicht ankam.

Sie sammelten das Gepäck ein, und Gladys schritt mit letzter Kraft unter den verblüfften Blicken ihrer Mitreisenden, die dachten, die alte Frau täte gleich ihren letzten Atemzug, aufrecht und ohne fremde Hilfe den Gang des *Transcontinental* entlang.

»Eine Königin«, sagte Janelle, »sie entstieg dem Zug wie eine Königin.«

So endete Gladys' achttägige Eisenbahnodyssee.

Ich kenne Clova und seine Bewohner, und es wundert mich nicht, dass drei Gäste sich tagelang in ihrem Zimmer verschanzen konnten, ohne dass sich irgendwer Sorgen machte oder gar einschritt. Wenn man in Clova eines schätzt, dann die Freiheit. Leben und leben lassen, lautet die Devise. Auch wenn es in diesem Fall eher hätte heißen müssen: leben und sterben lassen. Die alte Frau, die per *Transcontinental* angereist war, sank auf der Bank vor dem Restaurant Clova zusammen und schnappte nach Luft wie ein gestrandeter Wal. Diese Frau war am Ende ihrer Reise, und niemand hielt es für nötig, irgendwen zu verständigen. Nach Clova kommt man aus freien Stücken und verlässt den Ort genauso wieder.

Zunächst ein paar Worte zum Restaurant Clova, denn es ist ein zentraler Schauplatz dieser Geschichte. Dort ließ ich mich nieder, um eine Anklageschrift gegen die Eisenbahngesellschaften zu verfassen, die nicht nur die Züge des Nordens, sondern mit ihnen auch eine alte Frau sterben ließen. Nichts Ausführliches, nur ein paar Seiten, die es aber in sich haben sollten, um die Zuständigen in Aufruhr zu versetzen. Ich ahnte nicht, dass ich Jahre später immer noch an meiner Tastatur sitzen, Seite um Seite füllen und mich fragen würde, was ich mit dem ganzen Durcheinander anfangen soll. Manchmal kommt es mir vor, als schriebe ich einen langen Brief an mich selbst.

Das Restaurant Clova also.

Das kleine Restaurant mit Herberge mag auf den ersten Blick völlig fehl am Platz wirken, eine Absurdität direkt an den Gleisen, ringsherum nichts als vereinzelte Häuser und tiefe Stille. Doch am späten Nachmittag kommen Pick-ups und Quads vorgefahren. Männer steigen aus. Ein paar Frauen. Sie wohnen am Ufer des Sees, dessen bernsteinfarbenes Wasser in der Sonne schimmert. Sie kommen aus den Jagd- und Angelcamps der Umgebung. Fast alle kennen sich. Am späten Nachmittag verlassen sie ihren See oder ihren Wald und fahren auf der Suche nach Geselligkeit zum Restaurant Clova. Sie trinken etwas an der Bar, setzen sich an einen Tisch im Restaurant (die Pizza ist hervorragend), und wenn es ein Montag, Mittwoch oder Freitag ist, warten sie auf den 17-Uhr-20-Zug, der wie immer mit stundenlanger Verspätung eintrifft.

Ich verstehe gut, dass der Reisende aus Montréal das Gefühl hat, hier treffe sich ein Haufen Hinterwäldler. Die Kulisse erinnert an einen Western. Das Restaurant ist in einem niedrigen, dunkelrot gestrichenen Holzhaus untergebracht, das sogar recht hübsch ist. Der Western-Touch kommt vor allem von der überdachten Veranda. Dort stehen zwei lange Holzbänke, dort wartet man auf den Zug. Ganz gleich, ob man einen Brief, ein Paket, einen Freund oder den Gast eines Jagd- und Angelcamps in Empfang nehmen will. Stets sitzen und stehen hier ein gutes Dutzend Menschen herum, die die Ankunft des Zuges miterleben wollen, das Ereignis des Tages. Direkt neben dem Restaurant befindet sich der kleine Bahnhof, der seit Jahren unbenutzt ist, er ist nur noch zur Zierde da, ein Denkmal der Epoche, als Clova noch ein wichtiger

Halt der Eisenbahn war. Der Bahnhof ist niedlich, mit seiner Holzfassade, den Dachgauben und Erkern.

Ich kam am 2. Oktober in Clova an. Janelle und Marie-Luce waren am Tag zuvor eingetroffen und hatten sich mit Gladys in einem Zimmer der Herberge zurückgezogen. Ich wohnte bei meinem Freund Patrice und nahm meine Mahlzeiten im Restaurant ein. Stundenlang trank ich einen Kaffee nach dem anderen, in der Hoffnung, jemanden aus der Herberge treten zu sehen. Auf diese Weise konnte ich das Kommen und Gehen all jener Menschen beobachten, die Gladys in ihrem Sterbebett besuchten.

Suzan und Lisana waren am Vormittag mit dem Zug aus Senneterre eingetroffen. Frank Smarz und seine Frau Brenda würden am nächsten Tag mit dem Pick-up kommen. Sie alle wohnten in der Herberge und aßen zu unterschiedlichen Zeiten im Restaurant, manchmal allein, manchmal zu zweit, selten zu dritt. Ich sah sie auf ihren Tellern herumstochern und fragte mich, wie ich sie ansprechen konnte. Zu groß war das Schweigen an ihren Tischen.

Wer selbst raucht, dem fällt ein Raucher, der dringend eine Zigarette braucht, sofort auf. Nach einer Mahlzeit sah ich, wie Frank Smarz in die Tasche seiner Jeansjacke fasste, zur Bar ging, unverrichteter Dinge zurückkehrte, und in dem Moment war ich heilfroh, dass ich wieder mit dem Rauchen angefangen hatte. Ich stand auf, bot ihm eine Zigarette an, und fünf Minuten später saßen wir zusammen auf der Veranda, zwei Verstoßene, denen nichts anderes übrigblieb, als sich zu unterhalten. So erfuhr ich die ganze Geschichte, zumindest die wesentlichen Punkte.

Janelle tauchte am Abend auf, wenn sich die jungen Leute

und die einsamen alten Wölfe der Umgebung im Restaurant versammelten. Abends verwandelte es sich in eine Kneipe und die Veranda in ein Kifferparadies. Man hätte meinen können, man befände sich in einer Bar in Montréal, wären da nicht das ungezwungene Auftreten der Gäste gewesen und die Tatsache, dass sie absolut keinen Wert auf ihre Kleidung legten. Die Jüngeren waren Angestellte der umliegenden Jagd- und Angelcamps. Einige der Älteren waren angeblich nach Clova gekommen, um sich »zu verstecken«, wovor, das weiß man nicht genau und will es lieber auch nicht wissen.

Janelle tauchte auf, und ich wusste auf den ersten Blick, dass diese Frau nichts für mich war und dass ich ihr nicht entkommen würde. Ich merke es sofort, wenn mich eine Frau so sehr berührt, dass ich bereit bin, ihr hinterherzulaufen, bis ich ihre Haut und ihren Atem am Morgen riechen darf, bis ich sehen darf, wie sie vor Leidenschaft die Augen verdreht, kurz vor dem Höhepunkt. Eine unerreichbare Frau, aus dem Nichts erschienen, eine Fremde. Ich verliebe mich nicht in meine Cousine. Und Janelle ist ein UFO. Eine Frau, die in dein Leben tritt und dir durch und durch geht. Als sie in der Tür des Restaurants erschien, spürte ich es am ganzen Körper.

Sie hatte eine gewisse Dissonanz in ihrer Gestik und Mimik, das habe ich, glaube ich, bereits beschrieben, und eine Körpersprache, die nicht ohne Charme war, irgendwo zwischen ruckartigen Schritten und den weichen Bewegungen einer Tänzerin. Ich war alarmiert, verwirrt, versteinert. Was bei mir ein untrügliches Zeichen für den Beginn einer flammenden Leidenschaft ist. Ich wehre mich nie dagegen, obwohl ich von Anfang an weiß, welchen Preis ich dafür zahlen muss. Als Janelle durch den Raum ging, folgte ich ihr mit dem Blick. Sie setzte sich an die Bar, bestellte sich ein Bier und begann ein langes Gespräch mit der Kellnerin – Tätowierung, Piercings, seitlich rasierter Schädel, sie wäre im Nachtleben von Montréal nicht groß aufgefallen. Ich nutzte die Gelegenheit und setzte mich auf den Barhocker neben sie. Mehrmals versuchte ich, etwas zum Gespräch beizutragen, aber sie ließ mich auflaufen. Später, als zwischen uns diese Nähe herrschte, vor der sie bald Reißaus nehmen sollte, erklärte sie mir, sie dachte im ersten Moment, ich wäre ihre Internetbekanntschaft. »Ich wollte nichts mehr von ihm, außerdem tricksen diese Typen oft bei den Fotos.«

Das war unsere erste Begegnung, die einzige in drei langen Tagen. Ich sah sie erst wieder, als sich alle im Restaurant zu einer Art Leichenschmaus versammelten. Bei dieser Gelegenheit bekam ich übrigens auch Marie-Luce zum ersten Mal zu Gesicht. Sie wachte all die Tage an Gladys' Bett, während jemand anders aus der Gruppe ihr Essen aus dem Restaurant hochbrachte.

Wem ich am häufigsten begegnete und mit wem ich mich gut unterhielt, war Suzan. Sie machte lange Spaziergänge über die sandigen Wege von Clova und trank im Restaurant einen Kaffee, bevor sie in die Herberge zurückkehrte. Wahrscheinlich, weil sie alt ist und selbst mit der Nähe des Todes lebt, spürte man bei ihr keine Trauer. Im Gegenteil, sie erzählte mir, sie sei erleichtert, dass Mutter und Tochter endlich wieder vereint waren.

Lisana, was soll ich über Lisana sagen, wie habe ich sie in Clova wahrgenommen? Still, absolut unergründlich, und trotzdem ein Mensch, den man nicht ignorieren kann. Sie betrat das Restaurant, und die Luft erbebte. Aber niemand drehte sich um, wenn sie vorbeiging. In Clova ist man an Fremde gewöhnt. Sie kommen von überall her, zum Fischen, zum Jagen, um zu tun, was sie eben tun, und man stellt keine Fragen. Sie treffen ein und reisen wieder ab, und schon kommen andere, die man mit derselben Freundlichkeit, demselben Achselzucken begrüßt. Man fragt nicht, wer sie sind oder was sie hier treiben. Eine selbstbewusste Gleichgültigkeit, die durch Lisanas Anwesenheit Risse bekam. Etwas kaum Wahrnehmbares, nicht mehr als eine leichte Unruhe, aber ich registrierte sie sofort, so sehr war ich auf der Hut, sobald jemand aus der Herberge das Restaurant betrat.

Dabei unterschied sich Lisana äußerlich nicht von den anderen Frauen hier. Jeans, Turnschuhe, Sweatshirt, das Haar im Nacken zu einem Knoten gebunden. (»Dafür habe ich gesorgt«, würde mir Suzan später erzählen, »ich wollte, dass sie für ihre Mutter ordentlich aussieht.«) Lisana hatte nicht die verwirrte, verstörende Ausstrahlung, von der man mir später in Swastika so oft berichten sollte. Ein Bündel angestauter Energie, das war sie, und ihre Schwingungen waren weithin spürbar.

Sie kam immer in Begleitung von Suzan ins Restaurant. Kein einziges Mal, außer beim Leichenschmaus, sah ich sie mit dem Ehepaar Smarz an einem Tisch sitzen. Und nie sah ich die Kopfhörer, die im Verlauf meiner Ermittlungen meine Neugier wecken würden. Eigentlich hatte sie nichts wirklich Auffälliges an sich, außer der ungeheuren Energie, die sie ausstrahlte. Übrigens erzählte mir damals auch niemand etwas von einer psychischen Krankheit. Nicht einmal Suzan, obwohl sie immer sehr gesprächig war, wenn sie von ihren Spaziergängen zurückkehrte.

All diese Menschen, die mittlerweile zu meinem Leben gehören, lernte ich im Restaurant von Clova kennen. Nur Gladys nicht, sie lag unerreichbar in einem kleinen Zimmer der Herberge. Täglich, beinahe stündlich erhielt ich Neuigkeiten darüber, was in der Herberge vor sich ging, von Frank Smarz (er ist ein starker Raucher, ich versorgte ihn mit Nachschub) und von Suzan, die ich manchmal auf ihren Spaziergängen begleitete. Damals wusste ich natürlich noch nicht, dass die gemeinsame Zeit in Clova der Auftakt für die langen Gespräche war, die Suzan und ich später in Metagama führen würden.

Suzan ist eine liebenswürdige Frau, voller Neugier auf andere Menschen, und sie macht aus ihrem Leben kein Geheimnis. In Clova unterhielten wir uns über alles Mögliche, und als sie den *school train* erwähnte, hakte ich nach. Die Geschichte war derartig märchenhaft, ich konnte kaum glauben, dass ich noch nie davon gehört hatte. Ich besaß reihenweise Bücher über Züge, aber in keinem wurden die *school trains* erwähnt. Suzan öffnete mir die Türe zu einer Welt, die mich – das wusste ich auf Anhieb – noch lange Zeit beschäftigen würde. Suzan selbst war eine Welt, die zu entdecken sich lohnte. Eine alte Dame, die als Einsiedlerin an der Eisenbahnstrecke lebte. »Höchstens als halbe Einsiedlerin«, stellte sie mit Nachdruck klar. Damals erfuhr ich noch nichts von ihrer meditativen Versenkung in das Tuck-Tuck.

Gelassenen und heiter, wie sie war, wollte sie sich lieber mit mir darüber unterhalten, was sie auf ihren einsamen Spaziergängen durch die Straßen von Clova entdeckt hatte, als über das, was in der Herberge vor sich ging. Sie war nie weiter als bis zur Kirche gelaufen, die den derzeitigen Bewohnern des Pfarrhauses als Lagerraum dient. Hinter der Kirche befinden sich die Überreste des ehemaligen Dorfs, eine Insel verlassener Häuser mitten im Wald. Suzan wusste nichts von der Existenz des Geisterdorfs. Auch in Clova selbst schert sich niemand darum. Ich kenne das alte Dorf gut. Ich gehe manchmal hin, wenn ich Lust auf eine Zeitreise habe, wenn ich die Vergangenheit durchstreifen möchte. Jedes Mal stoße ich auf etwas Überraschendes. Ein leuchtend roter Fleck zwischen hohen Gräsern, ein verwildertes Beet voller Blumen, deren Namen ich nicht kenne, Blumen, die hier hartnäckig weitergedeihen, ohne die Frau, die sie gepflanzt, gegossen und von Unkraut befreit hat, und dann denke ich an diese Frau, die früher hier gewohnt hat, in einem Haus, das wahrscheinlich ganz in der Nähe des roten Flecks stand, ein Haus, von dem heute nichts mehr übrig ist, nicht mal ein verwittertes Betonfundament. Es kommt vor, dass ich in einer Kommode eines verfallenen Hauses vergessene Papiere, Kinderbilder, Rechnungen, Briefe eines entfernten Verwandten entdecke. Ich mag diese Streifzüge, ich gebe mich der Sehnsucht nach einer Epoche hin, die ich nicht gekannt habe, die ich mir aber gern ausmale. Manchmal haben sie allerdings auch etwas sehr Trauriges. Ich bot Suzan an, sie dorthin zu begleiten.

Das Geisterdorf war seit meinem letzten Besuch geschrumpft. Es waren nur noch fünf Häuser übrig, und sie waren dermaßen heruntergekommen, dass wir kein einziges zu betreten wagten, aus Angst, der Holzboden könnte unter unserem Gewicht nachgeben. Durch die Fenster sahen wir eingestürzte Wände, herausgerissene Waschbecken, ausgeweidete Sofas, und Suzan wunderte sich, dass überall Bierdosen herumlagen. Hier treffen sich junge Atikamekws, erklärte ich ihr, sie fühlen sich in der Bar nicht willkommen.

Wir blieben nicht lang in dem alten Dorf. Wir liefen über Wege, die früher einmal Straßen gewesen waren und heute ganz offensichtlich nur noch von Quads und seltenen Spaziergängern wie uns genutzt wurden.

Nach unserer Rückkehr aus dem Geisterdorf erzählte Suzan mir vom Friedhof von Clova, »dem hübschesten kleinen Friedhof der Welt«. Ich kannte ihn nicht, war nie dort gewesen. Suzan hatte ihn zufällig auf einem ihrer Spaziergänge entdeckt, als sie dem Sandweg am See entlang gefolgt war. Man muss wirklich ausgesprochen neugierig sein, um dorthin zu gelangen. Kein Schild, keine richtige Straße, nur ein paar Quadpisten, die sich in einem bewaldeten Gebiet kreuzen, und erst wenn man eine kleine Anhöhe erklommen hat, sieht man auf einer Lichtung im Wald dieses kleine Juwel von einem Friedhof. Auch hier kein Schild, kein offizieller Hinweis. Ein moosüberwachsenes Viereck, umzäunt von einer dicken weißen Kette, ein paar Holzkreuze, schlichte Grabsteine, an die dreißig Gräber umgeben von Grün. Das Gefühl, sich an einem verwunschenen Ort zu befinden, an dem die Welt ihre ganze Anmut offenbart. Sonnenstrahlen fallen zwischen Birken hindurch, und der bernsteinfarbene See, der einem zu Füßen liegt, vervollkommnet das Idyll. »Was für ein wunderbarer Ort, um die Ewigkeit an sich vorbeiziehen zu lassen«, sagte Suzan.

Ich erklärte ihr, dass in Clova niemand mehr starb, dass der Friedhof ein Überbleibsel aus jener nicht allzu fernen Zeit war, als Clova sechshundert Einwohner zählte. Heute wohnen nur noch dreißig Menschen dauerhaft hier, hauptsächlich Rentner von außerhalb, angelockt von der Schönheit des Sees und den günstigen Grundstückspreisen. Sie werden zum Sterben zurück in ihren Heimatort gehen.

Doch natürlich wussten wir beide, dass es in Clova bald einen Todesfall geben würde, »Ich glaube, morgen ist es so weit«, sagte Suzan.

Es war der 3. Oktober, ein Mittwoch. Gladys starb am nächsten Tag, genau in dem Moment, als der Güterzug grollend durch Clova fuhr.

Es dauerte vier Tage, bis Gladys starb – aber nicht, ohne sich ihren letzten Willen erfüllt zu haben, denn heute zweifelt niemand mehr daran, dass sie sie alle an ihrem Bett hatte versammeln wollen. Vier Tage, und kein einziges Mal wirkte sie ungeduldig oder verzweifelt, während der Tod sich Zeit ließ. Gladys wartete gemeinsam mit ihnen, voller Zuversicht, und trotz der Stunden und Tage, die vergingen, war da kein Aufbegehren, nur dieses Lächeln, das jedes Mal, wenn sie aus einem komatösen Schlaf erwachte, langsam wieder auf ihrem Gesicht erschien. Gladys hatte ihr Leben bis zum letzten Augenblick in der Hand, sie begleitete ihre Besucher die ganze Zeit.

Sie lebten wie in einem Kokon. In der Herberge waren sie die einzigen Gäste, und sie belegten die fünf Zimmer im Erdgeschoss. Es waren unwirkliche Tage und Nächte, in denen sie an Gladys' Bett wachten, ein Schwebezustand. In ihrer Erinnerung war es eine schöne, vielleicht sogar bereichernde Zeit. Selbst Frank Smarz, der überhaupt kein rührseliger Mensch ist, spricht von einem Geschenk.

Dieser Schwebezustand, der sie auf Schritt und Tritt begleitete, ging von Gladys' Zimmer aus. Keine Eile, auch kein plötzliches Verstummen, wenn man sie in ihrem Zimmer besuchte, man trat einfach über die Schwelle, schwerelos, angezogen von ihrem Lächeln, oder, wenn das Hydromorphon sein Werk tat, von der Hingabe ihres Körpers an den Schlaf. Das Zimmer, das still und friedlich war wie das eines Neugeborenen, schien Seidenfäden zu spinnen, die sich in der ganzen Herberge ausbreiteten. Über den Flur, in alle Zimmer, bis zum geräumigen Aufenthaltsraum im Keller. Die Herberge war im alten Schulhaus von Clova untergebracht, und der Keller, der heute als Aufenthaltsraum dient, war früher der Pausenraum. Dort verbrachten sie die meiste Zeit. In Erwartung dessen, was erst einmal nicht kam. Sie spielten Karten, sahen fern, geistesabwesend, halbherzig, denn ihre ganze Aufmerksamkeit galt dem, was ein Stockwerk weiter oben vor sich ging.

Man musste sich keine Sorgen mehr machen, keine Anrufe mehr tätigen oder annehmen, sich nicht mehr über Züge und Fahrpläne den Kopf zerbrechen, man musste nur noch da sein und warten.

Marie-Luce war erleichtert gewesen, als sie einer nach dem anderen eintrafen. Seit die drei Frauen das kleine Herbergszimmer bezogen hatten, war sie Gladys nicht von der Seite gewichen. Janelle versuchte, ihrer Schwester, so gut sie konnte, zur Hand zu gehen, aber das Ganze überstieg ihre Kräfte. Sie verließ das Zimmer, sobald Gladys einnickte, raus an die frische Luft, wenn auch nie sehr weit weg, denn kaum schlug Gladys die Augen auf, verlangte sie nach ihr. Janelle kam zurück, setzte sich auf die Bettkante, nahm die Hand, die Gladys ihr hinstreckte, und noch bevor die alte Frau fragen konnte, wiederholte Janelle die Worte, die sie bereits eine Stunde zuvor, zwei Stunden zuvor gesagt hatte, jede Stunde seit ihrer Ankunft in Clova: »Ja, ich habe sie angerufen, ja, sie ist auf dem Weg hierher.« Gladys tätschelte ihr die Hand. Und dann: »Meine Lisana ist nicht leicht zu lieben, aber du wirst sehen, du wirst sie lieben wie eine Schwester.«

Lisanas Ankunft war eine Erleichterung und eine große Überraschung. Alle hatten mit einem Gewittersturm gerechnet und bekamen stattdessen einen Felsen, eine Frau, deren Gefühle versteinert waren.

Selbst Suzan staunte, wie sehr Lisana sich veränderte, sobald man sie zu ihrer Mutter brachte. Gladys schlief diesen ruhigen Schlaf, der das Zimmer in einen Kokon aus Watte hüllte. Lisana stand aufrecht und reglos neben dem Bett und sah ihrer Mutter beim Schlafen zu. Keine Geste, kein Wort, sie war versunken in den Atem ihrer Mutter, das eingefallene Gesicht, den geschrumpften Körper, den nahenden Tod. In dem Moment änderte sich Lisanas Statur, »Sie wurde zu einer Riesin«, sagte Suzan zu mir, sie nahm den ganzen Raum ein. Offenbar spürte ihre Mutter ihre Gegenwart, denn sie wachte auf und sah ihre Tochter an. »Du bist gekommen«, sagte sie, und Lisana antwortete: »Ja, ich bin gekommen«, und dann verschmolzen ihre Blicke, ließen einander nicht mehr los, während sie Banalitäten austauschten.

Suzan war allein mit den beiden im Zimmer, Marie-Luce hatte sich bei ihrer Ankunft diskret zurückgezogen. Sie waren über Nacht mit dem Auto von Swastika nach Senneterre gefahren und hatten dort in aller Frühe den Zug nach Clova genommen. Suzan war sehr müde von der Reise. Als sie Gladys' Zimmer betrat, hatte sie einen kurzen Energieschub, elektrisiert von der Intensität dessen, was dort vor sich ging, aber dann fiel sie erschöpft in den einzigen Sessel, den es in dem kleinen Zimmer gab.

»Hat mein alter Toyota gut durchgehalten?« Halb versunken in ihrem Bett, mit glänzenden Augen und einem verschmitzten Lächeln, erkundigte sich Gladys nach ihrem Auto. Suzan ging zu ihr, und die beiden alten Freundinnen plauderten über dies und das, die Fahrt von Metagama nach Swastika, die Fahrt von Swastika nach Clova, aber kein Wort über Gladys' Reise, ihre Irrfahrt mit der Eisenbahn, Suzan erkundigte sich nach ihrem Zustand, ob sie Schmerzen habe (»Nur genug, um mich lebendig zu fühlen«), ob sie Angst habe (»Du meine Güte, wovor denn, meine Zeit ist gekommen«), bis Gladys sie bat, Janelle holen zu gehen.

»Lisana und ich waren die halbe Nacht unterwegs gewesen, um bei ihr zu sein, erst mit dem Auto, dann mit dem Zug, und sie verlangt nach einer Frau, die sie kaum kennt … Da konnte man schon ein wenig beleidigt sein, findest du nicht?«

Doch einer Sterbenden schlägt man keinen Wunsch ab, und so fand sich Janelle wohl oder übel in dem Zimmer wieder, aus dem sie so oft wie möglich floh. Gladys empfing sie mit einem langen matten Lächeln, bevor sie eine Bewegung machte, die Janelle mittlerweile vertraut war (»Sie tätschelte die Bettdecke«), eine Bewegung, mit der sie sie aufforderte, näher zu treten, ans Bett, gegenüber von Lisana. Janelle gehorchte, fast auf Zehenspitzen, als hätte sie Angst, sich die Füße am Teppich zu verbrennen. Als die beiden rechts und links von ihrem Bett standen, blickte Gladys erst die eine, dann die andere an, ihr Lächeln wurde breiter, heller und umfing die beiden Frauen, ihre Tochter, und diejenige, die ihre Tochter hergerufen hatte, in glücklicher Seligkeit.

»Lisana, meine Tochter«, sagte sie zu der einen. »Janelle, meine Freundin«, zu der anderen. Mit dünner, kaum noch hörbarer Stimme fügte sie hinzu: »Ihr könntet Schwestern sein«, und dann führte sie Janelles und Lisanas Hände zusammen und legte ihre eigene darüber. Daraufhin sank sie entkräftet ins Kopfkissen. Schnell rief man Marie-Luce herbei.

Die Smarz trafen am frühen Abend ein. Die Gruppe, die Gladys in den letzten Stunden ihres Lebens begleiten sollte, war nun vollzählig. Die Herberge war ihr Hauptquartier, und Marie-Luce kümmerte sich generalstabsmäßig um die Logistik. Sie teilte die Nachtwachen ein, behielt die Schmerzmittelbestände im Auge, diente rund um die Uhr als Ansprechpartnerin.

Frank Smarz, der einzige Mann, war für die Lebensmittelversorgung zuständig, sowohl für die Hauptmahlzeiten, die er aus dem Restaurant holte, als auch für Bier, Chips und andere Knabbereien, die er am Kiosk der Herberge bekam. Die Rolle gefiel ihm gut. Er konnte sich beschäftigen und war von den Wachen befreit. Das hätte er nicht ertragen. »Neben einer Frau sitzen, die im Sterben liegt, das ist nichts für mich.« Wir trafen uns regelmäßig auf der Veranda des Restaurants.

Die Zeit dehnte sich, die Zeit verlor an Bedeutung, selbst für mich, der das, was in der Herberge vor sich ging, nur aus der Ferne verfolgen konnte. Frank Smarz hielt mich auf dem Laufenden und berichtete mir in allen Einzelheiten von Gladys' Zustand. Von der seltsamen Vertrautheit mit dem Tod, die sich nach und nach in Gladys' Zimmer einstellte, erfuhr ich erst später, von Suzan, Janelle, Marie-Luce und Brenda (vergessen wir Brenda nicht, auch wenn sie wieder einmal ein wenig außen vor blieb, die Arme).

Die Zeit zog sich um Gladys herum zusammen. Ihre Atmung, ihr im Kissen versunkenes Gesicht, ihre mal strahlenden, mal erloschenen Augen, die Grimassen, die ihr Lächeln trübten, der wiederkehrende Schmerz, und Lisana, die ihr nicht von der Seite wich.

Lisana stand kerzengerade neben dem Bett. Lisana, an ihren Gefühlen gewachsen, aber trotzdem ausdruckslos, glatt, wie aus Marmor. Lisana, die man nie allein mit ihrer Mutter ließ, weil sie sich im Notfall nicht zu behelfen wusste.

»Endlich sah sie den Tod, den sie so lange herbeigesehnt hatte, mit eigenen Augen, durchlebte ihn, dank ihrer Mutter.«

Lisana war mit der Betrachtung des Todes beschäftigt, so interpretierte Suzan Lisanas stundenlanges Wachestehen in Gladys' Zimmer.

»Sie sah zu, wie der Tod Besitz von ihrer Mutter ergriff.«

Suzan ist der Meinung, dass in all diesen Stunden, in denen Lisana das langsame Fortschreiten des Sterbeprozesses beobachtete, ihre Faszination für den Tod erlosch. »Es gab kein Geheimnis mehr. Der Tod war da, sie konnte ihn sehen und anfassen. Der Tod atmete schwer, der Tod roch nach Medikamenten, der Tod schrumpfte in seinem Bett. Es gab keine finsteren Gänge mehr, keine Dunkelheit, die es zu durchqueren galt, nichts mehr, was dahinterlag, nur das Leben, das einen Körper verließ. Ihr Todeswunsch starb mit ihrer Mutter.«

Warum aber Gladys so sehr darauf bestand, auch Janelle an ihrer Seite zu wissen, begriff Suzan nicht.

Die Szene wiederholte sich immer wieder, wurde fast zu einem Ritual. Gladys verlangte nach Janelle, und wenn beide Frauen an ihrem Bett standen, sagte sie ihre Namen, auch wenn sie in den letzten Tagen sehr müde war und ihre Stimme sehr schwach, sie rief sie mit letzter Kraft zu sich und verwechselte in ihrer Verwirrung (oder war es eine bewusste Verwirrung, fragte sich Suzan) die Namen, sagte »Lisana« zu Janelle und »Janelle« zu ihrer Tochter, mit derselben Zärtlichkeit im Blick, derselben Zuneigung. Dann lächelte sie beruhigt, ihr Körper schmiegte sich in die Matratze, und sie fiel in einen tiefen Schlaf.

Am erstaunlichsten war, dass Janelle blieb. Sie verließ das Zimmer nicht mehr. Obwohl sie panische Angst vor dem Tod hatte, wachte sie zusammen mit Lisana an Gladys' Seite, und nur wenn Gladys aufstöhnte, das Gesicht vor Schmerz verzerrte oder sich an ihrem Speichel verschluckte, rief sie Marie-Luce, die sofort angelaufen kam.

Am Morgen des vierten Tages sagte Gladys: »Heute will ich viel schlafen.« Marie-Luce erhöhte die Dosis Hydromorphon und Fentanyl.

Nach ein paar Stunden wurde ihre Atmung schwächer, ihre Hände färbten sich bläulich, das Leben wich aus ihrem Körper, während sie in einen bleiernen Schlaf sank. Am frühen Nachmittag versammelten sich alle in dem kleinen Zimmer. Irgendwann bemerkte Gladys ihre Anwesenheit. Sie wollte lächeln (zumindest glauben die anderen das), hatte aber nicht mehr die Kraft dazu.

Der Güterzug näherte sich Clova mit einem Grollen. Man hörte ein schrilles Signal, das Wummern der Schienen, und in dem beengten Zimmer zählte eine Stimme: »Sechzehn … achtzehn … zwanzig … zweiunddreißig … sechzig … hundertundvier …«

»Gladys starb beim hundertachtunddreißigsten Tuck-Tuck«, sagte Suzan.

»Ihr Gesicht war ruhig und friedlich, ihre Züge entspannt, kein Muskel bewegte sich unter der Haut, und trotzdem hatte ich den Eindruck, als lächle sie, als lächle sie mich an, als wäre sie noch immer bei uns, und in dem Moment fühlte ich mich völlig im Einklang mit allem, mit den Wänden, dem Bett, dem Geruch, mit den anderen Menschen im Zimmer. Es war ganz still geworden. Ich spürte meine Lippen zucken, ich weiß nicht, ob ich gelächelt habe, aber ich weiß, dass ich in Frieden mit mir selbst war. Das war der schönste Moment meines Lebens«, sagte Janelle.

Da, wo sie waren, hörte man kein Tuck-Tuck, und auch sonst nirgendwo in Clova. Die Schienen auf diesem Streckenabschnitt sind nicht mehr mit Bolzen verschraubt, sondern alle hundert Meter miteinander verschweißt. Deshalb hört man hier nicht das charakteristische Rattern, wenn ein Zug den Schienenstoß passiert, das Tuck-Tuck, das Gladys so glücklich machte und das Suzan anstimmte wie ein Totengebet, damit ihre Freundin von Kindheitserinnerungen umgeben entschlafen konnte.

Ich blieb noch ein paar Tage länger in Clova, obwohl ich eigentlich alle Informationen, die ich für meinen Bericht brauchte, beisammen hatte. Ich blieb, ohne so recht zu wissen, was mich dort hielt, diese Frau, für die ich Luft war, an die ich aber ständig denken musste, oder meine neue Leidenschaft für die *school trains*, die ich entwickelt hatte, seit Suzan mir auf einem unserer Spaziergänge davon erzählt hatte. Ich pendelte zwischen dem Restaurant und dem Haus meines Freundes Patrice hin und her, der mich jedes Mal, wenn ich durch die Tür trat, mit einem »Und?« begrüßte, das beiläufig klang, aber eindeutig eine Frage war. »Und?«, das bedeutete: Was ging in der Herberge vor sich, hatte ich Fortschritte bei Janelle gemacht und, was ihn am allermeisten interessierte, da die Leidenschaft auch ihn gepackt hatte, hatte ich mehr über die *school trains* herausbekommen? Im Gegenzug teilte er mir mit, was er in meiner Abwesenheit recherchiert hatte.

Denn die Neugier meines Freundes Patrice ist grenzenlos. Man erzählt ihm etwas Ungewöhnliches oder etwas ganz Banales, und wenn ihm ein Aspekt davon unbekannt oder unverständlich ist, geht er sofort an seinen Computer. Er ist ein echtes Original. Seine Anwesenheit an diesem unwirklichen Ort nährt das Gerücht, man käme hierher, wenn man von der Welt vergessen werden will. Niemand in Clova hat verstanden, warum er nach dem Tod seines Bruders in dessen Haus gezogen ist. Patrice hat weder eine dunkle Vergangenheit noch flieht er vor irgendeinem Unglück. Er handelt mit gebrauchten Büchern und verkauft seine Ware über AbeBooks, einen Onlinemarktplatz. Nach dem Tod seines Bruders hat er sein Antiquariat in Montréal zugemacht und es in das kleine Haus am Seeufer verlegt, und aus der Abgeschiedenheit heraus kommuniziert er täglich – liebevoll, leidenschaftlich, inbrünstig – mit der Welt.

Die Geschichte der *school trains* machte ihn natürlich neugierig, und er begann zu googeln. Er fand nicht viel, das Internet hat nur wenig Information zu bieten, aber genug, um eine Leidenschaft zu entfachen.

Ich blieb also nach Gladys' Tod noch zwei Tage in Clova. Ohne zu wissen, was ich dort eigentlich machte. Später fiel mir Léonard Mostin ein, der an einem ähnlich unwirklichen Ort gestrandet war, ebenfalls mit dem Plan, etwas zu schreiben, auch wenn sein Vorhaben wesentlich umfangreicher war als mein kleiner Bericht, Mostin, der sich gefragt hatte, ob ihm das Leben einen bösen Streich spielte.

In diesen zwei Tagen erfuhr ich von Suzan nichts mehr

über die *school trains*. Sie war viel zu beschäftigt (der Amtsarzt, der aus La Tuque gekommen war, die Überführung der Leiche nach Swastika, die Benachrichtigung der Campbell-Geschwister usw.), um unsere Gespräche fortzuführen. Die Gruppe in der Herberge verlor im Laufe der Tage immer mehr Mitglieder. Am Samstag fuhren Brenda und Frank Smarz zurück nach Swastika. Am Sonntag nahm Marie-Luce den *Transcontinental* nach Montréal. Allein, ohne Janelle. Doch das merkte ich erst später, bei der Ankunft des Zuges war der Andrang zu groß.

Janelle, von der ich in so vielen Nächten auf Patrices Sofa geträumt hatte, Janelle, von der ich in meiner Fantasie jeden Millimeter Haut berührt hatte, Janelle, von der ich immer wusste, wo sie gerade war, Janelle, um die meine Gedanken Tag und Nacht kreisten, war mir entwischt. Ich hatte nicht gesehen, dass sie mit ihrer Schwester in den *Transcontinental* eingestiegen und dann wieder ausgestiegen war.

Am Sonntagvormittag holen die Bewohner von Clova ihre Wochenvorräte ab, die per Zug aus Senneterre kommen. Ich half Patrice mit seinen Kartons. Patrice hat weder einen Pickup noch ein Quad (eine weitere Auffälligkeit, die ihn in Clova verdächtig macht), und wir luden seine Einkäufe auf den *Nath Express*, ein Quad mit großem Gepäckträger, das in Clova als Taxi dient. Erst nachdem wir den letzten Karton verladen hatten, lenkte Patrices überraschter Gesichtsausdruck meinen Blick auf Suzan, Lisana und Janelle, die auf einer der Bänke vor dem Restaurant saßen.

Als wir später eine Art von Beziehung hatten, die ich nicht genau beschreiben kann, eine Beziehung, die aus flammenden Stunden im Bett und anschließenden Gesprächen bestand, erzählte sie mir, sie sei selbst erstaunt gewesen, dass sie in Clova geblieben war: »Es stand fest, dass ich mich um Lisana kümmern würde. Vielleicht hatte ich es von Anfang an irgendwie gewusst. Aber erst in dem Moment, als Gladys mir Lisana vorstellte und unsere Hände ineinanderlegte, wurde es mir wirklich klar. Da war nichts zu machen, ich konnte mich nicht wehren. Dem Willen einer Sterbenden widersetzt man sich nicht. Natürlich hatte ich keine Ahnung, welche Folgen das alles für mich haben würde. Ich saß völlig benommen da auf dieser Bank.«

Am nächsten Tag würde sie zusammen mit Suzan und Lisana den *Transcontinental* Richtung Senneterre besteigen und von dort aus weiter nach Swastika fahren.

Ich trat noch am selben Tag den Rückweg an, da ich am Montag wieder in der Schule sein musste. Eine Kollegin war für mich eingesprungen, aber ich hatte ihr versprochen, dass ich spätestens am Montagmorgen zurück sein würde.

Vor der Abfahrt aß ich im Restaurant zu Mittag. Die drei saßen ganz in meiner Nähe, Suzan, Lisana und Janelle. Nach dem Essen ging ich hin, um mich von ihnen zu verabschieden. Suzan war herzlich, Lisana blieb stumm und hielt den Blick gesenkt, während Janelle mir ein paar höfliche, fast schon freundschaftliche Fragen stellte, wie lang die Fahrt dauere, ob die Straße in einem guten Zustand sei, sie erkundigte sich sogar nach dem Fabrikat meines Pick-ups, was mich sehr überraschte. Noch mehr überraschte mich, dass sie aufstand und mich zur Tür begleitete. Dort sagte sie mit derselben Höflichkeit, derselben Beiläufigkeit, als ginge es immer noch um meinen Pick-up: »Das wäre sowieso nichts geworden mit uns zweien.«

Die ganze zweihundertfünfzig Kilometer lange Rückfahrt fühlte ich mich leicht wie ein Vogel, der in sein Nest zurückkehrt. Janelle hatte gespürt, dass ich um sie herumstrich, sie hatte mich bemerkt, ich existierte für sie.

Zu Hause angekommen, wartete da dieser Bericht auf mich, der sich einfach nicht schreiben lassen wollte. Eine Kleinigkeit, nur ein paar Seiten, nicht der Rede wert, ein Staubkorn, aber jedes Mal, wenn ich die Arbeit in Angriff nahm, wurde das Staubkorn zu einer dichten Staubwolke. Kaum hatte ich das erste Wort getippt, kämpfte ich mit einer vielköpfigen Hydra. Das Thema war zu groß, als dass es sich auf ein paar Seiten hätte zusammenfassen lassen, das ahnte ich, und so starrte ich stundenlang auf den Cursor, der blinkend auf das zweite Wort wartete.

Von Zeit zu Zeit bekam ich eine E-Mail von Patrice, der fragte, wie weit ich sei, ob ich der Eisenbahngesellschaft VIA Rail bald ordentlich die Meinung geigen und ihnen verklickern würde, dass der Weiterbetrieb der Züge des Nordens eine Frage von Leben und Tod war. Mehr als alle anderen in Clova ist er auf den *Transcontinental* angewiesen. Er verschickt seine Bücher nämlich mit dem Zug. Die Stilllegung des *Transcontinental* würde für ihn noch viel mehr als nur das Ende seines Internethandels bedeuten. Sein ganzes Leben würde zusammenbrechen. Dank AbeBooks hat er eine Freiheit gefunden, die er nicht hatte, als er noch Ladenbesitzer in Montréal war. Er braucht nicht mehr auf Kundschaft zu warten oder sein Schaufenster zu dekorieren, und so hat er jetzt alle Zeit, sich ganz seiner Leidenschaft zu widmen. Er muss nur Kurzbeschreibungen zu seinen Büchern verfassen, sie ins Netz stellen, die Anfragen bearbeiten, die Bücher in die Post geben, und schon bekommt er jeden Monat einen Scheck des Onlineportals. Patrice trägt immer ein Buch mit sich herum. Romane, Lyrik, Reiseberichte, er liest alles. Am meisten liebt er Bücher, die niemanden interessieren außer einen Sammler, der seit Jahren danach sucht – ein literarischer Essay, eine veraltete Grammatik, das Handbuch einer vergessenen Kunst – ein Sammler, der unbedingt wissen will, wo und wie Patrice diese wunderbare Entdeckung gemacht hat. Er korrespondiert per E-Mail mit Kunden aus aller Welt, mit manchen schon seit Jahren. Dieser Austausch ist das Salz seines Lebens.

Für mich trieb er *The Bell and the Book* auf, ein Buch, das siebenundzwanzig Jahre Leben in den *school trains* schildert. Der Autor, Andrew Donald Clement, ein reisender Lehrer, wurde fast so etwas wie ein Freund. Genauso wie die Wrights, Helen und Bill, deren Briefwechsel (1928-1964) ich durcharbeitete. Ein seltenes, unveröffentlichtes Dokument (ich las es auf CD), archiviert in der Stadtbibliothek von Chapleau, das Patrice nach tagelanger – und sicher auch nächtelanger – Internetrecherche aufgespürt hatte. Der Briefwechsel wimmelt nur so von abenteuerlichen und amüsanten Anekdoten über das Alltagsleben in einem *school train.* Helen Wrights Eiscremerezept (Schweinefett und Kondensmilch) ist ein Bravourstück. Und natürlich las ich *School on Wheels*, ein Büchlein zu Ehren von Fred Sloman (vierzig Jahre auf der Strecke Capreol – Foleyet), dem berühmtesten Vertreter dieser untergegangenen Welt.

Mein Cursor blinkte weiter, aber ohne mich. Ich war fasziniert, völlig im Bann dieser Bücher, die ich immer wieder aufs

Neue las. Ich war einfach nicht imstande, meinen Bericht zu verfassen, jetzt, wo es da diese fesselnde Welt gab, die mich unwiderstehlich anzog, jetzt, wo ich – das ist ja das Verrückte –, der unbedeutende Englischlehrer aus einer unbedeutenden Kleinstadt, einen Menschen aus dieser Welt kennengelernt hatte, wenn auch nur aus der Ferne.

Ich dachte schon, ich hätte darüber Janelle und die von ihr ausgelöste Erschütterung vergessen, als mir Patrice am Telefon mitteilte, sie sei nach Clova zurückgekehrt. Ohne genau zu wissen, was mich anzog, sie selbst oder das, was sie mir möglicherweise über Suzans und Gladys' Leben im *school train* erzählen konnte, machte ich mich wieder auf den Weg nach Clova.

Ich wusste, dass ich ihretwegen gekommen war, sobald ich sie hinterm Tresen sah. Zwei Monate waren vergangen, es war Dezember, ein Samstagabend, und in der Bar ging es hoch her. Die Motorschlittensaison hatte begonnen, die Leute kamen von überall her, sie fuhren Hunderte von Kilometern durch ein Labyrinth aus Schnee und trafen in knatternden Rudeln vor dem Restaurant Clova ein.

In ihren Augen lag Überraschung, ein Anflug von Belustigung und sogar ein Funken Freude, als sie mich am Ende des Tresens entdeckte. Ich war erleichtert. Sie bediente eine endlose Schlange Motorschlittenfahrer, schnell und effizient, »Was darf's sein?«, der Nächste bitte, und als sie endlich bei mir angelangt war, fragte sie: »Wie heißt du eigentlich?« Bingo!

Ich weiß nicht, wie ich das nennen soll, was zwischen uns war. Liebe? Das ist so ein kapriziöses, empfindliches Wort. Die Liebe will ausgesprochen werden, dann wieder nicht, sie will eine Weile, verliert dann die Lust, will schon, aber es ist alles furchtbar kompliziert, und kompliziert war das mit Janelle und mir auf jeden Fall. Habe ich schon erwähnt, dass wir zusammen nach Paris geflogen sind, um Léonard Mostin zu treffen? Ich glaube nicht, ich habe keine Ahnung, ich lese mir das, was ich geschrieben habe, nicht noch einmal durch.

Zwischen mir und Janelle hat sich nie eine echte Vertrautheit eingestellt. Sich voreinander zu entblößen ist viel mehr, als miteinander ins Bett zu gehen – was wir mit Begeisterung und Leidenschaft taten. Trotzdem kam ich nicht an das Geheimnis dieser Frau heran. Janelle gab nicht viel von sich preis, sie hielt immer etwas zurück. Sie ließ mich nie so nah an sich heran, als dass wahre Liebe hätte entstehen können, gewährte mir keinen Zugang zu der Schatztruhe im Inneren jedes Menschen, die man nur öffnet, wenn man sich der Liebe ganz und gar hingibt.

Natürlich stand unsere Beziehung von Anfang an im Schatten dieser Geschichte (Gladys, Lisana, Suzan, die *school trains*), denn Janelle war im Besitz mehrerer Antworten, und sie erzählte mir Nacht für Nacht davon. Die Geschichte diente ihr als Schutzschild, ich bekam sie nie satt und wollte immer mehr hören.

Janelle verbrachte nach Gladys' Tod mehr als zwei Monate in Swastika. Warum war sie mit Suzan und Lisana mitgefahren? Sie habe nicht anders gekonnt, erklärte sie mir, eine innere Stimme habe es ihr befohlen. »Mittlerweile weiß ich, dass Gladys mich in dem Moment auserwählte, als sie mich in Chapleau im *Budd Car* sah. Sie wusste, dass sie den Menschen gefunden hatte, der sie auf ihrem Weg begleiten würde. Und der Weg führte zu Lisana.«

In Swastika hörte sie überall Gladys' Stimme. Sie lief durch die Straßen, ging in den Park, zum Bahnhof, und dabei hörte sie Gladys sagen, sie sei auf dem richtigen Weg, sie werde das finden, was sie selbst ihrer Tochter nicht hatte geben können. »Ich sage ›Gladys' Stimme‹, dabei waren es Selbstgespräche. In meinem Kopf rumort es. Du kannst dir gar nicht vorstellen, wie oft ich mit mir selbst und mit Gladys geredet habe. Ich fragte sie, warum sie ausgerechnet mich auserwählt hatte. Sehe ich vielleicht aus wie Mutter Teresa? Ich fragte sie, wie sie auf die Idee kam, Lisana und ich könnten Schwestern sein. War ich vielleicht lebensmüde? War ich depressiv, neurotisch, selbstmordgefährdet, ohne es zu wissen?«

Sie lernte die befreundeten Nachbarn kennen (»Nett, hilfsbereit, auch zu Lisana, aber distanziert, und sehr mitgenommen vom Tod ihrer Freundin«), sie lernte Gladys' Haus kennen (»So viel Krimskrams, überall, völlig erdrückend«), und sie lernte Lisana kennen. »Kein einfacher Mensch, nicht gerade gesprächig, aber nachdem wir ein paar Tage zusammen in dem Haus verbracht hatten und ich ihr keine Fragen stellte, nicht versuchte, sie zu trösten, sie aufzumuntern oder sie zu irgendetwas anzutreiben, begriff Lisana, dass ich sie in Ruhe lassen würde. Mehr wollte sie nicht, einfach nur, dass man sie ihren dunklen Gedanken überließ.«

Ich wusste damals nichts von Lisana. Nichts von ihrer Faszination für den Tod, von den Selbstmordversuchen, von Gladys' Kampf um ihr Leben. Das alles erfuhr ich erst in meinen nächtlichen Gesprächen mit Janelle.

Die Leute in Clova, bei denen Janelle ein Zimmer im Souterrain angemietet hatte, gewöhnten sich bald daran, dass ich am späten Freitagabend ankam und am Sonntagnachmittag wieder abfuhr. Das Zimmer war ungemütlich und düster, es gab nur ein kleines, völlig zugeschneites Fenster, und das Badezimmer mussten wir uns mit den Vermietern teilen. Zum Glück überließ uns Patrice von Zeit zu Zeit sein Haus. Er erträgt den alljährlichen Ansturm der Motorschlitten nicht (»Die Hölle, an manchen Tagen hört man nichts anderes«), deshalb nimmt er sich im Winter eine Woche im Monat frei und nutzt die Zeit, um seine Buchbestände aufzustocken. Er fährt quer durchs Land, besucht Räumungsverkäufe in Bibliotheken, Flohmärkte, Wohltätigkeitsbasare und kehrt mit Kartons voller Schätze nach Hause zurück.

An unserem ersten Wochenende bei Patrice fand ich heraus, dass er ihre Internetbekanntschaft war. Ich sah Janelles ausgedrucktes Profil zusammen mit denen anderer Frauen in dem Haufen Papiere auf seinem Schreibtisch liegen. Janelle folgte meinem Blick, aber ihr schien das nichts auszumachen. »Kein verlässlicher Typ, dein Freund, er hatte offenbar mehrere Eisen im Feuer.« Später, als das mit Janelle und mir längst Geschichte war, gab mir Patrice folgende Erklärung: »Mir macht das einfach Spaß. Man schreibt eine Weile hin und her, und wenn ich keine Lust mehr habe, sage ich den Frauen, wo ich wohne, und zack, bin ich sie los. Janelle war die Einzige, die keine Angst vor Clova hatte. Als ich mitgekriegt habe, dass du auf sie stehst, habe ich es gelassen. Sie übrigens auch. Und sie war sowieso keine Frau für dich.«

Wenn man einmal von den Motorschlitten absieht, ist der Winter in Clova wundervoll. Das liegt vor allem an dem besonderen Schnee, den es dort gibt. Er ist unfassbar weiß und türmt sich zu Formen auf, die zugleich etwas Schroffes und Üppiges haben. Fast könnte man meinen, die Verwehungen des Schnees folgten einer lautlosen Musik. Doch eins mag ich noch lieber als das grelle Weiß: die Stunde nach Sonnenuntergang, wenn der Schnee bläulich schimmert. In der blauen Stunde von Clova machten Janelle und ich unsere schönsten Spaziergänge.

Sie hörte Shania Twain, Jill Barber, Mark Knopfler, interessierte sich nicht im Geringsten für Bücher oder Sport, aber sie erzählte mir, dass sie gern mal ins Ausland reisen würde, andere Länder kennenlernen. Viel mehr erfuhr ich nicht über sie, nur, dass sie erleichtert war, in ihr eigenes Leben zurückzukehren, nachdem sie mehr als zwei Monate in der »Pralinenschachtel« verbracht hatte. Sie mochte Gladys' Haus nicht. Sie hätte Swastika schon viel eher verlassen, wenn Lisana nicht gewesen wäre. Die Beerdigung war vorbei, das Haus stand zum Verkauf, jetzt musste sie einen Ort finden, an dem Lisana leben könnte.

Wo Lisana war, fand ich damals nicht heraus. Janelle schilderte mir ausführlich ihr Problem mit Lisana, die jetzt allein und wohnungslos war. Die befreundeten Nachbarn wollten nichts mit ihr zu tun haben (»Das war sonnenklar«), Suzan konnte sich nicht um sie kümmern (»Ihr Sohn reagiert allergisch auf Lisana«), und Lisana selbst war ihr Schicksal offenbar vollkommen egal. »Ich war ganz allein. Da hatte mir Gladys ein ganz schönes Problem aufgebürdet.«

Ich kann mir Janelle nur schwer in der Rolle der selbstlosen Helferin vorstellen. Sie führt ein Nomadenleben und hält sich auf diese Weise von fremden Problemen und Scherereien fern. Außerdem ist ihr eigenes Leben kompliziert genug, dafür sorgt sie schon. Trotzdem redete sie in unseren Gesprächen – vor allem während der blauen Stunde, in der die Gedanken besser fließen – von Lisana, als würde sie sie in- und auswendig kennen, als hätte sie Zugang zu einer Lisana, die kennenzulernen sich niemand sonst je die Mühe gemacht hatte, dabei wechselten die beiden Frauen nach ihrer eigenen Aussage in Swastika kaum mehr als ein paar Worte miteinander. Janelle empfand Sympathie, ja sogar Bewunderung für diese Frau. »Ihre Sturheit, ihre Weigerung, sich mit der Dummheit des Alltags abzufinden, die Stärke, mit der sie sich gegen jede Illusion auflehnte.« Und Janelle war wütend: »Was soll dieser Zwang zum Glücklichsein? Lisana ist viel besser dran, wenn sie unglücklich sein darf, als wenn sie krampfhaft versucht, glücklich zu sein.«

»Und wo hast du sie hingebracht?«

Ich begriff, dass Janelle sich in Lisana wiederfand. Beide hatten denselben harten Kern, einen festen Knoten tief in ihrem Inneren, den sie mit aller Kraft verteidigten – Lisana durch Lethargie, Janelle durch ständige Bewegung.

»An einen Ort, wo sie unglücklich sein darf, ohne dass sich jemand Sorgen um sie macht.«

Mehr bekam ich nicht aus ihr heraus. Der Ort, an den Janelle die am Leben leidende Lisana gebracht hatte, war für mich unerreichbar. Aber ich wusste, dass es ihn gab. Denn als es im März zu tauen begann und den Motorschlitten nur noch Schneematsch blieb, war nicht mehr viel los im Restaurant Clova, und Janelle nahm sich eine Woche Urlaub. Nach ihrer Rückkehr verriet sie mir nicht, wo sie gewesen war. Und ich bohrte nicht nach. Ich wusste längst, dass es nichts bringt, verschlossene Türen mit Gewalt öffnen zu wollen. So beschränkten sich unsere Gespräche auf Gladys' Irrfahrt, die uns zusammengebracht hatte. Längst ahnte ich, dass unsere Beziehung den Schluss der Geschichte nicht überleben würde.

Sie war immer bei uns, im Bett, in der blauen Stunde, sie war die einzige Möglichkeit, Janelle nah zu sein.

Den ganzen Winter über fuhr ich zwischen Senneterre und Clova hin und her.

Habe ich mich nur in diese Ermittlung gestürzt, um die aufglimmende Glut zwischen Janelle und mir am Leben zu halten, obwohl absehbar war, dass wir nie ein richtiges Paar werden würden? Nein, es lag nicht nur daran, denn da gab es auch noch die *school trains*. Diese wunderbare Geschichte bildete das Gegengewicht zu Gladys' Eisenbahnreise. Sobald ich an die eine dachte, kam mir die andere in den Sinn. Im Prinzip ist es ein und dieselbe Geschichte. Die Gladys, die eines Herbstmorgens Hals über Kopf den Zug bestieg, ist niemand anders als das junge Mädchen, das zum Klang des Tuck-Tucks von seiner Zukunft träumte. Und ich bin derjenige, der die Steine auflíest, die beide auf ihrer Strecke zurückgelassen haben.

Im Frühjahr 2013 fuhr ich das erste Mal nach Swastika, ohne zu wissen, wonach ich suchte und wie ich die Sache angehen sollte. Ich bin Lehrer, kein Ermittler. Mein einziger Anhaltspunkt war Frank Smarz, dem ich unter dem Vorwand unserer sechs Monate zurückliegenden Raucherfreundschaft einen Besuch abstatten wollte. Was sollte ich ihm sagen? Was wollte ich ihn fragen? Mir war die Lächerlichkeit der Situation durchaus bewusst.

Die Fahrt von Senneterre nach Swastika dauert vier Stunden. Unterwegs hatte ich reichlich Zeit, mir Gedanken zu machen. Zugleich befand ich mich in einer Art Rausch. Ich war noch nie im Norden von Ontario gewesen, und in meinem

Kopf und in meinem Körper spürte ich das Prickeln einer neuen Erfahrung. Ich hatte gerade erst mit dem Reisen begonnen und hielt mich bereits für einen großen Abenteurer.

Kurz hinter Kirkland Lake erblickte ich rechts von der Straße ein seltsames Gebilde, das sich in zackigen schwarzen Formen vom Himmel abhob. Im Vorbeifahren dachte ich erst, es handele sich um einen Schrottplatz, aber irgendwie kam mir der Umriss vertraut vor, und so machte ich kehrt. Ich parkte am Rand des Zufahrtswegs, und beim Aussteigen stellte ich fest, dass es sich um ein Denkmal für die Bergleute von Kirkland Lake handelte. Das etwa zehn Meter hohe Monument bestand aus einem Förderturm und fünf lebensgroßen Statuen von Bergmännern bei Bohrung, Abbau und Abtransport. Das Ganze in der Ästhetik des sozialistischen Realismus, zum Ruhme der Werktätigen. In drei Gedenkstelen aus schwarzem Granit waren die Namen der im Kampf gefallenen Bergleute eingraviert (dreihundert, ich habe sie gezählt), daneben das Datum des Unfalls.

Zuerst dachte ich, das Denkmal stünde am Eingang zu einem Friedhof, aber ein paar Schritte weiter wies ein Schild auf ein Museum hin. Also tat ich dasselbe wie Léonard Mostin und viele andere Reisende, die in Kirkland Lake Zeit zu vertrödeln hatten. Ich folgte dem ersten Schild zum nächsten und immer so weiter, einen gewundenen Weg entlang, und so lernte ich Bernie Jaworsky kennen.

Bernie arbeitet, wie ich wohl schon erwähnt habe, ehrenamtlich in dem Museum. Ein paar Jahre zuvor hatte er nach akribischer Recherchearbeit *Lamps Forever Lit* veröffentlicht, aber auch das habe ich wahrscheinlich schon erwähnt. In mir erkannte er sofort den Mann, der schwindelnd am Rand einer Klippe steht und gern einen Blick in die Tiefe riskieren würde, sich aber nicht traut. »Mich haben die dreihundert Namen auf den Gedenktafeln an den Rand der Klippe geführt«, vertraute er mir später im Restaurant an.

Er zeigte mir das Museum, das mir immer weniger gefiel, je klarer mir wurde, warum es existierte. Es war Harry Oakes gewidmet (das Museum war in seinem ehemaligen Wohnhaus untergebracht), dem schwerreichen Besitzer der Goldmine, in der die Männer von der Gedenktafel verunglückt waren. Oakes selbst wurde in seiner Luxusvilla auf den Bahamas Opfer eines mysteriösen Mordes. Es wollte mir nicht in den Kopf, wie man beide gleichzeitig ehren kann, die Bergleute und den Ausbeuter, der schuld an ihrem Tod war. Natürlich sagte ich nichts. Bernie war freundlich, hilfsbereit und stolz auf sein Museum. Trotzdem bemerkte er meine stumme Empörung, als ich im Herzstück des Museums, »Nancy's Room«, dem Zimmer der ältesten Oakes-Tochter, angesichts der Stuckarbeiten nicht in bewundernde »Ohs!« und »Ahs!« ausbrach, wie er es von mir zu erwarten schien, ich konnte mich nicht einmal zu einem anerkennenden Nicken durchringen. Vögel, Tiere, Don Quichotte, Humpty Dumpty, all die schönen Geschichten, die für die Lieblingstochter des skrupellosen Arbeiterschinders aus Stuck geformt worden waren, verstärkten meinen Groll nur noch.

Im Restaurant ließ ich meiner Entrüstung freien Lauf. Bernie hörte mir ungerührt zu und unterbrach mich nicht, und als alles gesagt war, als sich der Tumult in meinem Inneren gelegt hatte und ich endlich meine Piroggen essen konnte, sah er mich aus zusammengekniffenen Augen aufmerksam an und sagte: »Da gibt es keinen Widerspruch. Hier bei uns schätzt man zwei Dinge: Arbeit und Geld.«

Mein Aufbegehren, meinen Idealismus, das alles kannte er. »Es gibt Einheimische, die ein Familienmitglied in Harry Oakes' Mine verloren haben und sich weigern, einen Fuß in das Museum zu setzen.« Er wartete, bis ich all meinen Gefühlen Luft gemacht hatte, und beim Kaffee fragte er, was mich in die Gegend führte.

Bernie hatte noch nie von den *school trains* gehört, aber Gladys' Geschichte war ihm vertraut. »Alle kennen sie. Aber du hast keine Ahnung, worauf du dich da einlässt. Die Sache wird nicht spurlos an dir vorbeigehen.«

Er hatte natürlich recht, Bernie hat immer recht. Ich ließ mich auf die Sache ein und verlor mich immer mehr darin, ohne das Rätsel am Ende lösen zu können. Ich begab mich auf die Suche nach den *school trains*, nach Gladys und wohl auch nach mir selbst, denn durch meine vielen Reisen und die Begegnungen, die ich dabei machte, entdeckte ich eine neue Art zu leben. Ich kehrte nach Senneterre zurück, in meine alten Gewohnheiten, in die Stadt, die mir schon immer ein wenig klein vorgekommen war, und alles wirkte irgendwie größer und weiter. Ich saß zu Hause, hörte Radio, ging einkaufen oder joggen und war dabei gleichzeitig in Chapleau, in Swastika, in Metagama, in Sudbury. Mit einem Mal befand ich mich im Mittelpunkt eines Netzes von Menschen, die ich an verschiedenen Orten kennengelernt hatte. Mit manchen hatte ich mich sogar angefreundet, sie tauchten in meinen Notizen auf, waren in meinem iPhone gespeichert, sie folgten mir auf Schritt und Tritt. Ich trug diese Menschen mit mir herum. In meinem Kopf redeten sie miteinander, echauffierten sich, fielen sich gegenseitig ins Wort, und wenn die Diskussionen zu laut wurden, wenn die Stimmen einander widersprachen, machte ich eine weitere Reise, um ihre Aussagen zu überprüfen.

Ich war sämtliche Wochenenden und die gesamten Weihnachts-, Oster- und Sommerferien (gesegnet sei der Lehrerberuf) unterwegs, mit dem Auto, mit dem Zug, und jetzt, wo ich nicht mehr von meinem Computer loskomme, frage ich mich, ob ich jemals ein Ende finden werde.

Janelle ist mir abhandengekommen. Das war vorhersehbar. Es war von Anfang an klar, dass diese Frau ihr Leben nicht für mich ändern würde. Sie braucht Bewegung, Aufregung, ein einfacher Englischlehrer aus einer verschlafenen Kleinstadt kann sie nicht lange bei der Stange halten. Ich hoffte die ganze Zeit nur, den Abschied noch etwas hinauszögern zu können. Unsere Beziehung hielt etwas über ein Jahr, in einer Art Zeitlosigkeit, ich fuhr fast jedes Wochenende nach Clova, und Janelle wunderte sich jedes Mal, wenn ich auftauchte, als würde unsere Geschichte immer wieder neu beginnen.

Die Reise nach Paris war ihre Idee gewesen. Auf so einen kühnen Gedanken wäre ich nie gekommen. Einen extravaganten, märchenhaften, unwiderstehlichen Gedanken.

»Warum besuchen wir deinen Léonard Mostin nicht in Paris?«

Ich weiß nicht, ob sie einfach nur gern verreisen wollte, ob sie Clova leid war oder ob sie ernsthaft glaubte, wir würden in Paris den Schlüssel zu Gladys' Geheimnis finden. »Der war doch an dem Morgen am Bahnhof und hat mit Gladys auf den Zug gewartet, dein Léonard Mostin, vielleicht weiß er ja was, was niemand sonst weiß. Zwei Fremde, die irgendwo gemeinsam rumstehen und warten, erzählen sich manchmal die verrücktesten Sachen. Mit einem Menschen, den man nie wiedersehen, den man schnell vergessen wird, redet man manchmal wie mit sich selbst. Wer weiß, was Gladys an dem Morgen zu ihm gesagt hat?«

Janelle und ich waren wie jene Fremden. Wir erforschten zwar ausgiebig den Körper des anderen, aber den Schlüssel zu ihrem Geheimnis gab Janelle mir nicht. Ich erfuhr nie, warum sie diesen enormen Bewegungsdrang hatte, warum ihr immer etwas zu fehlen schien, warum sie immer auf zu neuen Ufern wollte. Sie wiederum stellte mir keine Fragen zu Senneterre, zu früheren Beziehungen oder zu irgendetwas anderem. Janelle lebte ganz im Hier und Jetzt und schien gleichzeitig immer danach Ausschau zu halten, ob sich nicht anderswo etwas Vielversprechenderes ergab. Ich fürchtete den Moment, an dem sie das Interesse an mir verlieren würde, und willigte deshalb ein, mit ihr nach Paris zu fliegen. Insgeheim hoffte ich, dass sie sich mir in der kurzen Zeit, in der wir ein Paar auf Reisen sein würden, endlich öffnen würde.

An diesem Punkt hatte ich die Strecke, die Gladys mit dem Zug zurückgelegt hatte, bereits lückenlos rekonstruiert und war dazu übergegangen, mich mit ihren Motiven, dem Anlass für ihren überstürzten Aufbruch zu befassen, und noch viel mehr faszinierte, bannte mich die Frage, was sie am Morgen des 24. September zu ihrer Tochter gesagt haben konnte, das Lisana dazu veranlasste, an einen Selbstmordpakt zu glauben. Weder Suzan noch Janelle noch Frank Smarz konnten sich vorstellen, dass Gladys etwas derartig Schreckliches getan hatte. Trotzdem war an diesem Morgen irgendetwas gesagt worden, das Lisana überzeugt hatte, ihre Mutter gehen zu lassen, etwas, das uns Aufschluss über Gladys' Beweggründe geben würde. Uns blieb noch eine letzte Möglichkeit, etwas darüber herauszufinden: das Gespräch mit einem Fremden am Bahnhof. Léonard Mostin.

Desmond, Suzans Sohn, brachte uns auf die Spur des Mannes, den wir damals noch für einen jüdischen Historiker hielten. Der Handwerkerpoet hatte auf Prosa umgesattelt und mit seinem ersten Buch, einem historischen Roman über das Massaker an den Ojibway in Frederick House, einen Überraschungserfolg erzielt, der ihm zahlreiche Preise und Einladungen aus der ganzen Welt einbrachte. Auf einem Literaturfestival in Frankreich, dem Festival America in Vincennes, hatte er zufällig Léonard Mostin kennengelernt.

Ich hätte misstrauisch werden sollen, als Janelle mit all ihrem Gepäck bei mir auftauchte. Sie hatte zwei prall gefüllte Müllbeutel im Schlepptau und rief: »Bereit fürs große Abenteuer!« Zusätzlich trug sie einen riesigen Rucksack auf dem Rücken, dessen Riemen ihr tief in die Schultern schnitten. Alles in allem waren das bestimmt hundert Kilo. Weder sie noch ich war jemals geflogen, aber mir war klar, dass sie damit die erlaubte Gepäckmenge überschritt. »Meinst du? Macht nichts, dann lass ich eben einen Teil bei dir.« Was für eine Freude! Sie hatte ihren Job gekündigt, um mit mir zu verreisen und ließ zwei Drittel ihrer Besitztümer bei mir. »Nach unserer Rückkehr nehme ich sie wieder mit.« Ich glaubte tatsächlich daran. Ich gebe es zu, ich glaubte, dass für uns beide nach der Reise ein gemeinsames Leben möglich wäre, in meinem Bungalow, in meiner kleinen Stadt. Was für ein Unsinn. Sie war bereit für ein interessanteres Leben ganz woanders.

Diese Frau ist beeindruckend. Wir waren beide zum ersten Mal in Europa, und ich staunte nicht schlecht, mit welcher

Leichtigkeit sie sich in den Pariser Vorortzügen zurechtfand, in der Metro, überall. Außerdem begann sie eine lustige Sprache zu sprechen, eine Art Pariser Slang mit Québecer Zungenschlag und franko-ontarischen Untertönen (»Entzückend«, sagte Léonard Mostin, der vollkommen verzaubert war). All ihre Sinne waren geschärft. Am ersten Morgen traten wir hinaus in die Rue Serpente (kleines altmodisches Hotel, das Zimmer nicht größer als ein Schuhkarton) und waren kaum zwei Schritte gegangen, als ich den Eindruck hatte, Janelle erhebe sich über den Boden, in einem Zustand größter Aufnahmefähigkeit für alles, was die Umgebung ihr zu bieten hatte. Sie war bereits nicht mehr bei mir.

Was kann ich über Léonard Mostin sagen, was ich noch nicht erwähnt habe? Er ist ein Intellektueller, ein Literaturnarr – seine winzige Wohnung war mit Büchern vollgestopft, sie quoll geradezu davon über –, und er freute sich über den Besuch aus dem Land der weiten Natur, Schauplatz des Romans, an dem er gerade schrieb. Er war zuvorkommend, hörte sich aufmerksam unsere Fragen an und war vor allem sehr neugierig auf uns, auf unser Leben »dort drüben«, im »Land der grimmigen Witzbolde«, wie er es nannte.

Enttäuschenderweise hatte Léonard mit Gladys am Bahnhof kein Gespräch geführt, nicht einmal einen kurzen Wortwechsel hatte es gegeben, aber er war so freundlich, uns zu beschreiben, wie sie an jenem Morgen ausgesehen hatte. Das halblange, schneeweiße Haar, der Dreiviertelmantel, genauer gesagt eine Steppjacke, die ihr bis zur Hälfte der Oberschenkel reichte, und der Einkaufsbeutel, ihr einziges Gepäckstück. Eine alte Frau, sagte er, sie lehnte an der Bahnhofsmauer, völlig reglos, mit nach innen gekehrtem Blick, wartete auf den

Zug und schien gleichzeitig auch nicht darauf zu warten. »Worauf wartete sie in Wirklichkeit? Dass der Zug durchfuhr und sie auf dem Bahnsteig stehen ließ, sie weiter ausharren ließ? Oder war sie schon längst unterwegs? Anderswo, weit weg von dort, weit weg von sich selbst? Vielleicht hatte sie Angst vor dem, worauf sie wartete? Ich ging näher und begriff, dass diese Frau den Tod in sich trug.«

Was für Worte! Und was für eine Gewissheit, ich fühlte mich wie in einem Roman. Ich ließ ihn reden. Aber Janelle hakte nach.

»Warum? Wie kommen Sie darauf?«

»Es war der Geruch.«

»Der Geruch?«

»Die alte Dame roch genau wie meine Mutter kurz vor ihrem Tod. So was vergisst man nicht.«

Ich spürte, wie er zu einem weiteren poetischen Höhenflug ansetzte, sich dann aber zurückhielt, weil Janelle nicht lockerließ.

»Ein Geruch … wie von Wachs?«

»Ja genau, ein wächserner Geruch. Wie haben Sie das erraten?«

»So roch Gladys' Bett. Aber bei unserem Kennenlernen und in den Tagen im Zug hatte sie den Geruch noch nicht. Haben Sie vielleicht übersinnliche Kräfte? (Er schüttelte den Kopf.) Wenn ich an Gladys denke, fällt mir dieser Geruch ein. Ich mag ihn. Ich kann ihn sogar heraufbeschwören, wann ich will, ich brauche nur *so* zu machen. (Sie legte ihre Fingerspitzen aneinander und hielt sie sich unter die Nase, als rieche sie an etwas.) Und Ihre Mutter roch auch so?«

War das der Augenblick, in dem ich sie verlor? Als die beiden einander gegenübersaßen, an dem winzigen Tisch in Léonard Mostins winziger Wohnung, an ihren Fingerkuppen schnupperten und sich dabei ansahen, als teilten sie ein Geheimnis, das nur Eingeweihte kannten?

Wir verbrachten zehn Tage in Paris, und Léonard Mostin wich uns in diesen zehn Tagen nicht von der Seite. Er zeigte uns die Champs-Élysées, Notre-Dame, den Friedhof Père Lachaise, Sacré-Cœur, alles, was er »das touristische Paris« nannte, und dann führte er uns durch *sein* Paris, schmale, gewundene Straßen, die an jeder Ecke den Namen wechseln, umzäunte kleine Parks, die hier »Square« hießen (»Squaaare? Das ist doch Englisch?«, wunderte sich die Franko-Ontarierin), Bistros mit Terrasse (»Man setzt sich direkt an die Straße?«), und ich sah, wie amüsant er unser Staunen fand. Ich fragte mich, ob wir nicht Figuren in seinem Roman werden würden. In Gesellschaft des ukrainischen Grabschänders und des verliebten jungen Cree, von denen er uns erzählte, als wäre er ihnen erst gestern begegnet und würde lange Gespräche mit ihnen führen. Wenn er aus Gladys eine Frau gemacht hatte, die den Tod in sich trug, was würde er dann aus uns machen? Ich sah uns schon durch seinen Roman spazieren, als Nebenfiguren, nicht besonders ausgearbeitet, aber sympathisch, ich ein wenig farblos, Janelle immer ein Stück über dem Boden schwebend und sich ständig verändernd. Ich habe schnell gemerkt, wem von uns beiden der Schriftsteller seine Aufmerksamkeit schenkte.

Im Musée d'Orsay, vor einem Gemälde von van Gogh, kam mir die Erkenntnis, die unser Untergang sein würde. Janelle vor van Goghs Selbstporträt. Janelle, die nicht mehr Janelle war.

Muss ich noch darauf hinweisen, dass ich kein Kunstkenner bin?

In den weitläufigen Sälen des Museums war ich hinter den beiden zurückgeblieben. Ich war es leid, vor Gemälden herumzustehen und mir ihre Kommentare anzuhören. Zu meiner großen Überraschung hatte Janelle ebenso viel zu sagen wie Léonard Mostin. Als ich sie einholte, standen sie vor dem Van-Gogh-Gemälde, beide sprachlos. Janelle völlig verwandelt, mit hochkonzentriertem Gesicht, leuchtenden Augen und ebenso starrem Blick wie der von Van Gogh. Sie war nicht mehr sie selbst, sie war dieser Blick, der sie anblickte. Léonard Mostin stand neben ihr, völlig gebannt.

Habe ich die Träne auf ihrer Wange wirklich gesehen oder sie mir nur eingebildet? Janelle befand sich in einem derartigen Aufruhr, einer Mischung aus Schmerz und Entzücken, dass beides möglich ist.

»Ich hätte nie gedacht, dass ich dieses Bild einmal im Original sehen würde«, sagte sie und drehte sich zu Léonard Mostin um.

Er fragte sie, ob dies ihr Lieblingsbild von van Gogh sei. Sie antwortete, dass sie die Nächte mit den verschwimmenden Farben am meisten liebe, und fragte, ob sie sich *Caféterrasse am Abend* ansehen könnten. »Nicht hier«, erwiderte Léonard Mostin, »wahrscheinlich in Amsterdam, dort befindet sich das größte Van-Gogh-Museum.« Und im Laufe ihres Gesprächs über das Schauspiel der Farben bei van Gogh und die tiefe Menschlichkeit dieses Malers fiel folgender Satz, der Janelles Geheimnis enthüllte: »Van Gogh war mein Verderben.«

Mehr brauchte es nicht, um die Neugier des Schriftstellers zu wecken. Und genau dort, im Musée d'Orsay, vor van Goghs

Selbstporträt, erfuhren wir die ganze Geschichte. Studium an der Kunstakademie, jahrelange Versuche mit Leinwänden und Farben, die nicht zum Leben erwachen wollten, die Überzeugung, dass sie unbegabt war und es immer sein würde, dass van Gogh das Rätsel der Farbe entschlüsselt hatte, dass niemand es ihm je gleichtun können würde, vor allem sie nicht. »Damals nahm ich mir vor, mir nie wieder Illusionen zu machen«, sagte Janelle. »Ich dachte, ich hätte mir einen Panzer zugelegt und jede künstlerische Regung in mir unterdrückt.«

Ich war nicht überrascht, als Janelle mir mitteilte, dass sie nicht mit mir zurückfliegen werde. In unseren letzten Tagen in Paris hatten sich die Anzeichen gehäuft. Léonard Mostin, der uns auf Schritt und Tritt begleitete, die Gespräche, bei denen ich mich ausgeschlossen fühlte. Ich war nur noch der Anstandswauwau, der sich über den Knochen hermachte, den die beiden mir ab und zu hinwarfen.

Es war kein herzzerreißender Abschied. Eine letzte gemeinsame Nacht, ein flüchtiger Kuss, bevor ich den Vorortzug zum Flughafen bestieg, das war's. Ein freundlicher, sauberer Abschied.

Es dauerte einen Monat, bis ich eine E-Mail bekam. Janelle war im Museum von Amsterdam und in dem von Otterlo gewesen, natürlich zusammen mit Léonard (»Er ist toll«), er hatte sie zu Vincents und Theos Grab in Auvers-sur-Oise mitgenommen, wo sie das Gasthofzimmer gesehen hatte, in dem der Maler gestorben war, und »du wirst es nie erraten, ich habe das Kornfeld mit Krähen gesehen, das echte, nicht das Gemälde, das Feld, wo Vincent van Gogh seine Staffelei aufgestellt hat, um sein Bild zu malen.«

Das ist alles, was ich seitdem von ihr bekomme. Hin und

wieder eine E-Mail, in der sie dies und das erzählt, eine E-Mail, deren Inhalt mich wenig interessiert, abgesehen von dem, was sie nicht sagt und was ich hinter jedem Wort erahne. Léonard Mostin hatte Zugang zu jenem Teil von Janelles Persönlichkeit bekommen, von dem ich ausgeschlossen geblieben war. Sie waren einander wirklich nahegekommen. Das lese ich in dem »wir«, das ihr manchmal entschlüpft und das sie für uns beide nie verwendet hat. Ich kann dem Schriftsteller nicht das Wasser reichen, das muss ich mir eingestehen, er hat geschafft, woran ich gescheitert bin.

»Sie war sowieso keine Frau für dich.«

Das sagte Bernie nach meiner Rückkehr aus Paris und das wiederholt er jedes Mal, wenn ich in einem unserer Gespräche Janelle erwähne. Mein klägliches Scheitern an der Liebe interessiert ihn nicht. Sein ganzes Augenmerk gilt Léonard Mostin, dem Schriftsteller. Léonard Mostin, der sich in seinem Mauseloch in Paris (er mag das Wort »Mauseloch«, das klingt erfreulich arm, elendig, erbärmlich) damit vergnügt, Lebensgeschichten zu verfälschen.

»Ein Mann, der aus Gladys eine alte Frau macht, die den Tod in sich trägt, ist zu allem fähig.«

Natürlich hat Bernie Angst um sich selbst und um seine Nachbarn und Freunde, die Bewohner von Kirkland Lake und Swastika, denen der Schriftsteller während seines Abenteuers auf kanadischem Boden begegnet ist. Bislang sind sie nichts als Fantasiewesen, Hirngespinste eines fabulierenden Geistes, aber sobald sie auf Papier treffen, werden sie ihr schlimmster Albtraum sein.

»Ich habe keine Lust, eines Morgens aufzuwachen und zu lesen, ich wäre ein ›schwerfälliger, vom Gewicht der Reue niedergedrückter Mann‹ oder von mir ginge ›eine Aura der Bösartigkeit‹ aus oder wie auch immer es dem feinen Herrn beliebt, mich in seinem Roman zu beschreiben.«

Deshalb wartet er darauf, dass jemand »die wahre Geschichte aufschreibt« und die Tatsachen schildert, »aber wirklich nur die Tatsachen, fang du mir nicht auch noch mit dem Romaneschreiben an«, und er hat lange darauf warten müssen. Ich dachte, ich würde es nie schaffen. Lange Zeit blinkte der Cursor, ohne dass ich das zweite Wort hinzufügte, das er einforderte. Und dann, nach meiner Rückkehr aus Paris, setzte ich mich eines Tages an den Computer, und zu meinem großen Erstaunen erschienen die Wörter wie von allein auf dem Bildschirm. Wie Torpedos, als führte ich Krieg gegen mich selbst, als wollte ich mich befreien. Die Seiten füllten sich, die Seiten triumphierten, die Seiten riefen nach mir. Manchmal stand ich mitten in der Nacht auf, um sie zum Schweigen zu bringen. Ich machte da weiter, wo ich stehengeblieben war, schrieb den Satz, der mich aus dem Bett geholte hatte, und plötzlich fesselte mich etwas ganz anderes. Die Sonne ging auf, und ich saß immer noch am Computer.

Ich schrieb in diesem frenetischen Zustand, bis Janelle in meiner Erzählung auftauchte und alles durcheinanderbrachte. Ich hatte Bernies Anweisung im Kopf. Aber wie sollte ich mich an die Tatsachen halten, wenn jedes Wort, jeder Satz einen Duft, eine Kopfbewegung, einen Blick wachriefen, die mich ganz benommen machten? Von da an ging es nur noch mühsam voran. Die Seiten verstummten, die Seiten verschluckten mich. Ich rang monatelang mit der Erzählung und kam nicht weiter. Bis ich eines Tages in einem Schrank im Keller nach etwas suchte und auf die beiden Müllsäcke stieß. Schlagartig waren alle Gefühle wieder da! In diesen Säcken, die ich nie geöffnet hatte. Ich konnte sie wahrnehmen, sie durch das Plastik spüren. Ich durfte die Müllsäcke auf keinen Fall öffnen, das wusste ich. Sonst wäre Janelle wie ein Geist aus der Flasche hervorgekommen und hätte mich nie wieder losgelassen. Ich tat also, was ich schon längst hätte tun sollen. Ich schickte die Säcke mit dem nächsten Zug zu Marie-Luce.

Eine glückliche Entscheidung. Die Erzählung kam wieder in Fahrt, aber ich konnte Janelle nicht außen vor lassen. Sie ist für immer mit dieser Geschichte verbunden, und mit meinem Leben.

Ich habe keine Ahnung, wann ich diese Erzählung abschließen werde. Jedes Mal, wenn ich glaube, endlich alles Erwähnenswerte niedergeschrieben zu haben, heischt irgendwer um meine Aufmerksamkeit. Wenn nicht Gladys, dann Lisana und ihr angeblicher Wahn (ich habe keine endgültige Meinung zu dem Thema) oder Frank Smarz, der nach wie vor einer bösen Absicht verdächtig ist. Wieder und wieder wirft mich jemand zurück in das ganze Durcheinander. Entweder ich erfahre etwas Neues, oder mir fällt plötzlich ein Widerspruch, eine Ungereimtheit auf. Dann muss ich wieder telefonieren, E-Mails schreiben, durch die Gegend fahren. Mein Cursor muss tagelang, manchmal wochenlang warten, bis ich zu ihm zurückkehre. Und natürlich darf ich auch meine Arbeit als Lehrer nicht vernachlässigen.

Bernie fragt mich häufig, wie weit ich bin. Ich antworte, es würden immer mehr Seiten, aber ein Ende sei nicht in Sicht. Léonard Mostin, füge ich hinzu, werde seinen Roman wohl veröffentlichen, bevor ich mit meiner Gegendarstellung fertig bin.

»Keine Sorge (ein verschmitztes Grinsen), er hat diese launische Frau an seiner Seite, die wird ihm einen Strich durch seinen Roman machen.«

Eine Zeitlang schickte Janelle mir noch E-Mails. Sie widmete sich weiter ihrer Leidenschaft für van Gogh. Nach Amsterdam und Otterlo hatte sie die Museen in Prag und Zürich besucht und plante jetzt, nach London zu fahren, um das berühmte *Selbstbildnis mit Pelzmütze und verbundenem Ohr* zu sehen. Natürlich mit Léonard, der immer noch genauso »toll« war.

Ich machte mir nichts vor. Janelle war auf und davon. Sie hatte zu sich selbst gefunden, ihre Schwingen ausgebreitet und war fortgeflogen. Und Léonard Mostin begleitete und führte sie. Die beiden lebten im Einklang mit sich selbst und hatten in der Kunst den Weg zu wahrer Intimität gefunden. Dagegen kam ich nicht an. Dieser Weg war mir verschlossen.

Trotzdem schrieb ich Janelle regelmäßig, und sei es nur um Bernie zu beruhigen, der sich immer wieder nach ihr erkundigte. Sie waren gerade in München gewesen, fuhren demnächst nach Prag, wollten nach London, und all das waren gute Nachrichten, denn es bedeutete, dass Janelle den Schriftsteller von seinem Roman fernhielt.

Ich versank in Antriebslosigkeit. In dieser Zeit, in der ich meine Ermittlungen nur halbherzig führte, besuchte ich Bernie einige Male. Ich sah, wie er nach dem Funken in meinen Augen Ausschau hielt, dem Funken eines Suchenden, aber der war erloschen. Trotzdem reiste ich weiter hierhin und dorthin, weil ich außer meinem eigenen Leben noch das von Gladys, Lisana und all den anderen Menschen mit mir herumtrug und das Gefühl hatte, wenn ich innehalten würde, wäre mein eigenes Leben vorbei, hätte es keinen Sinn mehr.

Suzan erging es ähnlich. Ich war nicht noch einmal nach Metagama gefahren, telefonierte aber regelmäßig mit ihr, bei schönem Wetter, wenn die Satellitenverbindung gut war. Ich stellte sie mir in ihrem kleinen Haus vor: Das Telefon klingelt, sie zuckt zusammen, wer mag das sein, sie könnte gleich drangehen, lässt es aber eine Weile läuten, das Telefon steht ganz hinten auf der Arbeitsplatte in der Küche, sie schleicht sich an, und dann stürzt sie sich auf ihre Beute, packt den Hörer und sagt: »Wer ist da?« Ich war jedes Mal überrascht von ihrer direkten Art. Meist hörte ich ihre eingerostete Stimme nach dem vierten Klingeln. Sie hatte seit Tagen kein Wort gesprochen.

In letzter Zeit nahm sie allerdings immer schon beim ersten Klingeln ab, mit einem beunruhigten »Hallo?«, aus dem ich: »Desmond? Bist du das?«, heraushörte. Denn Desmond war in New York, Toronto, London, fortgespült von der Welle seines Erfolgs. Hin und wieder schaffte er es, sich von seinen Verpflichtungen freizumachen, kam zu Besuch und brachte Einkäufe für einen ganzen Monat mit. Aber wie sollte Suzan alles andere schaffen, das Feuerholz für den Winter, die vielen kleinen Reparaturen am Haus? Am Telefon sagte sie zu mir: »Ich dachte, *er* braucht mich, nicht umgekehrt.« Ihre Stimme klang alt und brüchig.

Und die Stimme wurde von Monat zu Monat kraftloser. Suzan freute sich über den Erfolg ihres Sohnes, litt aber darunter, dass er keine Zeit mehr für sie hatte. »Er kommt zur Tür hereingefegt und reist gleich darauf schon wieder ab.« Sie dachte über einen Umzug nach, auch wenn das bedeutete, ihr kleines Haus aufzugeben, die Bäume, das Pfeifen der Züge, das Tuck-Tuck, alles, womit sie jahrelang gelebt hatte. Und sie wusste nicht, wo sie hinsollte. »Ich habe keine Lust, in einer winzigen Eigentumswohnung zu hocken und die Hauswand gegenüber anzustarren.« Sie fing an, Kartons zu packen.

Ich bekam eine E-Mail von Janelle, länger als sonst, in der sie begeistert von London berichtete. Sie hatte Monet, Gauguin, Cézanne gesehen, und natürlich van Gogh, sein *Selbstbildnis mit Pelzmütze und verbundenem Ohr.* »Die Farben haben eine solche Kraft. Wie kann ein so düsterer Mann die Farbe derart zum Flimmern bringen?« Es folgten weitere, ebenso euphorische Kommentare über andere Dinge, die sie in London gesehen und bewundert hatte, und ganz am Schluss, als Postskriptum, als würde sie sie mir beiläufig hinterlassen, Lisanas Adresse in Toronto. Ich begriff, dass dies die letzte Nachricht von ihr war, dass es keine weiteren geben würde. Sie übergab mir Lisana, um ihrem neuen Leben entgegenzufliegen.

Der Funke war wieder da, und ich reiste abermals hierhin und dorthin, auf der Suche nach etwas, was da draußen auf mich wartete, etwas, was Licht ins Dunkel bringen würde, was mir den Weg weisen würde, auch wenn ich keine Ahnung hatte, wo dieser Weg mich hinführte.

Lisana, natürlich war es Lisana, die mir eine Landkarte an die Hand geben würde.

Janelle hatte mir Lisanas Adresse geschickt, was bedeutete, dass Gladys' Tochter noch lebte und ihre Selbstmordgedanken nicht in die Tat umgesetzt hatte. Ich bin kein Psychologe, kein Psychiater, keine Autorität auf diesem Gebiet, aber eine Frage ließ mich nicht los: Wie lebt man weiter, nachdem man sich von dem Wunsch zu sterben verabschiedet hat? Bernies Worte kamen mir in den Sinn: »Es kann einem ein Gefühl von Macht geben, wenn man auf diese Weise mit seinem Leben spielt.« Wie hatte Lisana es geschafft, sich von einem derart mächtigen Drang zu befreien, und wodurch hatte sie ihn ersetzt?

In den ein, zwei Jahren, in denen ich meine Ermittlung zum Abschluss brachte, fuhr ich regelmäßig nach Toronto. (Die Adresse halte ich geheim, falls diese Erzählung eines Tages doch Leserinnen und Leser finden sollte. Ich möchte nicht, dass jemand auf die Idee kommt, Lisana in ihrem Nicht-Leben zu stören. Welches sie erstaunlich gut im Griff hat.)

Bei meiner ersten Annäherung war ich sehr vorsichtig. Ich

dachte daran, was ich von den anderen über Lisana gehört hatte, und auch an meinen ersten Eindruck von ihr im Restaurant von Clova erinnerte ich mich gut. Hatte sie mich damals überhaupt gesehen? Hatte sie meine Anwesenheit bemerkt? Vermutlich nicht. Für sie war ich ein absoluter Fremder, also musste ich sehr behutsam vorgehen, damit sie sich nicht verschloss oder gar vor mir floh.

Das Gebäude, vor dem ich mich wiederfand, war ein Frauenhaus. Ein Mann konnte dort nicht herumlungern, ohne dass man die Polizei rief. Glücklicherweise gab es in unmittelbarer Nähe genug Dinge, mit denen ich mir die Zeit vertreiben oder zumindest so tun konnte.

Das Gebäude war sehr auffällig. Im Unterschied zu vielen anderen Orten, wo Opfer häuslicher Gewalt Schutz finden, war dieses Gebäude überhaupt nicht diskret, es stand wie ein buntes, mit einer Schleife verpacktes Bonbon an einer Straßenecke. Die Außenwände waren karamellfarben, die Fensterrahmen sahneweiß, und um die Fassade wanden sich Bänder in Rosa, Zitronengelb und Pistaziengrün, auf denen Parolen gegen Kolonialismus und Rassismus standen, Parolen der Hoffnung. Es gab einige Sätze auf Französisch oder Englisch, andere waren in Sprachen oder Schriften verfasst, die ich nicht verstand.

Die Nachbarschaft war ebenfalls sehr bunt. Ganz in der Nähe des Frauenhauses gab es mehrere Imbissbuden in ausrangierten Containern, wo man Speisen aus aller Welt kaufen konnte, vor allem aus Asien. Die Kundschaft war genauso vielfältig wie das Essen. Ich schlenderte von einem Container zum nächsten und behielt dabei den Eingang zum Frauenhaus im Auge. Irgendwann fiel mir auf, dass ich weit und breit der einzige weiße Mann war.

Ich schlug mir den Bauch voll, mit Ceviche, Mango-Lassi und allen möglichen anderen ungewohnten Dingen, bis ich Lisana nach einigen Stunden aus dem Gebäude kommen sah. Ohne ihr langes Haar und ohne Kopfhörer über den Ohren, was meine erste Überraschung war. Sie trat im selben Moment aus der Tür wie eine junge indigene Frau und wechselte ein paar Worte mit ihr – meine zweite Überraschung. Dann wandte sie sich, ohne zu zögern, nach rechts. Sie ging schnell, mit entschlossenen Schritten. Sie bog links in eine belebte Straße, in der sich verschiedene Fußgängerströme kreuzten. Ich heftete mich an ihre Fersen.

Ich folgte ihr und achtete drauf, dass sich zwischen uns immer ausreichend Menschen befanden, um ihr keine Angst einzujagen, sie aber auch nicht aus den Augen zu verlieren. Das Gedränge wurde größer, die Leute kamen von der Arbeit. Es war gar nicht so einfach, den richtigen Abstand und die richtige Geschwindigkeit beizubehalten, aber zum Glück ragte Lisanas Kopf ein paar Schritte vor mir aus der Menge, sie hielt ihn kerzengerade und wich nicht von ihrem Kurs ab. Sie sah weder nach rechts noch nach links, im Grunde sah sie nirgendwohin, nicht einmal hoch zur Ampel, wenn sie an einer Straßenecke stehen bleiben musste. Ich folgte ihr lange durch die Stadt, sehr lange. Irgendwann wusste ich überhaupt nicht mehr, wo ich war. Ich hatte nur Augen für diesen Kopf, der pfeilgerade aus dem Gewühl ragte. Einmal traten die Passanten beiseite, um ein paar Teenager auf Rollerblades durchzulassen, und als die Menge sich wieder schloss, fand ich mich direkt hinter Lisana wieder. Ich fragte mich, ob das der richtige Moment war, mich ihr zu erkennen zu geben.

An der nächsten roten Fußgängerampel trat ich links neben sie und wandte ihr das Gesicht zu, aber schon sprang die Ampel um, und Lisana lief unbeirrt weiter. So ging das eine ganze Weile. Ich hatte inzwischen völlig die Orientierung verloren, ich habe mich in dieser Stadt noch nie gut zurechtgefunden. Wir liefen mechanisch durch die Straßen, den Blick starr geradeaus gerichtet, im Stechschritt, fast wie Soldaten, und nichts wies darauf hin, dass meine Anwesenheit Lisana störte, sie neugierig machte, oder dass sie mich überhaupt wahrnahm, während ich mir den Kopf darüber zerbrach, wie ich sie ansprechen konnte, um ihr zu sagen, wer ich bin.

Ein Krankenwagen fuhr vorbei. Blaulicht, eine ohrenbetäubende Sirene. Mein Blick ging zur Straße, zu Lisana und blieb dann an ihr hängen. Sie reagierte immer noch nicht, ganz so, als wäre ich Luft für sie. Ich konnte sie in Ruhe betrachten. Lisana war völlig in ihr Inneres zurückgezogen, genau wie damals, als ich sie in Clova zum ersten Mal gesehen hatte, auch wenn sie jetzt energiegeladener wirkte und mit dem kurzen Haar, das ihren Nacken freiließ, auch jünger. Ihre Kopfhörer trug sie um den Hals, für den Notfall, falls der Stadtlärm nicht ausreichte. Doch das habe ich erst später begriffen, nach unzähligen solcher Wanderungen. Bei jedem meiner Besuche laufen wir durch die Stadt, und irgendwann setzt sie unweigerlich die Kopfhörer auf, wenn wir zum Beispiel durch ein Wohnviertel kommen, in dem es für ihren Geschmack viel zu still ist.

Stunden vergingen, es wurde dunkel, und mittlerweile waren die Bürgersteige fast menschenleer. Würden wir die ganze Nacht weiterlaufen? Lisana schien keine feste Strecke im Kopf zu haben. Sie bog wahllos ab, mal links, mal rechts, dann wieder links, manchmal liefen wir sogar im Kreis. Ihr einziges Ziel schien das Laufen zu sein, laufen, um den Kopf leer zu bekommen – doch auch das habe ich erst später begriffen.

Irgendwann tippte ich ihr auf die Schulter. Ich weiß nicht mehr genau, wie es dazu kam, aber ich tippte ihr auf die Schulter, wie man klopft, wenn man bei einem Freund oder einem Unbekannten vor der Tür steht, und sie machte mir auf. Lisana sah mich an, und ich las Verwunderung und Verwirrung in ihrem Blick, in ihrem Hirn ratterte es, und nach einem Moment, der mir wie eine Ewigkeit vorkam, hörte ich sie stolz und erleichtert sagen: »Du bist Janelles Freund.«

Lisana erwartete mich, also war ich angekündigt worden! Einen Sekundenbruchteil muss auch in meinen Augen Überraschung und Konfusion zu lesen gewesen sein, wahrscheinlich auch eine leichte Euphorie, denn in Gedanken sah ich, wie Janelle eine unsichtbare Hand nach uns ausstreckte und uns zulächelte. Schief zulächelte, denn Janelle lächelt niemals geradeheraus.

»Sie hat mir eine Postkarte geschickt«, sagte Lisana, und dann folgte ein detailreicher, verworrener Bericht über Postkarten, die aus Paris, London, Amsterdam kamen, aus ganz Europa, während wir unsere Wanderung fortsetzten. Und so geht es seither immer. Wir laufen kreuz und quer durch die Stadt, und Lisana redet und redet, den Blick starr geradeaus gerichtet, ohne je ihre Schritte zu verlangsamen oder sich groß um mich zu scheren. Mal redet sie wirr, mal völlig klar. Ich werde nie erfahren, ob die eine oder die andere die eigentliche Lisana ist. Manchmal sagt sie auch stundenlang kein Wort und rennt fast durch die Straßen, so dass ich kaum Schritt halten kann. Ihr Gehirn bewegt sich im selben Takt wie ihre Beine, ein Dynamo, der nie stillsteht.

Sie arbeitet in dem Frauenhaus. Das hat sie mir bei unserem ersten Treffen erzählt. Sie ist dort das Mädchen für alles, sie putzt und kocht, und von dem Lohn zahlt sie das möblierte Zimmer, das Janelle ihr in einem der Reihenhäuser entlang der Autobahn besorgt hat. Ich glaube, sie fühlt sich dort wohl. Morgens zehn Kilometer zu Fuß zur Arbeit, abends zehn Kilometer zurück, eine unpersönliche, anonyme Gegend, der Lärm der Autobahn, das alles trägt zum Charme des Zimmers bei und sorgt für eine niedrige Miete.

Wir gingen ohne ein Wort des Abschieds auseinander (sie wandte sich ab, ich tat dasselbe), und ich war heilfroh über mein iPhone, denn meine Füße brannten höllisch und so konnte ich mir ein Taxi zurück zum Hotel rufen. Am nächsten Tag kaufte ich mir Turnschuhe und stand am späten Nachmittag wieder vor dem Frauenhaus. Lisana wirkte weder überrascht noch erfreut, noch verärgert. Wir liefen los.

Die anderen stellen mir Fragen zu Lisana, was aus ihr geworden sei, welche Erinnerung sie an ihre Mutter habe, ob sie in ihrem neuen Leben glücklich sei. Lisana, glücklich? Die Frage stellt sich nicht. Ich glaube, Lisana hat einen Weg gefunden, sich vom Leben fernzuhalten, und dieses Nicht-Leben ist ihr Schutzschild gegen die Ansprüche des Lebens. Es ist ihr völlig egal, ob sie glücklich oder unglücklich ist, ob sie lebt oder stirbt. Von ihren zwanghaften Selbstmordgedanken ist nur die Zwanghaftigkeit übriggeblieben. Eine Zwanghaftigkeit ohne Ziel, die sie kreuz und quer durch die Stadt treibt. Lisana lebt in einem Vakuum und ist damit sehr zufrieden.

Und was ist mit Gladys, spricht Lisana über ihre Mutter? Die Frage kommt vor allem von Suzan. Sie ist schwer zu beantworten, denn Gladys ist zusammen mit der ganzen Vergangenheit in einer großen Leere verschwunden und taucht nur auf, wenn ich ihren Namen erwähne. Ich mache es so: Ich warte auf eine von Lisanas Geschichten, die sie mir erzählt, wenn sich in ihrem Gehirn ein Knoten löst, über eine neue Bewohnerin im Frauenhaus oder einen Vorfall in der Küche, und wenn sie fertig ist, frage ich: »Und was hätte Gladys gemacht?«, als gehöre ihre Mutter zur Geschichte. »Mom? …« Ich spüre, wie es in ihr arbeitet. »Mooommmm?«, das Wort schwillt an, das o wird immer länger, breiter, verändert sich, »Mooaaammmm«, ich sehe sie beinahe lächeln, und schließlich sagt sie: »Mooaammm hätte den Nachtisch nicht vermasselt« oder irgendetwas anderes, was ihre Mutter auf ein Podest stellt, die beste Köchin der Welt, eine wunderbare Frau.

Lisana hat nichts vergessen, alles ist noch da, aber es ist tief in ihr vergraben, und deshalb dauert es ein paar Sekunden, bis ihr Gehirn die Erinnerung freigibt.

Bei Janelle ist das anders. Sie ist in Lisanas Kopf präsent. Wahrscheinlich wegen der Postkarten. Nicht nötig, sich das Hirn zu zermartern, Lisana erzählt mir auf unseren Streifzügen durch die Stadt genauso mühelos von ihr wie von den Bewohnerinnen des Frauenhauses. Sie alle gehören zu der Gegenwart, in der sie lebt, wenn auch immer ein wenig auf Distanz. Ich wundere mich jedes Mal, wenn sie sich mit einer der Frauen unterhält, die vor dem Haus beisammenstehen. Es sind obdachlose, labile, versehrte, misshandelte Frauen. Sie rauchen, reißen Witze, lachen, weinen, trösten sich gegenseitig. Sie genießen draußen auf dem Bürgersteig die Sonne. Lisana geht zwischen dem Gelächter und den Tränen hindurch, erwidert Begrüßungen, wechselt hier und da ein paar Worte und verschwindet in ihrem Stechschritt durch die Tür. Sie fühlt sich in dieser Umgebung wohl.

Wenn ich mich trauen würde, Janelle zu schreiben, würde ich ihr zu der Entscheidung gratulieren, denn ich glaube, das Frauenhaus ist der ideale Ort für Lisana. *Ein Ort, wo sie unglücklich sein darf, ohne dass sich jemand Sorgen um sie macht.* Erst als ich sah, mit welcher Selbstverständlichkeit Lisana sich durch die Frauengruppe auf dem Bürgersteig bewegte, verstand ich Janelles Worte. Da war keine Scheu, kein Unbehagen. Lisana fühlt sich im Unglück anderer Menschen wohl.

Gladys würde ich auch gern gratulieren. Natürlich ist das unmöglich, ganz davon abgesehen, dass sie es sich vermutlich verbitten würde. Sie hatte sich ein Leben voller Licht, Zärtlichkeit und Glück für ihre Tochter gewünscht. Es hätte ihr nicht gefallen, dass Lisana inmitten von Schmerz lebt. Aber ich würde ihr trotzdem gratulieren. Weil sie instinktiv gewusst hatte, dass Janelle die Richtige war, dass sie Lisana helfen konnte.

Ich selbst gehöre mittlerweile offenbar zu ihrer Welt, und wenn sie sich mit einer der Bewohnerinnen des Frauenhauses unterhält, tauche ich in dem Gespräch wahrscheinlich als entfernter Verwandter oder Bekannter auf, der sie ab und zu besuchen kommt. Manchmal versuche ich mir vorzustellen, wie sie über diesen Bekannten spricht. Ein Typ mit Baseballmütze, der immer ein Geschenk mitbringt und der ihr nicht auf die Nerven geht, obwohl er ihr, wenn er in Toronto ist, nicht von der Seite weicht. Ein nicht besonders enger Freund, dessen Gesellschaft sie vielleicht sogar genießt.

Nach jeder Rückkehr aus Toronto fragen mich die anderen,

ob Lisana von Gladys gesprochen habe und ob sie – denn die Frage beschäftigt uns noch immer – irgendetwas über jenen Morgen des 24. September verraten habe.

Ich kann nicht viel berichten. Lisana lebt – auf Distanz – in einer Gegenwart, die sich mit hoher Geschwindigkeit im Leerlauf dreht. Unsere Gespräche verlaufen schubweise, unterbrochen von kilometerlangem Schweigen. Außerdem sind sie meist recht banal. Der Speiseplan im Frauenhaus, das verhasste Kartoffelschälen, AC/DC, Kiss, Metallica, ihre Lieblingsbands, bis ich irgendwann den Namen ihrer Mutter erwähne und Gladys in ihren Gedanken auftaucht. Was sie von ihr erzählt, ist ebenfalls recht banal. Ein quietschgelbes Kleid, das ihre Mutter für sie genäht hatte und das sie nicht mochte (»zu mädchenhaft«), das sie aber trotzdem brav zur Sonntagsmesse trug. Der Stolz ihrer Mutter, die ihre Zeugnisse überall herumzeigte (»Ich hatte nur Einsen«). Die Porzellanfigur (»eine Ballerina mit bonbonfarbenem Tutu«), die sie zerbrochen hatte, weil sie ihr beim Seilspringen zu nah gekommen war, und die Gladys in stundenlanger Arbeit wieder zusammengeklebt hatte. Ihre Worte waren liebevoll, bewundernd, sie hatte nur Lob für ihre Mutter übrig, diese wunderbare Frau.

Ich stelle keine direkten Fragen und versuche nie, Lisana zu verhören, um keine schmerzhaften Erinnerungen zu wecken oder sie zu verstören. Doch auf den Morgen des 24. September musste ich sie irgendwann ansprechen. Als sie einmal auf besonders liebevolle Weise »Moaamm« sagte, packte ich die Gelegenheit beim Schopf. Wir unterhielten uns gerade über die Zugreisen, die sie als Kind mit ihrer Mutter gemacht hatte.

»Und an dem Morgen, als sie weggegangen ist, wärst du da nicht gern mitgefahren?«

Wir standen an der Kreuzung von Yonge und Queen Street, wo es besonders laut ist. Ich befürchtete, meine Frage würde im Getümmel untergehen.

»Nein, sie hat gesagt, ich soll warten.«

»Sie hat dich gebeten zu warten?«

»Nein, sie hat gesagt, ich soll warten, sie würde mir jemanden schicken.«

Ich war wie vor den Kopf geschlagen! So viel hatte ich noch nie aus ihr herausbekommen! Ich wollte nachhaken, aber es herrschte ein fürchterliches Gedränge. In den umliegenden Büros begann der Feierabend. Wir standen vor dem Eaton Center, dem Tempel des Konsums. Ringsherum höllischer Lärm. Ein vernünftiges Gespräch war unmöglich.

Wir liefen weiter, die Yonge Street entlang, und ich ließ mich ein bisschen zurückfallen, aus Enttäuschung darüber, dass eine vielversprechende Unterhaltung im Sande verlaufen war. Nördlich der College Street war es nicht mehr ganz so laut, und da drehte sich Lisana plötzlich zu mir um und sagte, ohne ihre Schritte zu verlangsamen: »Mom hat sich geirrt. Statt einer Schwester habe ich einen Bruder bekommen.«

Das war letztes Jahr im März, in den einwöchigen Schulferien. Ich kann nur nach Toronto fahren, wenn ich mehrere Tage am Stück frei habe. Trotz der neunstündigen Fahrt lasse ich den Winter, der sich in Senneterre in die Länge zieht, gern für eine Weile hinter mir, um ein wenig Frühlingsluft zu atmen. Anfang März gibt es zwar auch in Toronto noch keine blühenden Kirschbäume, kein grünes Gras, keine Knospen und kein Vogelgezwitscher, aber es liegt schon eine Ahnung von Frühling in der Luft.

Mit Bedauern ließ ich das milde Klima in Toronto hinter mir und machte mich auf den langen Rückweg. Ich hatte vor, einen Zwischenstopp bei meinem Freund Bernie in Kirkland Lake einzulegen. Ich sehnte mich nach seinem erhellenden Blick.

Wie immer ließ mich Bernie reden, ohne mich zu unterbrechen. So konnte ich ihm fast Wort für Wort von dem Gespräch berichten, das Lisana und ich in der Yonge Street geführt hatten, und davon, wie sie mir völlig unerwartet ihre Freundschaft erklärt hatte. »Ihr Bruder«, sagte ich. »Verstehst du? Ich bin für sie wie ein Bruder!«

Bernie interpretierte die Sache ganz anders.

»Das ist der Schweif des Kometen. Das fehlende Puzzleteil.«

Seine Augen funkelten. Ich verstand kein Wort von dem, was er da sagte. Erst nachdem er mir eine lange Geschichte erzählt hatte, konnte ich seinen Gedankengang nachvollziehen.

»Gladys hat nach einer Tochter des Pharao gesucht.«

Ich weiß nicht, ob es eine gute Idee ist, seine Geschichte hier wiederzugeben, denn sie ist verrückt, verstiegen, völlig irrational, und doch ist sie die einzige einleuchtende Erklärung. Nach einer Weile ist es Bernie gelungen, uns alle – fast alle – davon zu überzeugen, dass dies die Lösung des Rätsels ist.

»Gladys unternahm diese Zugreise aus einer verzweifelten Hoffnung heraus.«

Die Geschichte stammt aus der Bibel. Sie spielt in grauer Vorzeit. Zweites Buch Mose, Kapitel zwei. Es ist die Geschichte des kleinen Mose, der von seiner Mutter in einem Weidenkorb am Ufer des Nil ausgesetzt wird. Nur so konnte die Mutter ihr Kind vor der Verfolgung durch den Pharao schützen, der hatte nämlich angeordnet, dass alle neugeborenen Israeliten männlichen Geschlechts getötet werden sollten. Das erhoffte Wunder erschien in Gestalt der Tochter des Pharao. Bei ihrem täglichen Bad im Nil hörte sie das Wimmern eines Neugeborenen. Sie befahl ihrer Dienerin, ihr den Korb zu bringen, aus dem das Wimmern drang. Der Säugling war so wunderschön, dass sie beschloss, ihn an Kindes statt anzunehmen. Sie bat ihre Dienerin, sich auf die Suche nach einer Amme zu machen. Nun war aber die Dienerin zufällig die leibliche Schwester des kleinen Mose. Man kann sich denken, wen sie zu Hilfe holte. So kam es, dass der kleine Mose von seiner leiblichen Mutter gestillt wurde. Er wuchs am Hofe des Pharao auf, erfuhr als Erwachsener von seiner jüdischen Abstammung und erhielt von Gott den Auftrag (die Episode mit dem brennenden Dornbusch), sein Volk aus der Sklaverei zu befreien und ins Heilige Land zu führen.

»Man muss ein ungeheures Vertrauen haben, um sein Kind einem Fluss zu übergeben.«

Bernie glaubt, dass Gladys ihre Tochter über ihren eigenen Tod hinaus retten wollte und dafür wie die Mutter des kleinen Mose ein gewaltiges Wagnis eingegangen war. Sie war in der Hoffnung in den Zug gestiegen, dort jemanden zu finden, dem sie ihre selbstmordgefährdete Tochter anvertrauen konnte.

»Die Wahl fiel nicht zufällig auf Janelle. Sie war genau dort, wo Gladys mit ihr gerechnet hatte.«

Diese Geschichte verstößt gegen den gesunden Menschenverstand. Und passt nicht zu meinem Bild von Bernie. Eigentlich ist er ein bedächtiger, umsichtiger, verantwortungsbewusster Ehemann und Vater, die Weisheit in Person. Wie war er auf eine derartig verrückte Idee verfallen?

»Gladys half der gesunde Menschenverstand genauso wenig weiter wie der Mutter des kleinen Mose. Extreme Situationen erfordern extreme Lösungen.«

Ich widersetzte mich, wehrte mich, widersprach ihm, so gut ich konnte. Gladys war viel zu besonnen, viel zu vernünftig, um sich auf die Suche nach einer Pharaonentochter zu begeben. Und Lisana war viel zu abhängig von ihrer Mutter, um sie einfach gehen zu lassen. Wasserdichte Argumente, wie mir schien. Aber es war nichts zu machen, Bernie ließ mich reden und lächelte vor sich hin. Mein alter Freund hatte das Rätsel, über dem er so lange gebrütet hatte, endlich geknackt, er hatte am Ende eines langen Tunnels »das fehlende Puzzleteil« gefunden, den Schlüssel, den Beweggrund für Gladys' Odyssee in den Zügen des Nordens.

»Verdau das erst mal, lass dir Zeit, irgendwann wird es dir ins Auge springen. Gladys wurde auf der Sonnenseite des Lebens geboren, sie konnte sich an jeden Strohhalm klammern, an jede Kleinigkeit, die Licht, Schönheit und Glück versprach. Und sie konnte nicht von uns gehen, bevor sie nicht eine Lösung für ihre Tochter gefunden hatte.«

Ich stieß auf Widerstand, als ich die Geschichte von der Pharaonentochter weitererzählte. Bevor ich anderen damit kommen konnte, musste ich erst einmal selbst daran glauben, musste ich mich selbst überzeugen. Die Geschichte ist unglaublich, irrsinnig, unerhört und für manche sogar verwerflich. Aber etwas anderes haben wir nicht. Es ist die einzig denkbare Erklärung für das Undenkbare. Was sollen wir sonst glauben, als dass Gladys sich auf die Suche nach einer Pharaonentochter für ihre Tochter begeben hat?

Gegen diese Interpretation von Gladys' Irrfahrt regte sich Protest. Der leidenschaftlichste und vorhersehbarste kam von Frank Smarz. Er zerlegte die biblische Geschichte und jene von Gladys in ihre Einzelteile, wie er es mit dem Motor eines Rasenmähers getan hätte, um zu beweisen, dass sie nicht zusammenpassten. Auf der einen Seite der Nil, die Mutter des kleinen Mose und die Pharaonentochter, auf der anderen Seite die Züge des Nordens, Lisanas Mutter und Janelle (oder ich). So unterschiedlich wie ein Rasenmäher und ein Staubsauger. Die Teile passten nicht zusammen. »Wer sitzt in dem Weidenkorb, wer sitzt im Zug? Die Mutter des zu rettenden Kindes oder der kleine Mose? Gladys oder Lisana? Damit die Geschichten übereinstimmen, hätte Lisana in dem Zug sitzen müssen.«

Er ist sehr stolz auf seine Argumentation und nicht davon abzubringen. Als ich ihn neulich in Swastika besucht habe, war er gerade mit seinem Löwenzahnwein beschäftigt und fragte, als wäre ich nur gekommen, um ihm wieder meine biblische Interpretation aufzudrängen: »Also was jetzt? Bist du der Bruder, die Schwester oder die Dienerin?« Ich ging nicht darauf ein und überließ ihn seinen Gärgefäßen. Der Inhalt war nicht mehr zu retten, aber auch davon war er nicht abzubringen.

Suzan hegt nach wie vor Groll gegen ihn. Sie hat das Schweigen und die blinden Fenster nicht vergessen, mit denen man sie empfangen hatte, als sie mit Desmond in Swastika aufgetaucht war. Unterlassene Hilfeleistung in mörderischer Absicht, Leichtsinn oder einfach nur Dummheit? Suzan lässt die Frage in der Schwebe, aber ihr Groll ist nicht verflogen. Auch ich habe kein Licht in die Sache bringen können. Die Absichten der befreundeten Nachbarn bleiben im Dunkeln. (Tut mir leid, Bernie, diese Frage wird auf den folgenden Seiten keine Antwort mehr finden. Ich bin am Ende meiner Erzählung angelangt, zumindest glaube ich das. Ich hoffe sehr, dass ich besonnen genug bin, nicht weiter all den offenen Fragen hinterherzurennen, die übrig bleiben …)

Suzan hat nichts vergessen, »aber da Lisana lebt …«, spricht sie Frank Smarz aus Mangel an Beweisen frei. »Dieser Mann glaubt nur, was er sieht, und er hat Scheuklappen so groß wie Hauswände. So sieht er nicht viel, aber das reicht ihm.«

Sie ist insgesamt gelassener und regt sich nicht mehr so schnell auf. Seit sie nach Clova gezogen ist, fahre ich sie regelmäßig besuchen. Patrice und ich haben ein kleines, nicht allzu heruntergekommenes Haus gefunden, das wir für sie auf Vordermann gebracht haben. Während der Renovierungsarbeiten schaute Desmond von Zeit zu Zeit vorbei und half ein bisschen mit. Das Haus ist in demselben Dunkelrot gestrichen wie das Restaurant Clova, und es hat ebenfalls eine Veranda. Sobald es draußen warm genug ist, setzt sich Suzan in ihrem Schaukelstuhl unter das Vordach und beobachtet die vorbeifahrenden Züge. Denn natürlich befindet sich das Haus nur ein paar Meter von den Gleisen entfernt. Genau wie in Metagama erbeben die Wände, wenn ein Zug vorbeidonnert, und Suzan liebt den Lärm nach wie vor, selbst wenn es hier kein Tuck-Tuck gibt.

Kein Tuck-Tuck, dafür aber die Genugtuung, dem Leben in einer Eigentumswohnung entronnen zu sein und sich eine neue Einsamkeit im Nirgendwo aufgebaut zu haben.

Überraschenderweise war es weder die Einsamkeit noch das Haus an den Gleisen, die Suzan dazu bewogen hat, nach Clova zu ziehen, sondern der hübscheste kleine Friedhof der Welt. »Hier möchte ich begraben werden. All das Grün mit Blick auf den See, das ist der schönste Friedhof, den ich mir erträumen kann. Außerdem werde ich von dort aus die Züge hören können.«

Suzan ist keine Einsiedlerin mehr, nicht einmal mehr eine halbe. An manchen Tagen wimmelt es um sie herum nur so vor Menschen. Zum Beispiel sonntags, wenn sie ihre Wocheneinkäufe vom *Transcontinental* abholt. Patrice lädt die Kartons für sie auf den *Nath Express*. Er ist auch derjenige, der kleinere Reparaturen am Haus erledigt. Für größere Arbeitseinsätze, wenn zum Beispiel Brennholz für den Winter gestapelt werden muss, tun wir uns zu zweit zusammen, manchmal auch zu dritt, wenn es Desmond gelingt, sich von seinen Festivals, Interviews und Verlagspartys loszureißen. Nach getaner Arbeit sitzen wir um Suzans Tisch herum und machen uns über das Abendessen her, das sie für uns gekocht hat. Es wird oft spät, denn wir haben uns viel zu sagen. Desmond erzählt von seinen Lesereisen in aller Welt, Patrice von seinen Reisen im Internet und ich von meinen Ausflügen von Senneterre nach Swastika, Toronto und Clova. Suzan ist die Einzige, die nicht ständig unterwegs ist. Sie ist unser Ruhepol, der Mittelpunkt unserer kleinen Gemeinschaft, und sie nennt uns »ihre Jungs«.

Selbst Suzan hat sich nach einer Weile auf die Geschichte von der Pharaonentochter eingelassen. Am Anfang missfiel sie ihr. Weil ein Zug kein Strohhalm war, nach dem man aufs Geratewohl greifen kann, weil Gladys keine Abenteuerin war, und weil sie Suzan, ihrer ältesten Freundin, sicher irgendeinen Fingerzeig, irgendeinen Hinweis hinterlassen hätte. Ich glaube, sie erträgt die Vorstellung nicht, Gladys könnte sie nicht in den Rettungsplan eingeweiht haben. Nachdem sie jedoch abendelang mit »ihren Jungs« darüber diskutiert hatte, kam sie zu dem Schluss, dass die Geschichte sehr wohl zu Gladys und ihrem ausgeprägten Instinkt für das Leben passte.

»Gladys hat letztlich genau das Richtige getan. Lisana lebt, sie hat ihr Gleichgewicht gefunden, und es gibt jemanden, der auf sie aufpasst.«

Hin und wieder frage ich mich, ob Gladys und ihr unerschütterlicher Optimismus nicht immer noch unter uns weilen, so groß ist die Bereitschaft in dieser Runde, eine tröstliche Erklärung zu finden.

Desmond ist derjenige, der das Gespräch vorantreibt. Beflügelt vom Wein und auf der Suche nach einem tieferen Sinn, hebt er manchmal zu Höhenflügen an, denen wir verblüfft und bewundernd lauschen.

»Gladys hat wahre Größe bewiesen. Sie hat das Schicksal besiegt. Noch im Jenseits hält sie eine schützende Hand über ihre Tochter. Echte Helden sind oft andere, als wir glauben.«

Dem lyrikgeschulten Romancier kommt Gladys' Geschichte gerade recht. Jedes Mal, wenn Desmond es schafft, sich zu uns zu gesellen, hat er neue Metaphern und poetische Bilder im Gepäck. Der Wein fließt reichlich (mittlerweile weiß ich, dass Suzan roten bevorzugt), und wir erzählen uns bis spät in die Nacht alte und neue Geschichten. Suzan hält meist nicht bis zum Ende durch. Sie gibt sich alle Mühe, aber das Kinn sackt ihr immer wieder auf die Brust, sie nickt ein, wacht auf, verirrt sich in unserem Gespräch und sinkt ganz langsam auf ihrem Stuhl zusammen. Desmond hilft ihr behutsam hoch, fast ohne sie zu wecken, und bringt sie ins Bett. Wie lange wohl noch, bis der Tod sie uns entreißt? Dann werden wir alle Waisen sein.

Mittlerweile habe ich die Unklarheit und den Nebel akzeptiert. Wer alles erklären will, dem entgeht viel. Ich versuche nicht mehr, die Mauern zu überwinden, die vor mir aufragen. Die Wahrheit verbirgt sich in den Rissen, und von denen halte ich mich lieber fern. All die Seiten, die ich vollgeschrieben habe, lasten auf mir. Ich habe mir nie die Mühe gemacht, sie auszudrucken. Das Papier würde ihnen eine Realität verleihen, der ich nicht entkommen könnte. Denn all diese Seiten warten auf etwas. Sie sind fiebrig, ungeduldig, lebendig, sie wollen aus meiner Festplatte heraus. Aber was soll ich mit ihnen anfangen, wenn ich sie ausgedruckt habe? Niemand hat sie je gelesen, nicht einmal ich selbst, ich weiß gar nicht mehr, was auf der ersten Seite steht, aber die Menschen um mich herum drängen mich, etwas mit ihnen zu machen.

»Du irrst dich, du wirst dich befreit fühlen. Wenn sie erst mal ausgedruckt sind, werden sie dich nicht mehr belasten.«

»Wie sollen die von VIA Rail wissen, dass eine alte Frau gestorben ist, weil der Zug, der sie nach Hause bringen sollte, stillgelegt worden ist, wenn du ihnen nicht endlich deinen Bericht schickst?«

»Was glaubst du, werden die von VIA Rail machen, wenn

ein dicker Stapel Papier mit der Post kommt? Sie werden ihn ins Altpapier werfen.«

»Und dann wird nie jemand lesen, was du geschrieben hast. Dann war das alles umsonst.«

»Du musst deine Erzählung veröffentlichen. Die einzige Möglichkeit, dich davon zu befreien, ist eine Veröffentlichung.«

»Ich bin kein Schriftsteller.«

»Man muss kein Schriftsteller sein, um Autor zu sein.«

»Mein Name auf einem Buchumschlag, nein, das wäre mir unangenehm.«

»Frag Desmond, der leiht dir seinen bestimmt gern.«

»An deiner Stelle würde ich das Manuskript in einem Zug zurücklassen. Da gehört die Geschichte hin. Sie würde mit verschiedenen Zügen durchs Land reisen und immer wieder umsteigen. Sie würde eine weite Reise machen, wie Gladys, wie der kleine Mose. Es wird sich immer irgendein Fahrgast finden, der sie liest, und dann noch einer und noch einer. Wenn du sie mit dem Zug auf Reisen schickst, wird deine Geschichte ewig weiterleben.«

Niemand hat sie gelesen, aber alle wollen mitreden, sie ist gewissermaßen Allgemeingut. Ich bestehe nicht auf meinem Urheberrecht. Das wäre vermessen. Ich bin nur eine Randfigur in dieser Geschichte. Doch was ich damit anfangen soll, weiß ich immer noch nicht, selbst nach unzähligen feuchtfröhlichen Abenden.

Eine Jahreszeit folgt auf die andere, und es gibt immer etwas zu tun. Angeln, Eisfischen, Lagerfeuer am Strand, Schneeschuhwanderungen im Winter, Holzhacken im Herbst, gemeinsame Abendessen bei Suzan. Zeit, die man mit Freunden verbringt, vergeht wie im Flug. Vielleicht will ich es ja nicht anders? Vielleicht will ich meine Seiten zurückhalten, damit sie weiter unsere Gespräche befeuern. Denn die in Clova verbrachte Zeit ist mir kostbar.

Trotzdem muss ich mich irgendwann zu einer Entscheidung durchringen. Es sind zu viele Seiten, und sie sind zu persönlich für die Anklageschrift, die Patrice von mir fordert. Desmond hat recht. Sie werden ungelesen im Altpapier landen. Patrice tobt und schimpft. Die Sache ist zu einer fixen Idee geworden. VIA Rail lässt alte Frauen sterben, VIA Rail lässt Züge sterben, VIA Rail lässt uns alle sterben. Natürlich wissen wir, dass es ihm hauptsächlich um seinen Bücherhandel im Internet geht.

Patrice findet, ich lasse mir zu viel Zeit, ich hätte meinen Bericht schon längst an VIA Rail schicken sollen, unser *Transcontinental* sei in höchster Gefahr, und wenn die Geschichte von der Pharaonentochter Mose und Lisana das Leben gerettet habe, werde sie auch unseren *Transcontinental* retten, »basta, es reicht, schick ihnen endlich deinen Bericht.«

Patrice hat es eilig, während Desmond immer wieder die Bedeutung meines »Werks« betont, wie er es nennt, ein Wort, das mir gegen den Strich geht. Er sagt auch »dein Roman«, was nicht besser ist. Es klingt übertrieben, angeberisch, grotesk. Der Englischlehrer, Eisenbahnersohn und abgewiesene Geliebte wird sich nicht zum Schriftsteller aufschwingen. Desmond besteht darauf, ich widerspreche, wir fechten unsere kleinen Zweikämpfe aus, und Suzan lächelt zufrieden. Sie mag es, wenn wir an ihrem Tisch diskutieren. Die Idee des reisenden Romans stammt von ihr. Sie ist extravagant, das weiß Suzan, und deshalb besteht sie auch nicht darauf. Zu extravagant, um ernsthaft erwogen zu werden, deshalb haben wir uns nie länger damit beschäftigt, aber die Vorstellung ist schön. Die Geschichte einer Eisenbahnodyssee, die sich selbst auf eine Irrfahrt in verschiedenen Zügen begibt.

In Gedanken ist immer auch mein Freund Bernie bei uns, er verfolgt unsere Gespräche aus der Ferne. Bernie war derjenige, der den Anstoß zu meinem Schreiben gegeben hat. Erstaunlicherweise scheint er es nicht eilig zu haben. Welche Gestalt das Ganze annehmen würde, ob Bericht, Erzählung oder reisender Roman, ist ihm völlig egal. »Nur keine Hektik, wir können warten.« Worauf? »Dass der Kauz auf der anderen Seite des Atlantiks seinen Roman veröffentlicht.« Wichtig ist nur, dass »die Wahrheit über Gladys« auf meiner Festplatte in Sicherheit ist und dass sie zum gegebenen Zeitpunkt als Waffe gegen »den Kauz und seine Lügengeschichten« eingesetzt werden kann. Meine Erzählung – oder wie auch immer man es nennen möchte – ist ein Schutz vor dem Kauz und seinen Ergüssen, und sie wird die Wahrheit sprechen, wenn der Augenblick gekommen ist.

Dumm nur, dass Léonard Mostin es überhaupt nicht eilig zu haben scheint, seinen Roman zu beenden. Bei meinem letzten Besuch in Toronto hatte Lisana gerade eine Postkarte aus Moskau erhalten.

»Moskau, das ist weit weg«, kommentierte Bernie, und seinem Grinsen sah ich die Genugtuung darüber an, dass sich zwischen dem Romanautor und seinem Schreibtisch tausende von Kilometern befanden.

Sind Léonard Mostin und ich dazu verdammt, auf beiden Seiten des Atlantiks an einer Geschichte zu schreiben, die kein Ende findet?

Im Moment ist jedenfalls Clova der Mittelpunkt meiner Welt. Die Zeit vergeht wie im Flug, Freundschaft ist kostbar, und ich sitze am liebsten mit Suzan an ihrem Tisch oder noch besser auf ihrer Veranda.

»Wenn ich wäre, wenn du wärst, wenn er wäre, wenn …«

»… wir wären, wenn ihr wärt, wenn sie wären.«

»Puh, ist das kompliziert. Das lerne ich im Leben nicht mehr.«

Suzan hat sich in den Kopf gesetzt, ihr Französisch zu verbessern, und im Moment schlägt sie sich mit dem Konjunktiv II herum. Wenn ein Zug vorbeifährt und sie sich im Schaukelstuhl zurücklehnt und ihre Lippen bewegt, weiß ich, dass sie die Konjugation eines Verbs aufsagt.

»Wenn ich veröffentlichte, wenn du veröffentlichtest, wenn er …«

»Ich werde nicht veröffentlichen.«

»Wenn ich vergäße, wenn du vergäßest …«

»Ich werde nicht vergessen.«

»Wenn ich …«

»Wenn ich mich befreite, wenn ich mich von diesen Seiten befreite, wenn ich sie in die Welt entließe …«

»… und sie mit dem Zug durch die Gegend reisten …«

»… dann könnte ich endlich mit dem Erzählen aufhören.«

Das müsste ich dann nur noch meinem Freund Bernie erklären.

Danksagung

Für ihre Unterstützung, ihre Freundschaft und für die wertvollen Informationen, die sie zu meinem reisenden Roman beigetragen haben, bedanke ich mich bei:

Chantal Côté, Robert Moreau, Diane Armstrong, Carl Ouimet, Marthe Brown, Claude Chartrand, Nicole Perron, Anne-Marie Perron, Craig Kennet, Danièle Coulombe, Denis Cloutier, Sylviane Martineau, Denis Morin, Bettie Ethier, Nancy Hollmer, Bernie Jaworsky, Marie Lebel, Julie Langevin, Normand Renaud, Julie Latimer, Bill McLeod, Karen Bachman, David Yaschyshya, Marie Daviau-Aumont, Frederick Bonin, Jean-Pierre Villeneuve, Claude Villeneuve, Renée Lamontagne und Carolyn O'Neil.